INSAISISSABLE

Tome 1

Ne me touche pas

À paraître

Tome 2 : *Ne m'échappe pas*
Tome 3 : *Ne m'abandonne pas*

TAHEREH MAFI

INSAISISSABLE

Tome 1

Ne me touche pas

Traduit de l'anglais (États-Unis)
par Jean-Noël Chatain

Michel LAFON

7-13, boulevard Paul-Émile-Victor – Île de la Jatte
92521 Neuilly-sur-Seine Cedex

www.lire-en-serie.com

Pour mes parents et mon mari.
Parce que lorsque j'ai dit que je voulais toucher la lune,
tu m'as pris la main, tu m'as serrée fort contre toi
et tu m'as appris à voler.

« Deux routes divergeaient dans un bois,
et moi, j'ai pris la moins fréquentée.
Et c'est ce qui a tout changé… »

ROBERT FROST (1874-1963),
The Road Not Taken
(« La route que l'on n'emprunte pas »)

1

Je suis enfermée depuis 264 jours.

Je n'ai rien d'autre qu'un petit carnet, un stylo cassé et les chiffres dans ma tête pour me tenir compagnie. 1 fenêtre. 4 murs. 13 mètres carrés. 26 lettres d'un alphabet, que je n'ai pas prononcées depuis 264 jours d'isolement.

6 336 heures écoulées depuis que j'ai touché un autre être humain.

– Tu vas avoir quelqu'un pour partager ta ~~cellule~~ chambre, m'ont-ils dit.

– ~~On espère que tu vas pourrir sur place.~~ Pour ta bonne conduite, m'ont-ils dit.

– ~~Encore quelqu'un de cinglé comme toi.~~ Fini l'isolement, m'ont-ils dit.

Ce sont les sous-fifres du Rétablissement. La résolution qui était censée aider notre société moribonde. Les mêmes qui m'ont arrachée à mes parents et enfermée dans un asile pour un truc que je ne contrôle pas. Tout le monde se fiche de savoir que c'était un accident. Que j'avais pas l'intention de le faire. Que j'ignorais ce dont j'étais capable.

J'ai aucune idée de l'endroit où je me trouve.

Je sais seulement qu'on m'a transportée dans un fourgon blanc et qu'on a mis 6 heures et 37 minutes pour arriver ici. Je sais que j'étais menottée. Que j'étais attachée à mon fauteuil. ~~Je sais que mes parents ne se sont pas donné la peine de me dire au revoir.~~ Je sais que j'ai pas pleuré quand on m'a emmenée.

Je sais que le ciel s'écroule chaque jour.

Le soleil dégringole dans l'océan et éclabousse de brun, de rouge, de jaune et d'orange le monde que je vois de ma fenêtre. Un million de feuilles d'une centaine de branches différentes plongent et tournoient dans le vent avec la fausse promesse d'un envol. La bourrasque s'empare de leurs ailes fanées uniquement pour les forcer à tomber dans l'oubli, juste bonnes à être piétinées par les soldats en faction au-dessous.

À ce que disent les scientifiques, il n'y a plus autant d'arbres qu'avant. Ils affirment qu'autrefois notre monde était vert. Et nos nuages, blancs. Notre soleil offrait toujours une belle lumière. Mais j'ai de très vagues souvenirs de ce monde-là. Je ne me rappelle plus grand-chose du passé. La seule existence que je connaisse est celle qu'on m'a accordée.

Le pâle reflet de ce que c'était dans le temps.

Je pose une paume sur la petite vitre et sens le froid saisir ma main dans une étreinte familière. Toutes les deux, on est seules et on existe ensemble, faute de mieux.

J'attrape mon stylo, devenu presque inutile avec le peu d'encre que j'ai appris à économiser chaque jour, et je le regarde. Je change d'avis. J'ai plus la force de mettre tout ça noir sur blanc. Partager ma chambre, ça pourrait être sympa. Parler à un véritable être humain, ça pourrait faciliter les choses. Je me suis entraînée à utiliser ma voix, à former avec mes lèvres des mots familiers que ma bouche ne sait plus prononcer. Je me suis entraînée toute la journée.

J'en reviens pas de me souvenir comment parler.

Je roule mon petit calepin sur lui-même et l'enfonce dans le mur. Je m'assois sur les ressorts recouverts de draps sur lesquels je suis obligée de dormir. J'attends. Je me balance d'avant en arrière et j'attends.

J'attends trop longtemps et je m'endors.

Mes yeux s'ouvrent et découvrent 2 yeux, 2 lèvres, 2 oreilles, 2 sourcils.

Je réprime mon envie de crier, de fuir, paralysée par l'épouvante.

– T'es un g-g-g-garç…

– Et toi, une fille.

Il arque un sourcil. Il s'éloigne de mon visage. Il écarte les lèvres jusqu'aux oreilles, mais sans sourire, et j'ai envie de pleurer. L'air désespéré, terrifié, je lance des regards furtifs vers la porte que j'ai tenté d'ouvrir tellement de fois que je ne les compte plus. Ils m'ont enfermée avec un garçon. Un garçon.

J'hallucine.

Ils essaient de me tuer.

Ils ont dû le faire exprès.

Pour me torturer, me tourmenter, que je ne puisse plus jamais dormir. Il a les bras tatoués, des manches courtes qui lui arrivent au coude. À son sourcil il manque un anneau, qu'ils ont dû lui confisquer. Des yeux bleu foncé, des cheveux bruns, une mâchoire saillante, un corps mince et musclé. ~~Superbe.~~ Dangereux. Terrifiant. Horrible.

Il se marre et je tombe de mon lit, puis me réfugie dans le coin.

Il mate l'oreiller minable sur le lit supplémentaire qu'ils ont collé dans l'espace libre ce matin, le tout petit matelas et la couverture élimée à peine assez grande pour son torse. Il jette un coup d'œil sur mon lit. Sur le sien.

Les rapproche d'une seule main. Se sert de son pied pour pousser les deux carcasses métalliques de son côté de la pièce. S'étale de tout son long sur les deux matelas, en attrapant mon oreiller pour le caler sous son cou. Je me suis mise à trembler.

Je me mords la lèvre et j'essaie de m'enterrer dans le coin sombre.

Il a volé mon lit, ma couverture, mon oreiller.

Il ne me reste plus que le sol.

Je n'aurai plus que le sol.

Je ne vais jamais me défendre parce que je suis trop pétrifiée, trop paralysée, trop parano.

– Alors, t'es… quoi ? Folle ? C'est pour ça que t'es là ?

~~Je ne suis pas folle.~~

Il se redresse juste assez pour voir ma tête. Il rigole.

– Je vais pas te faire de mal.

~~J'ai envie de le croire.~~ Je ne le crois pas.

– Tu t'appelles comment ?

~~Ça ne te regarde pas. C'est quoi ton nom, d'abord ?~~

J'entends son soupir agacé. Je l'entends se retourner sur ce lit qui était à moitié le mien. Je reste éveillée toute la nuit. Les genoux repliés sous le menton, les bras autour de mon petit corps. Mes longs cheveux châtains sont le seul rideau qui nous sépare.

Je ne vais pas dormir.

Je ne peux pas dormir.

Je ne peux pas entendre encore ces hurlements.

2

Ça sent la pluie, ce matin.

L'odeur de pierre mouillée, de terre retournée pèse dans la pièce ; l'atmosphère est froide, humide et boueuse. Je respire un grand coup et je rejoins la fenêtre sur la pointe des pieds, juste pour coller mon nez contre la surface froide. Je sens ma respiration couvrir la vitre de buée. Je ferme les yeux quand j'entends un doux crépitement dans le vent. Les gouttes de pluie, c'est la seule chose qui me rappelle que les nuages ont un cœur qui palpite. Comme moi.

Je me suis toujours posé des questions sur les gouttes de pluie.

Je me demande comment elles tombent en trébuchant les unes sur les autres, en se brisant les jambes et en oubliant leur parachute quand elles dégringolent direct du ciel vers une fin incertaine. Comme quelqu'un qui vide ses poches sur la terre et se moque de savoir où leur contenu va tomber, de savoir que les gouttes de pluie éclatent quand elles heurtent le sol, qu'elles se fracassent quand elles chutent, que les gens maudissent les jours où les gouttes osent pianoter sur leur porte.

Je suis une goutte de pluie.

~~Mes parents se sont débarrassés de moi comme s'ils vidaient leurs poches et m'ont laissée m'évaporer sur une dalle de béton.~~

La fenêtre m'indique qu'on n'est pas loin des montagnes et certainement près de l'eau, mais tout est près de l'eau, ces temps-ci. J'ignore juste de quel côté on se trouve. Dans quelle direction on regarde. Je plisse les yeux dans la lumière du petit matin. Quelqu'un a piqué le soleil pour l'accrocher encore une fois dans le ciel, mais chaque jour il est suspendu un peu plus bas que la veille. C'est comme un parent négligent qui ne connaît qu'une partie de votre personnalité. Il ne voit jamais à quel point son absence change les gens. Combien on est différent dans le noir.

Un bruissement soudain m'indique que mon codétenu est réveillé.

Je fais volte-face, comme si on venait encore de me surprendre en train de voler de la bouffe. C'est arrivé qu'une seule fois, et mes parents m'ont pas crue quand j'ai dit que c'était pas pour moi. J'ai dit que j'essayais juste de sauver les chats de gouttière du coin, mais ils m'ont pas jugée assez humaine pour m'occuper d'un chat. Pas moi. Pas ~~quelque chose~~ quelqu'un comme moi. De toute manière, ils n'ont jamais cru ce que je leur disais. D'où la raison de ma présence ici.

Le codétenu m'observe.

Il s'est endormi tout habillé. Il porte un tee-shirt bleu marine et un pantalon de treillis kaki, glissé dans des bottes noires qui lui arrivent à mi-mollet.

J'ai du coton brut sur le corps et un teint de rose.

Ses yeux scrutent ma silhouette et leur mouvement lent accélère mes battements de cœur. J'attrape les pétales de rose à mesure qu'ils tombent de mes joues, flottent autour de mon corps, me recouvrent d'un truc qui ressemble à de l'absence de courage.

Arrête de me regarder, c'est ce que j'ai envie de dire.

Arrête de me toucher avec les yeux et garde tes mains sur le côté, et s'il te plaît, s'il te plaît, s'il te plaît...

– C'est quoi, ton nom ?

L'inclinaison de sa tête défie les lois de la pesanteur.

Le temps s'est arrêté pour moi. Je bats des paupières et suffoque.

Il se déplace, et mes yeux éclatent en mille morceaux qui ricochent aux quatre coins de la pièce, prennent un million de clichés, un million d'instants figés à jamais. Des images défilent, jaunies par le temps, des pensées transies qui planent et chancellent hors cadre, un tourbillon de souvenirs qui me déchirent l'âme. ~~Il me rappelle quelqu'un que je connaissais autrefois.~~

Je respire un grand coup. Ça me fait un électrochoc qui me ramène à la réalité.

~~Fini la rêverie.~~

– Pourquoi t'es là ? je demande aux fissures des murs en béton, 14 fissures dans 4 murs où le gris se décline en un millier de nuances. Le sol, le plafond, tout est dans un même bloc de pierre. La carcasse pitoyable des lits construits avec de vieilles conduites d'eau. Le petit carré de la fenêtre trop épais pour être fracassé. Mon espoir s'épuise. Mes yeux sont incapables de se concentrer et me font mal. Mon doigt trace un chemin paresseux sur le sol froid.

Je suis assise par terre où ça sent la glace, le métal et la saleté. Le codétenu est assis en face de moi, les jambes repliées sous lui, ses bottes un peu trop brillantes pour ce genre d'endroit.

– T'as peur de moi.

Sa voix n'a aucun relief.

Mes doigts trouvent la force de se replier et je serre le poing.

– J'ai peur que tu te trompes.

Je pourrais mentir, mais ça ne le regarde pas.

Il grogne et le bruit résonne dans l'atmosphère inerte qui nous sépare. Je ne lève pas la tête. Je ne croise pas ses yeux qui cherchent à me transpercer. Je goûte l'air vicié, souillé, et soupire. Un truc familier me serre la gorge, un truc que j'ai appris à ravaler.

2 coups frappés à la porte me remettent les émotions en place.

Il est debout dans la seconde.

– Y a personne, lui dis-je. C'est juste notre petit déjeuner.

264 petits déjeuners, et je ne sais toujours pas ce qu'ils contiennent. Ça sent trop les produits chimiques ; un truc indéfinissable toujours trop quelque chose. Tantôt trop sucré, tantôt trop salé, toujours écœurant. La plupart du temps, je suis trop affamée pour remarquer la différence.

Je l'entends hésiter à peine un instant avant de s'approcher de la porte. Il fait coulisser un petit volet et regarde par l'ouverture un monde qui n'existe plus.

– Merde !

Il manque balancer le plateau par le trou et s'arrête juste à temps pour claquer sa paume sur son tee-shirt.

– Merde ! merde !

Il serre fort le poing et la mâchoire. Il s'est brûlé la main. Je l'aurais prévenu s'il avait écouté.

– Tu dois attendre au moins trois minutes avant de toucher le plateau, dis-je au mur.

Je ne regarde pas les légères cicatrices qui décorent mes petites mains et les marques de brûlures que je n'ai pu éviter pour n'avoir pas été prévenue.

J'ajoute :

– Je crois qu'ils le font exprès.

– Oh, alors comme ça, tu me parles aujourd'hui ?

Il est en colère. Ses yeux lancent des éclairs avant qu'il ne les détourne, et je me rends compte qu'il est surtout gêné. C'est un coriace. Trop coriace pour commettre des erreurs stupides en présence d'une fille. Trop coriace pour montrer qu'il a mal.

Je serre les lèvres et regarde par la petite vitre carrée qu'ils appellent « fenêtre ». Il ne reste plus beaucoup d'animaux, mais j'ai entendu parler d'oiseaux qui volaient. Peut-être qu'un jour j'en verrai un. Les histoires sont tellement embrouillées ces temps-ci qu'il ne reste pas grand-chose de crédible, mais j'ai entendu plus d'une personne affirmer qu'elle avait réellement vu un oiseau voler ces dernières années. Alors je regarde par la fenêtre.

Il y aura un oiseau aujourd'hui. Il sera blanc, avec des fils dorés comme une crête sur sa tête. Il volera. Il y aura un oiseau aujourd'hui. Il sera blanc, avec des fils dorés comme une crête sur sa tête. Il volera. Il y aura un...

Sa main.

Sur moi.

2 doigts

qui effleurent mon épaule à travers le tissu pendant moins d'une seconde, et chaque muscle, chaque ligament de mon corps se tend et forme des nœuds qui compriment ma colonne vertébrale. Je reste assise immobile. Je ne bouge pas. Je ne respire pas. Peut-être que si je ne bouge pas, cette sensation durera toujours.

~~Personne ne m'a touchée depuis 264 jours.~~

Parfois, je me dis que la solitude en moi va exploser et crever ma peau, et parfois je ne sais pas si pleurer, hurler ou rire dans une crise d'hystérie pourra résoudre quoi que ce soit. Parfois, j'ai tellement envie de toucher, d'être touchée, de *sentir,* que je suis quasi certaine que je vais tomber du haut d'une falaise, dans un monde parallèle où personne ne pourra jamais me retrouver.

Ça ne paraît pas impossible.

J'ai hurlé pendant des années et personne ne m'a jamais entendue.

– T'as pas faim ?

Sa voix est plus douce à présent, un peu inquiète aussi.

~~Je meurs de faim depuis 264 jours.~~

– Non.

Le mot s'échappe de mes lèvres comme un souffle entrecoupé et je me tourne. Je ne devrais pas, mais je le fais. Et il me fixe. Il m'étudie. Ses lèvres sont à peine entrouvertes, ses membres inertes le long du corps ; il bat des cils pour chasser son trouble.

Je reçois un coup de poing dans le ventre.

Ses yeux. Il y a quelque chose dans ses yeux.

~~C'est pas lui, pas lui, pas lui, pas lui, pas lui.~~

Je me coupe du monde. Je le verrouille. À double tour. L'obscurité m'engloutit dans ses replis.

– Hé…

J'ouvre les yeux. 2 fenêtres fracassées me remplissent la bouche de bris de verre.

– Qu'est-ce qu'il y a ?

Sa voix tente la banalité, mais échoue. Elle se veut apathique, mais trahit l'angoisse.

~~Rien.~~

Je me concentre sur le carré transparent coincé entre moi et ma liberté. Je veux détruire ce monde de béton pour qu'il bascule dans l'oubli. Je veux être meilleure, plus grande, plus forte.

~~Je veux avoir *la rage, la rage, la rage.*~~

Je veux être l'oiseau qui s'envole.

Le codétenu me parle de nouveau.

– Qu'est-ce que t'écris ?

~~Ces mots sont du vomi.~~

~~Ce stylo qui tremble est mon tube digestif.~~

~~Cette feuille de papier est ma cuvette en porcelaine.~~

– Pourquoi tu veux pas me répondre ?

Il est trop près, trop près, trop près.

Personne n'est jamais assez près.

Je reprends mon souffle et j'attends qu'il s'éloigne comme tous les autres dans ma vie. Mes yeux se focalisent sur la fenêtre et la promesse de ce que ça pourrait devenir. La promesse de quelque chose de plus grandiose, de plus génial, la justification de la folie qui grandit en moi, l'explication de mon inaptitude à faire quoi que ce soit sans tout détruire. Il y aura un oiseau aujourd'hui. Il sera blanc, avec des fils dorés comme une crête sur sa tête. Il volera. Il y aura un oiseau. Il sera…

– Hé…

– Ne me touche pas, je lui murmure.

Je mens, mais ne lui dis pas. J'aimerais qu'il me touche, mais ne lui dirai jamais. *Je t'en prie, touche-moi,* c'est ce que j'ai envie de lui dire.

Mais des choses arrivent quand on me touche. Des choses étranges. De mauvaises choses.

Des choses mortelles.

Impossible de me rappeler la chaleur d'une étreinte quelconque. Mes bras souffrent d'être emprisonnés dans cette glace qui m'isole et dont je ne peux m'échapper.

Ma propre mère ne pouvait pas me prendre dans ses bras. Mon père ne pouvait pas réchauffer mes mains gelées. Je vis dans le monde du néant.

Salut.

Le monde.

Tu m'oublieras.

Toc-toc.

Le codétenu se lève d'un bond.

C'est l'heure de la douche.

3

La porte s'ouvre sur un abîme.

Il n'y a pas de couleur, pas de lumière, pas la moindre promesse de quoi que ce soit, si ce n'est l'horreur de l'autre côté. Pas de mots. Pas d'indication. Juste une porte ouverte qui veut dire la même chose à chaque fois.

Le codétenu a des questions.

– Bon sang, c'est quoi, ça ? (Son regard passe de moi à l'illusion d'évasion.) Ils nous laissent sortir ?

~~Ils ne nous laisseront jamais sortir.~~

– C'est l'heure de la douche.

– La douche ?

Sa voix perd ses inflexions, mais reste teintée de curiosité.

– On n'a pas beaucoup de temps, lui dis-je. Faut qu'on se dépêche.

– Attends… quoi ? (Il tend la main vers mon bras, mais je recule.) Enfin… c'est pas éclairé. On voit même pas où on va…

– Traîne pas. (Mes yeux sont rivés au sol.) Attrape le bas de mon tee-shirt.

– Mais de quoi tu parles… ?

Une alarme se déclenche au loin. Un bourdonnement qui se rapproche de seconde en seconde. Bientôt le signal fait vibrer toute la cellule et la porte se referme en coulissant. J'attrape son tee-shirt et je l'entraîne avec moi dans le noir.

– Ne… dis… pas… un… mot.

– Mais…

– *Pas un mot,* je lui souffle.

Je tire sur son tee-shirt et lui ordonne de me suivre, tandis que j'avance à tâtons dans le dédale de l'institut psychiatrique. ~~C'est un centre pour les jeunes à problèmes, les enfants négligés en provenance de familles brisées, un abri pour ceux qui sont psychologiquement perturbés.~~ Une prison. Ils ne nous donnent rien à manger, et nos yeux ne voient jamais ceux des autres, sauf dans les rares cas où la lumière se faufile par les fissures de verre qui, selon eux, sont des fenêtres. Les nuits sont déchirées par des hurlements et des sanglots, des gémissements et des cris tourmentés, le bruit de la chair et des os qui se brisent de force ou par choix, je ne le saurai jamais. J'ai passé les trois premiers mois en compagnie de ma propre puanteur. Personne ne m'a jamais dit où se trouvaient les toilettes et les douches. Personne ne m'a jamais dit comment le système fonctionnait. Personne ne te parle, sauf pour t'apporter de mauvaises nouvelles. Personne ne te touche jamais. Les garçons et les filles ne se retrouvent jamais.

Jamais jusqu'à hier.

Ça ne peut pas être une coïncidence.

Mes yeux commencent à se réhabituer à ce rideau de nuit factice. Mes doigts trouvent leur chemin dans les couloirs aux murs rugueux, et Codétenu ne dit pas un mot. Je suis presque fière de lui. Il mesure près de trente centimètres de plus que moi. Son corps est solide et robuste, avec la musculature et la force de quelqu'un de proche de mon âge. Le monde ne l'a pas encore brisé. Une telle liberté dans l'ignorance !

– Qu'est-ce que…

Je lui signifie qu'il doit se taire. On n'a pas encore quitté les couloirs. Ça me fait bizarre de le protéger, alors que deux doigts lui suffiraient sans doute pour me fracasser. Il ne réalise pas à quel point sa naïveté le rend vulnérable. Il ne réalise pas qu'ils pourraient le tuer sans aucune raison.

J'ai décidé de ne pas avoir peur de lui. J'ai décidé que ses actes étaient plus immatures que réellement menaçants. ~~Il m'a l'air si familier, si familier, si familier.~~ J'ai connu autrefois un garçon avec les mêmes yeux bleus et mes souvenirs m'empêchent de le haïr.

Peut-être que j'aimerais avoir un ami.

Encore deux mètres jusqu'à ce que le mur passe de rugueux à lisse, puis on tourne à droite. Soixante centimètres d'espace vide avant qu'on atteigne une porte en bois avec une poignée cassée et plusieurs fissures. Trois battements de cœur pour s'assurer qu'on est seuls. Un pied en avant pour pousser la porte vers l'intérieur. Un léger grincement et la brèche s'agrandit pour ne rien révéler, mais j'imagine à quoi ressemble cet espace.

– Par ici, je murmure.

Je le tire vers la rangée de douches et je fouille le sol en quête du moindre fragment de savon coincé dans la bonde d'évacuation. Je déniche deux morceaux, dont un deux fois plus gros que l'autre.

– Ouvre ta main, lui dis-je dans le noir. C'est gluant. Mais ne le fais pas tomber. Il n'y a pas beaucoup de savon, mais on a de la chance aujourd'hui.

Il ne dit rien pendant quelques secondes, et je commence à m'inquiéter.

– T'es toujours là ?

Je me demande si c'était pas un piège. Si ça faisait partie du plan. Si on l'a peut-être envoyé pour me tuer en profitant de la pénombre de ce petit espace. Je n'ai jamais vraiment su ce qu'ils comptaient faire de moi dans l'asile. Je n'ai jamais su s'ils pensaient que m'enfermer suffirait, mais j'ai toujours pensé qu'ils risqueraient de me tuer. Ça m'a toujours paru plausible.

Je ne peux pas dire que je ne le mérite pas.

Mais je suis ici pour quelque chose que j'ai jamais eu l'intention de faire, et tout le monde se fiche qu'il s'agissait d'un accident.

~~Mes parents n'ont jamais cherché à m'aider.~~

Je n'entends aucune douche qui coule et mon cœur s'arrête de battre. Cette pièce n'est jamais pleine, mais il y a toujours d'autres personnes d'habitude, ne serait-ce qu'une ou deux. J'en suis venue à me dire que soit les résidents de l'asile sont effectivement fous et ne savent pas trouver le chemin des douches, soit qu'ils s'en moquent tout simplement.

Ma gorge se serre.

– Comment tu t'appelles ?

D'un seul coup, sa voix dissèque l'air ambiant et le fil de mes pensées. Je le sens respirer plus près de moi que tout à l'heure. Mon cœur s'affole et j'ignore pourquoi, mais je ne peux pas le contrôler.

– Pourquoi tu me dis pas ton nom ?

– T'as ouvert ta main ? je lui demande, la bouche desséchée, la voix rauque.

Il s'approche à peine et j'ai presque peur de respirer. Ses doigts effleurent le tissu raide de mon unique tenue et je me débrouille pour respirer. Tant qu'il ne me touche pas la peau. Tant qu'il ne me touche pas la peau. Tant qu'il ne me touche pas la peau. Là réside le secret.

Mon tee-shirt élimé a été lavé tellement de fois dans l'eau corrosive de ce bâtiment que j'ai l'impression d'avoir de la toile de jute sur la peau. Je laisse tomber le plus gros morceau de savon dans sa paume et recule sur la pointe des pieds.

– Je vais ouvrir la douche pour toi, lui dis-je prudemment en évitant d'élever la voix, de peur que d'autres m'entendent.

– Qu'est-ce que je fais de mes vêtements ?

Je bats des paupières un millier de fois dans le noir.

– Tu dois les enlever.

Il éclate de rire et ça ressemble à une respiration amusée.

– Non, je sais. Je veux dire, qu'est-ce que j'en fais pendant que je me douche ?

– Essaie de ne pas les mouiller.

Il prend une profonde inspiration.

– On a combien de temps ?

– Deux minutes.

– Bon sang ! Pourquoi t'as pas dit que...

J'ouvre sa douche en même temps que la mienne et ses réprobations se noient sous les balles brisées qui déferlent des robinets au débit aléatoire.

Mes mouvements sont mécaniques. J'ai fait ça tellement de fois que j'ai mémorisé la méthode la plus efficace pour frotter, rincer et doser le savon entre mon corps et mes cheveux. Comme il n'y a pas de serviettes, l'astuce consiste à ne pas trop se mouiller ici ou là. Sinon tu ne sèches jamais comme il faut et tu passes la semaine d'après à frôler la pneumonie. Je sais de quoi je parle.

En 90 secondes exactement, j'ai essoré mes cheveux et je me glisse dans ma tenue en lambeaux. Mes tennis sont les seules choses que je possède encore en assez bon état. On ne marche pas beaucoup par ici.

Codétenu me suit presque aussitôt. Je suis ravie de constater qu'il apprend vite.

– Attrape le bas de mon tee-shirt, lui dis-je. Faut pas qu'on traîne.

Ses doigts effleurent le creux de mon dos un peu trop longtemps et je dois me mordre la lèvre pour réprimer l'intensité de la sensation. Je me fige presque sur place. Personne n'approche jamais ses mains de mon corps.

Faut que je me dépêche d'avancer afin d'éloigner ses doigts. Il trébuche pour me rattraper.

Quand on se trouve enfin coincés entre les quatre murs familiers de la claustrophobie, Codétenu n'arrête pas de me fixer.

Je me recroqueville dans le coin. Il a toujours mon lit, ma couverture, mon oreiller. Je lui pardonne son ignorance, mais peut-être que c'est trop tôt pour devenir amis. Peut-être que j'étais trop pressée de l'aider. Peut-être qu'il est seulement là pour me pourrir la vie. Mais si je ne reste pas au chaud, je vais tomber malade. Mes cheveux sont trop mouillés, et la couverture où je les enveloppe d'habitude se trouve toujours de son côté de la pièce. Peut-être que j'ai encore peur de lui.

Je respire trop fort, lève la tête trop vite dans la pâle lumière du jour. Le codétenu a posé deux couvertures sur mes épaules.

La mienne.

La sienne.

– Désolé d'être aussi con, murmure-t-il au mur.

Il ne me touche pas et j'en suis ~~déçue~~ ravie. J'aurais aimé. Il ne doit pas. Personne ne doit jamais me toucher.

– Je m'appelle Adam, dit-il lentement.

Il s'éloigne de moi jusqu'à ce qu'il disparaisse. D'une main, il repousse mon lit de mon côté.

Adam.

Un si joli nom. Le codétenu a un joli nom.

Un nom que j'ai toujours aimé, mais je ne me rappelle plus pourquoi.

Je remonte illico sur les ressorts à peine dissimulés de mon matelas et je suis tellement épuisée que je sens tout juste les vrilles de métal qui menacent de me trouer la peau. Voilà plus de 24 heures que je n'ai pas dormi. *Adam est un joli nom* est la seule pensée qui me traverse l'esprit, avant que je m'écroule d'épuisement.

4

~~Je ne suis pas folle. Je ne suis pas folle. Je ne suis pas folle.~~
~~Je ne suis pas folle. Je ne suis pas folle. Je ne suis pas folle.~~
~~Je ne suis pas folle. Je ne suis pas folle. Je ne suis pas folle.~~
~~Je ne suis pas folle. Je ne suis pas folle. Je ne suis pas folle.~~
~~Je ne suis pas folle. Je ne suis pas folle. Je ne suis pas folle.~~
~~Je ne suis pas folle. Je ne suis pas folle. Je ne suis pas folle.~~
~~Je ne suis pas folle. Je ne suis pas folle. Je ne suis pas folle.~~
~~Je ne suis pas folle. Je ne suis pas folle. Je ne suis pas folle.~~
~~Je ne suis pas folle. Je ne suis pas folle. Je ne suis pas folle.~~
~~Je ne suis pas folle. Je ne suis pas folle. Je ne suis pas folle.~~
~~Je ne suis pas folle. Je ne suis pas folle. Je ne suis pas folle.~~
~~Je ne suis pas folle. Je ne suis pas folle. Je ne suis pas folle.~~
~~Je ne suis pas folle. Je ne suis pas folle. Je ne suis pas folle.~~
~~Je ne suis pas folle. Je ne suis pas folle. Je ne suis pas folle.~~
~~Je ne suis pas folle. Je ne suis pas folle. Je ne suis pas folle.~~
~~Je ne suis pas folle. Je ne suis pas folle. Je ne suis pas folle.~~
~~Je ne suis pas folle. Je ne suis pas folle. Je ne suis pas folle.~~
~~Je ne suis pas folle. Je ne suis pas folle. Je ne suis pas folle.~~
~~Je ne suis pas folle. Je ne suis pas folle. Je ne suis pas folle.~~

L'épouvante me déchire les paupières.

Mon corps baigne dans des sueurs froides, mon cerveau nage dans des vagues de douleur inoubliées. Mes yeux se posent sur des disques de noirceur qui se fondent dans les ténèbres. J'ignore combien de temps j'ai dormi. J'ignore si j'ai effrayé mon compagnon de cellule avec mes rêves. Parfois, je rêve en hurlant.

Adam me dévisage.

Je respire fort et me débrouille pour me redresser. Je rassemble les couvertures sur moi, pour réaliser après coup que je lui ai volé ses seuls remparts contre le froid. L'idée ne m'a jamais traversée qu'il pourrait être aussi gelé que moi. Je grelotte sur place, mais son corps ne bronche pas dans la nuit ; sa silhouette robuste se découpe dans le noir. J'ignore quoi dire. Il n'y a rien à dire.

– Les cris ne s'arrêtent jamais ici, pas vrai ?

~~Les cris, ce n'est que le début.~~

– Non, je réponds quasi en sourdine.

Mon visage s'empourpre légèrement et je suis ravie qu'il fasse trop sombre pour qu'Adam le remarque. Il a dû m'entendre crier.

Parfois, j'aimerais ne pas avoir besoin de dormir. Parfois, je me dis que si je reste très, très tranquille, si je ne bouge plus du tout, les choses vont s'arranger. Je pense que si je me fige, je peux figer la douleur. Un jour, je ne bougerai pas pendant des heures. Je ne bougerai pas d'un centimètre.

Si le temps se fige, rien ne peut aller de travers.

– Tu vas bien ?

La voix d'Adam semble inquiète. J'étudie ses poings fermés le long de son corps, les sillons de son front plissé, la tension dans sa mâchoire. Cette personne qui a d'abord volé mon lit et ma couverture est la même qui s'en est privée cette nuit. Si fier et si désinvolte il y a quelques heures ; si prévenant et paisible maintenant. Ça m'effraie de penser que cet endroit ait pu le fracasser aussi facilement. Je me demande ce qu'il a entendu pendant que je dormais.

J'aimerais pouvoir lui épargner cette horreur.

Quelque chose vole en éclats ; un cri tourmenté résonne au loin. Ces chambres sont enfouies profondément dans le béton, avec des murs plus épais que le sol et des plafonds combinés pour éviter que les sons ne se propagent trop loin. Si j'entends l'agonie, c'est qu'elle doit être insurmontable. Chaque nuit, il y a des bruits que je n'entends pas. Chaque nuit, je me demande si je suis la prochaine.

– Tu n'es pas folle.

Mes yeux s'ouvrent d'un coup. Sa tête est redressée, son regard clair et concentré malgré le voile noir qui nous enveloppe. Il prend une profonde inspiration et enchaîne :

– Je pensais que tout le monde était fou ici. Je pensais qu'ils m'avaient enfermé avec une cinglée.

J'avale une petite dose d'oxygène.

– C'est marrant. Moi aussi.

1,

2,

3 secondes s'écoulent.

Il m'adresse un sourire si épanoui, si amusé, et d'une sincérité si réconfortante que ça me fait l'effet d'un coup de tonnerre dans le corps. Un truc me picote les yeux et me coupe les jambes. Ça fait 265 jours que je n'ai pas vu un sourire.

Adam s'est mis debout.

Je lui tends sa couverture.

Il la prend uniquement pour l'enrouler plus étroitement sur mon corps et quelque chose me comprime soudain la poitrine. J'ai les poumons embrochés et ficelés, et je viens de décider de ne pas bouger pendant une éternité, quand il se met à parler.

– Qu'est-ce qui cloche ?

~~Mes parents ont cessé de me toucher quand j'ai été assez grande pour ramper. J'ai fait pleurer des camarades de classe rien qu'en leur tenant la main. Les professeurs me faisaient travailler seule pour que je ne blesse pas les autres enfants. J'ai jamais eu d'amis. J'ai jamais connu le réconfort d'une mère qui te prend dans ses bras. J'ai jamais senti la tendresse d'un père qui t'embrasse. Je ne suis pas folle.~~

– Rien.

5 secondes de plus.

– Je peux m'asseoir à côté de toi ?

~~Ce serait merveilleux~~.

– Non.

Je fixe à nouveau le mur.

Il crispe et desserre sa mâchoire. Il se passe une main dans les cheveux et je réalise pour la première fois qu'il est torse nu. Il fait si sombre dans cette pièce que je peux à peine discerner les courbes et les contours de sa silhouette ; on ne laisse à la lune qu'une petite lucarne pour éclairer cet espace, mais j'observe les muscles de ses bras se contracter à chaque mouvement, et je suis soudain en feu. Les flammes lèchent ma peau et une bouffée de chaleur me ronge l'estomac. Chaque centimètre de son corps, c'est de l'énergie à l'état brut, chaque surface brille en quelque sorte dans le noir. En dix-sept ans, j'ai jamais rien vu de semblable à lui. Parce ~~que je suis un monstre.~~

Je ferme les yeux jusqu'à ce que mes paupières soient cousues.

J'entends le grincement de son lit, le gémissement des ressorts quand il s'assoit. Je découds mes paupières et contemple le sol.

– Tu dois être frigorifié.

– Non. (Puissant soupir.) En fait, je crève de chaud.

Je suis debout si vite que les couvertures tombent par terre.

– T'es malade ? (Mes yeux fouillent son visage en quête de signes de fièvre, mais j'ose pas m'approcher davantage.) T'as la tête qui tourne ? Mal aux articulations ?

J'essaie de me rappeler mes propres symptômes. Pendant une semaine, j'étais enchaînée à mon lit par mon propre corps. Je ne pouvais rien faire d'autre que de ramper jusqu'à la porte et tomber la tête la première dans ma nourriture. Je ne sais même pas comment j'ai survécu.

– Comment tu t'appelles ?

Il m'a déjà posé trois fois la question.

– T'es peut-être malade.

C'est tout ce que je peux répondre.

– Je ne suis pas malade. J'ai juste chaud. D'habitude, je ne dors pas habillé.

La boule que j'ai dans le ventre a pris feu. Une humiliation inexplicable me brûle la peau. Je ne sais pas où poser mon regard.

Une profonde inspiration.

– J'ai été nul hier. Je t'ai traitée comme de la merde et j'en suis désolé. J'aurais pas dû agir comme ça.

J'ose croiser son regard.

Ses yeux possèdent la nuance parfaite du cobalt ; ils sont bleus comme une ecchymose épanouie, clairs, profonds et décidés. Sa mâchoire est détendue et ses traits sculptés trahissent la prudence. Il y a réfléchi toute la nuit.

– OK.

– Alors, pourquoi tu ne me dis pas ton nom ?

Il se penche et je me fige.

Je dégèle.

Je fonds.

Je murmure :

– Juliette. Je m'appelle Juliette.

Ses lèvres s'adoucissent en un sourire qui craquelle ma colonne vertébrale. Il répète mon nom, à croire que ça l'amuse. Ça le distrait. Ça l'enchante.

~~En dix-sept ans, personne n'a jamais prononcé mon nom comme ça.~~

5

Je ne sais pas quand ça a commencé.

Je ne sais pas pourquoi ça a commencé.

Je ne sais rien de rien, sauf pour les hurlements.

Ma mère qui hurlait en comprenant qu'elle ne pourrait plus me toucher. Mon père qui hurlait en découvrant ce que j'avais fait à ma mère. Mes parents qui hurlaient quand ils m'ont enfermée dans ma chambre, en me disant que je devais leur être reconnaissante. De me nourrir. De traiter avec humanité cette chose qui ne pouvait absolument pas être leur enfant. De la distance nécessaire qu'ils avaient établie entre eux et moi.

J'ai gâché leur vie, c'est ce qu'ils m'ont dit.

J'ai volé leur bonheur. Détruit chez ma mère tout espoir d'avoir d'autres enfants.

Ne voyais-je donc pas le mal que je faisais ? m'ont-ils demandé. Ne voyais-je donc pas que j'avais tout détruit ?

Je me suis donné tant de mal pour tenter de réparer ce que j'avais détruit. Jour après jour, j'ai essayé de devenir celle qu'ils voulaient que je sois. J'ai sans cesse essayé de m'améliorer, mais je n'ai jamais vraiment su comment faire.

Je sais seulement que les scientifiques se trompent.

La Terre est plate.

Je le sais parce qu'on m'a poussée dans le vide et ça fait dix-sept ans que j'essaye de me cramponner au bord. J'essaye de remonter depuis dix-sept ans, mais c'est presque impossible de vaincre la pesanteur quand personne n'est prêt à te tendre la main.

Quand personne ne veut courir le risque de te toucher.

Aujourd'hui, il neige.

Le béton est verglacé et plus dur que d'habitude, mais je préfère ces températures glaciales à l'humidité irrespirable des journées estivales. L'été, c'est comme une Cocotte-Minute qui fait mijoter le monde entier à petit feu. C'est la promesse de mille et une réjouissances, et tu te mets à table avec la puanteur ambiante et les relents d'égouts dans le nez. Je déteste la chaleur et cette saleté de sueur collante qui l'accompagne. Je déteste la nonchalance d'un soleil trop préoccupé par sa petite personne pour remarquer les heures infinies qu'on passe en sa présence. Pétri d'arrogance, le soleil nous laisse toujours tomber quand il en a marre de nous.

La lune est une compagne fidèle.

Elle ne te quitte jamais. Elle veille, tenace, connaît nos parts d'ombre et de lumière, change au gré de nos humeurs. Chaque jour, elle offre une version différente d'elle-même. Tantôt faible et blême, tantôt forte et resplendissante. La lune sait ce que c'est que d'être humaine.

Incertaine. Seule. Grêlée d'imperfections.

Je regarde si longtemps par la fenêtre que je m'oublie. Je tends la main pour attraper un flocon de neige et mon poing se referme sur l'air glacé. Vide.

J'ai envie de flanquer ce poing à travers la vitre.

Juste pour sentir quelque chose.

Juste pour me sentir humaine.

– Il est quelle heure ?

Mes paupières s'agitent. Sa voix me ramène dans un monde que je tente sans cesse d'oublier.

– J'en sais rien, lui dis-je.

J'ai aucune idée de l'heure. J'ignore quel jour, quel mois, ou même s'il existe une saison précise dans laquelle on est censés être.

On n'a plus vraiment de saisons.

Les animaux meurent, les oiseaux ne volent plus, les cultures ont du mal à pousser, les fleurs n'existent pratiquement plus. Le climat est instable. Tantôt il fait 33 °C en hiver. Tantôt il neige sans raison. On ne peut plus produire assez d'aliments, on ne peut plus maintenir suffisamment de végétation pour les animaux, et on ne peut plus nourrir les gens à leur faim. Avant le Rétablissement, les gens mouraient les uns après les autres à un rythme alarmant, mais on nous a promis qu'il existait une solution. Les animaux crevaient tellement de faim qu'ils étaient prêts à manger n'importe quoi, et les gens étaient si affamés qu'ils étaient prêts à manger des animaux empoisonnés. On se tuait en essayant de rester en vie. Le climat, les plantes, les animaux et notre propre survie étaient inextricablement liés. Les éléments naturels se sont déchaînés les uns contre les autres parce qu'on a maltraité notre écosystème. Maltraité notre atmosphère. Maltraité nos animaux. Maltraité notre prochain.

Le Rétablissement a promis de réparer tout ça. Mais même si la santé des gens s'est un peu améliorée sous le nouveau régime, davantage sont morts tués par une balle que la faim au ventre.

– Juliette ?

Je relève la tête d'un coup.

Ses yeux sont méfiants, inquiets, et me scrutent.

Je détourne les yeux.

Il s'éclaircit la voix.

– Alors… euh… ils nous nourrissent qu'une seule fois par jour ?

Sa question oriente nos deux regards vers la petite fente dans la porte.

Je replie mes genoux contre ma poitrine et mes os tiennent en équilibre sur le matelas. Si je reste vraiment, vraiment immobile, j'arrive presque à ignorer le métal qui me rentre dans la chair.

– Il n'y a pas de règles pour la nourriture, dis-je. (Mes doigts dessinent un nouveau motif sur le tissu rêche de la couverture.) On nous apporte en général un truc le matin, mais ça ne garantit pas qu'on ait quelque chose d'autre. Parfois… on a de la chance.

Mes yeux se détournent vers la vitre encastrée dans le mur. Des lueurs roses et rouges s'infiltrent dans la pièce, et je sais que c'est un nouveau début. Le début de la même fin. Un autre jour.

~~Peut-être que je mourrai aujourd'hui.~~

Peut-être qu'un oiseau volera aujourd'hui.

– Alors, c'est tout ? Ils ouvrent la porte une fois par jour pour que les gens fassent leurs petites affaires et peut-être que si on a *de la chance*, ils nous nourrissent ? C'est tout ?

L'oiseau sera blanc, avec des fils dorés comme une crête sur sa tête. Il volera.

– C'est tout.

– Y a pas de… thérapie de groupe ? questionne-t-il en riant presque.

– Jusqu'à ce que t'arrives, j'avais pas prononcé un seul mot depuis 264 jours.

Son silence est éloquent. Je peux presque tendre la main et toucher la culpabilité qui lui pousse sur les épaules.

– Tu vas rester combien de temps ? finit-il par demander.

~~À jamais.~~

– J'en sais rien.

Un bruit mécanique, au loin. Craquement, grincement, coup de manivelle. Ma vie se résume à quatre murs d'occasions ratées coulées dans du béton.

– Et ta famille ?

Sa voix trahit le chagrin et la gravité, comme s'il connaissait déjà la réponse.

~~Voilà ce que je sais au sujet de mes parents : j'ai aucune idée de l'endroit où ils sont.~~

– Pourquoi t'es ici ? dis-je en regardant mes doigts pour éviter son regard.

J'ai observé mes mains avec une telle minutie que je sais à quel endroit précis mes bosses, coupures et bleus ont ravagé ma peau. Des petites mains. Des doigts fins. Je serre le poing, puis le desserre pour relâcher la tension. Il n'a toujours pas réagi.

Je lève la tête.

– Je ne suis pas fou, se contente-t-il de répondre.

– C'est ce qu'on dit tous.

Je penche à peine la tête pour la secouer. Je me mords la lèvre. Mes yeux ne peuvent s'empêcher de lancer des regards par la fenêtre.

– Pourquoi t'arrêtes pas de regarder dehors ?

Ses questions ne me dérangent pas. Franchement. C'est juste bizarre d'avoir quelqu'un avec qui parler. C'est bizarre de devoir dépenser de l'énergie pour remuer les lèvres et former les mots qu'il faut pour expliquer mes actes. Personne ne s'est intéressé aussi longtemps à moi. Personne ne m'a regardée d'assez près pour se demander pourquoi je regarde par la vitre. Personne ne m'a traitée en égal. Mais bon… il ne sait pas ~~que je suis un monstre~~ mon secret. Je me demande combien de temps ça va durer avant qu'il ne prenne ses jambes à son cou.

J'ai oublié de répondre et il me fixe toujours.

Je ramène une mèche de cheveux derrière mon oreille, histoire de penser à autre chose.

– Pourquoi tu m'observes autant ?

Ses yeux ressemblent à deux microscopes qui examinent les cellules de mon existence. Prudents, curieux.

– Je croyais que s'ils m'enfermaient avec une fille, c'était uniquement parce que t'étais cinglée. Je pensais qu'ils essayaient de me torturer en me mettant dans le même espace qu'une psychopathe. J'ai cru que t'étais ma punition.

– C'est pour ça que tu m'as volé mon lit.

Pour exercer ton pouvoir. Délimiter ton territoire. Frapper le premier.

Il baisse les yeux. Joint les mains, puis les desserre et se frotte la nuque :

– Pourquoi m'aider ? Qu'est-ce qui te prouvait que je ne te ferais pas de mal ?

Je compte mes doigts pour m'assurer qu'ils sont toujours là.

– Rien.

– T'en sais rien ou tu m'as aidé pour rien ?

– Adam…

Ma lèvre s'ourle sur la forme de son nom. Je découvre avec étonnement que j'adore la manière simple et familière avec laquelle le son glisse sur ma langue.

Il se tient presque aussi immobile que moi. Son regard concentré trahit une nouvelle forme d'émotion qui m'échappe.

– Ouais ?

– À quoi ça ressemble ? dis-je en prononçant chaque mot plus posément que le précédent. À l'extérieur ? ~~Dans le monde réel. C'est pire ?~~

Une douleur altère les traits finement sculptés de son visage. Il attend deux secondes avant de répondre. Il jette un coup d'œil par la fenêtre.

– Honnêtement ? Je me demande si c'est mieux d'être ici ou dehors.

Je suis son regard en direction de la vitre qui nous sépare de la réalité et j'attends que ses lèvres s'entrouvrent. J'attends qu'il se mette à parler. Puis j'essaye de prêter attention à ses paroles qui flottent dans ma tête embrumée, le brouillard de mes sensations, le crachin de mon regard, les nuages de ma concentration.

– Tu savais que c'était un mouvement international ? me demande Adam.

– Non, je ne savais pas.

Je ne lui dis pas qu'on m'a arrachée à mon foyer voilà 3 ans. Je ne lui dis pas qu'on m'en a arrachée tout juste 7 ans après que le Rétablissement eut commencé à répandre la bonne parole et 4 mois après qu'il eut pris le contrôle de tout. Je ne lui dis pas que je sais vraiment peu de choses de notre nouveau monde.

Adam affirme que le Rétablissement avait la mainmise sur tous les pays et se préparait à placer ses dirigeants à la tête des affaires. Il dit que les terres encore habitables du globe ont été divisées en 3 333 secteurs, dont chacun se trouve désormais sous le contrôle d'une personne différente.

– Tu savais qu'on nous avait menti ? me demande Adam. Tu savais que le Rétablissement disait que quelqu'un devait sauver la société, que quelqu'un devait restaurer la paix ? Tu savais qu'ils disaient que tuer toutes les voix de l'opposition, c'était le seul moyen de trouver la paix ? Tu savais ça ?

Voilà ce qu'Adam me demande.

Et c'est là que j'acquiesce. C'est à ce moment-là que je dis oui.

C'est la période dont je me souviens. La colère. Les émeutes. La rage.

Mes paupières se ferment dans un effort inconscient pour occulter tous les mauvais souvenirs, mais l'effort se retourne contre moi. Manifestations. Rassemblements. Les gens hurlent pour survivre. Je vois des femmes et des enfants mourir de faim, des habitations détruites et ensevelies sous les décombres, la campagne transformée en paysage calciné, dont la chair putréfiée des victimes constitue la seule récolte. Je vois des morts, des morts, des morts, et du rouge, du grenat, du bordeaux, et la terre entière souillée par la nuance la plus riche du rouge à lèvres préféré de ma mère.

Je vois tant de choses et la mort est partout.

Le Rétablissement lutte pour maintenir son emprise sur les gens et s'acharne à combattre les rebelles qui s'opposent à ce nouveau régime, déclare Adam. Le Rétablissement bataille pour s'enraciner en tant que nouvelle forme de gouvernement dans toutes les sociétés du monde.

Je me demande alors ce qui est arrivé aux gens que j'avais l'habitude de voir chaque jour. Ce que sont devenus leurs maisons, leurs parents, leurs enfants. Je me demande combien d'entre eux sont enterrés. Combien d'entre eux ont été assassinés.

– Ils détruisent tout, déclare Adam d'une voix qui transperce le silence de toute sa solennité. Tous les livres, les objets, tous les vestiges de l'histoire de l'humanité. Ils affirment que c'est le seul moyen de réparer les choses. Ils disent qu'on doit redémarrer à zéro. Ils disent qu'on ne peut pas répéter les erreurs des générations précédentes.

2

coups

frappés à la porte,

et on se lève comme un seul homme, soudain replongés dans la réalité lugubre de ce monde.

Adam me regarde en haussant un sourcil.

– Petit déjeuner.

Je lui rappelle :

– Attends trois minutes.

On est tellement doués pour masquer notre faim que seuls les coups sur la porte écornent notre dignité.

Ils font exprès de nous affamer.

– Ouais. (Ses lèvres esquissent un doux sourire.) J'ai pas envie de me brûler.

Il s'avance et déplace de l'air.

Je suis une statue.

– Je comprends toujours pas, dit-il d'une voix si tranquille. Pourquoi t'es ici ?

– Pourquoi tu poses autant de questions ?

Moins d'un pas nous sépare et je suis à 25 cm de la combustion spontanée.

– Ton regard est si profond. (Il incline la tête.) Si calme. Je veux savoir ce que tu penses.

– Tu ne devrais pas. (Ma voix s'estompe.) Tu ne me connais même pas.

Il rigole et la lueur dans ses yeux prend vie.

– Je ne te connais pas.

– Non.

Il secoue la tête. S'assoit sur son lit.

– Exact. Bien sûr que non.

– Quoi ?

– T'as raison, dit-il, le souffle court. Peut-être que je suis fou.

Je fais deux pas en arrière.

– Peut-être que tu l'es.

Il sourit encore et j'aimerais prendre une photo. J'aimerais fixer la courbe de ses lèvres pour le restant de mes jours.

– Je ne le suis pas, tu sais.

– Mais tu veux pas me dire pourquoi t'es ici, dis-je comme par défi.

– Et toi non plus.

Je m'agenouille et tire le plateau par la fente. Une mixture impossible à identifier dans deux tasses en étain fumantes. Adam s'affale par terre, en face de moi.

– Petit déjeuner, lui dis-je en poussant sa portion vers lui.

6

1 mot, 2 lèvres, 3, 4, 5 doigts qui forment 1 poing.

1 coin, 2 parents, 3, 4, 5 raisons de se cacher.

1 enfant, 2 yeux, 3, 4, 17 années de frayeur.

1 manche à balai brisé, 2 visages farouches, des murmures rageurs, des cadenas sur ma porte.

Regardez-moi, voilà ce que j'avais envie de vous dire. Parlez-moi de temps en temps. Trouvez-moi un remède pour sécher ces larmes. J'aimerais vraiment pouvoir enfin souffler dans ma vie.

Ça fait 2 semaines.

2 semaines identiques, 2 avec la même routine. 2 semaines avec le codétenu qui a ~~failli me toucher qui ne~~ me touche pas. Adam s'adapte au système. Il ne se plaint jamais, ne se livre jamais trop, continue à poser trop de questions.

Il est gentil avec moi.

Je suis assise près de la fenêtre et regarde la pluie, les feuilles, la neige qui s'entrechoquent. À tour de rôle, elles virevoltent dans le vent, exécutent des chorégraphies pour les masses qui ne se méfient de rien. Les soldats marchent d'un pas lourd, lourd, lourd sous la pluie, écrasent les feuilles et la neige sous leurs pieds. Des gants enveloppent leurs mains qui enveloppent des fusils qui pourraient tirer mille et une balles. Ils ne se donnent pas la peine de jeter un œil sur la beauté qui tombe du ciel. La liberté de sentir l'univers sur leur peau, ça leur échappe. Ils s'en moquent.

J'aimerais pouvoir remplir ma bouche d'une multitude de gouttes de pluie, remplir mes poches d'une multitude de flocons de neige. J'aimerais pouvoir suivre du doigt les veines d'une feuille morte et sentir le vent me pincer le nez.

Au lieu de quoi j'ignore le désespoir qui m'englue les doigts et je guette l'oiseau que je n'ai vu que dans mes rêves. Les oiseaux volaient, dans le temps – c'est ce que prétendent les histoires. Avant que la couche d'ozone ne soit détériorée, avant que les polluants ne transforment les créatures ~~en horribles mutants.~~

Ils disent que le climat n'a pas toujours été aussi imprévisible.

Ils disent qu'il y avait des oiseaux qui filaient dans le ciel comme des avions.

Ça paraît étrange qu'un petit animal puisse accomplir quelque chose d'aussi complexe que ce dont est capable une invention humaine, mais l'idée est trop attrayante pour être ignorée. Ça fait exactement 10 ans que je rêve de voir le même oiseau voler dans le même ciel. Blanc, avec des fils dorés comme une crête sur sa tête.

C'est le seul de mes rêves qui m'apaise.

– Qu'est-ce que t'écris ?

Je louche sur sa stature robuste, son large sourire. Je ne sais pas comment il arrive à sourire malgré tout le reste. Je me demande comment il peut s'accrocher à cette silhouette, à la courbe singulière de ces lèvres qui bouleverse des vies.

Je me demande comment il se sentira dans un mois et frissonne à cette pensée.

Je ne veux pas le voir finir comme moi.

Vide.

– Hé…

Il s'empare de la couverture sur mon lit, s'accroupit près de moi et, sans perdre un instant, pose le mince tissu sur mes épaules encore plus minces.

– Ça va ?

J'essaie de sourire. Décide d'éviter la question.

– Merci pour la couverture.

Il s'assoit à mon côté et s'adosse au mur. Ses épaules sont si près, trop près ~~jamais assez près.~~ La chaleur de son corps me réchauffe bien plus que la couverture ne le fera jamais. Mes articulations souffrent d'un désir ardent, d'un besoin frénétique que je ne pourrai jamais assouvir. Mes os implorent quelque chose que je ne peux permettre à quiconque.

~~Touche-moi.~~

Il pose un regard furtif sur le petit carnet enfoui dans ma main, sur le stylo cassé coincé dans mon poing. Je referme le calepin et je le roule pour le glisser dans une crevasse du mur. J'examine le stylo dans ma paume. Je sais qu'Adam a les yeux rivés sur moi.

– T'écris un livre ?

– Non.

Non, je n'écris pas un livre.

– Peut-être que tu devrais.

Je me tourne, croise son regard et le regrette aussitôt. Moins de 8 centimètres nous séparent et je ne peux pas bouger, parce que mon corps sait seulement comment se figer. Chaque muscle, chaque mouvement se contracte, chacune de mes vertèbres est un bloc de glace. Je retiens mon souffle et mes yeux sont écarquillés, prisonniers de l'intensité de son regard. Je ne peux pas les détourner. J'ignore comment battre en retraite.

J'hallucine.

Ses yeux.

J'essaye de me voiler la face, bien décidée à nier l'impossible.

Je le connais. Je le connais. Je le connais. Je le connais.

Le garçon ~~qui ne se souvient pas de moi~~ que je connaissais dans le temps.

– Ils vont détruire notre langue, dit-il, la voix prudente, tranquille.

Je lutte pour reprendre mon souffle.

– Ils veulent tout recréer, poursuit-il. Ils veulent tout reconcevoir. Ils veulent détruire tout ce qui pourrait être la cause de nos problèmes. Ils pensent qu'on a besoin d'une nouvelle langue universelle. (Il baisse la voix. Baisse les yeux.) Ils veulent tout détruire. Toutes les langues de l'Histoire.

– Non.

J'ai le souffle court. Des taches me brouillent la vue.

– Je sais.

– Non.

Ça, je l'ignorais.

Il redresse la tête.

– C'est bien que tu notes des trucs. Un jour, ce que tu fais sera illégal.

Je me suis mise à trembler. Mon corps lutte soudain contre un tourbillon d'émotions, le cerveau assailli par ce monde que je suis en train de perdre et accablé par ce garçon qui ne se souvient pas de moi. Le stylo dégringole par terre et je me cramponne tellement à la couverture que j'ai peur de la déchirer. La glace m'entaille la peau, l'épouvante me fige les veines. Je n'ai jamais pensé que ça serait aussi dur. Que le Rétablissement irait aussi loin. Ils incendient la culture, la beauté de la diversité. Les nouveaux citoyens de notre monde seront réduits à l'état de numéros qu'on pourra facilement remplacer, facilement supprimer, facilement détruire pour désobéissance.

On a perdu notre humanité.

Je m'enveloppe dans la couverture jusqu'à ce que je sois bercée par les tremblements qui terrorisent mon corps. Mon manque d'aplomb m'horrifie.

Je n'arrive pas à me tenir tranquille.

Sa main se retrouve soudain posée sur mon dos.

Elle me brûle la peau à travers les couches de tissu et je respire si vite que mes poumons s'asphyxient. Je suis prise dans un chaos de courants et de contre-courants. Je crève d'envie ~~je crève d'envie~~, je ~~crève d'envie~~ d'être tout près, d'être très loin. J'ignore comment m'éloigner de lui. ~~Je ne veux pas m'éloigner de lui.~~

Je ne veux pas qu'il ait peur de moi.

– Hé…

Sa voix est douce, si douce, si douce. Ses bras se révèlent plus robustes que tous les os de mon corps. Il attire ma silhouette emmitouflée contre sa poitrine et j'explose. Deux, trois, quatre, cinquante mille éclats d'émotion me poignardent en plein cœur, se liquéfient en gouttes de miel tiède qui apaisent mes bleus à l'âme. La couverture est la seule barrière qui nous sépare, et il m'attire encore plus près, plus fort, jusqu'à ce que j'entende les battements sourds au tréfonds de son cœur, et ses bras d'acier autour de mon corps sectionnent tous les liens de tension dans mes membres. Sa chaleur dissout les glaçons qui me soutiennent de l'intérieur et je fonds, je fonds, je fonds, tandis que je bats des cils avec fébrilité jusqu'à ce qu'ils se ferment, jusqu'à ce que des larmes silencieuses coulent le long de mon visage. Et je décide que la seule chose que je souhaite figer, c'est son corps qui entoure le mien.

– Tout va bien, murmure-t-il. Ça va aller.

La vérité est une maîtresse jalouse, perverse, qui ne dort jamais… Voilà ce que je ne lui dis pas. Je n'irai jamais bien.

De toutes les fibres rompues de mon être, je m'arrache à lui. Je le fais parce que je dois le faire. ~~Parce que c'est pour son bien.~~ Quelqu'un enfonce des fourchettes dans mon dos et je recule en trébuchant. Mon pied se prend dans la couverture et je manque m'écrouler avant qu'Adam ne tende une fois de plus sa main.

– Juliette…

– Tu ne peux pas me tou… toucher, dis-je, la voix entrecoupée comme je déglutis avec peine, et mes doigts tremblent tellement que je serre les poings. Tu ne peux pas me toucher. Tu ne peux pas.

Mes yeux sont fixés sur la porte.

Il est debout.

– Pourquoi ?

– Tu ne peux pas, c'est tout, dis-je en chuchotant au mur.

– Je ne comprends pas… Pourquoi tu veux pas me parler ? T'es assise dans le coin toute la journée, t'écris dans ton carnet et tu regardes partout, sauf mon visage. T'as des tas de choses à dire à une feuille de papier, mais moi, je suis là et tu fais comme si j'existais pas. Juliette, *s'il te plaît…* (Il tend la main vers mon bras et je me détourne.) Pourquoi tu ne veux pas au moins me regarder ? Je ne vais pas te faire du mal…

~~Tu ne te souviens pas de moi. Tu ne te rappelles pas qu'on a fréquenté la même école pendant sept ans.~~

Tu ne te souviens pas de moi.

– Tu ne me connais pas. (Ma voix est posée, neutre, mes membres engourdis, amputés.) On partage le même espace depuis deux semaines et tu penses me connaître, mais tu ne sais rien de moi. Peut-être que je *suis* folle.

– Tu ne l'es pas, réplique-t-il en serrant les dents. Tu *sais* que tu ne l'es pas.

– Alors c'est peut-être toi, dis-je prudemment, lentement. Parce que l'un de nous deux l'est.

– C'est pas vrai…

– Alors dis-moi pourquoi t'es ici, Adam. Qu'est-ce que tu fais dans un asile d'aliénés si t'as rien à y faire ?

– Je t'ai posé la même question depuis mon arrivée.

– Peut-être que tu poses trop de questions.

Je l'entends souffler bruyamment. Il lâche un rire amer.

– On est pratiquement les deux seules personnes *en vie* dans cet endroit et tu veux, toi aussi, m'ignorer ?

Je ferme les yeux et me concentre sur ma respiration.

– Tu peux me parler. Ne me touche pas, c'est tout.

7 secondes de silence se joignent à la conversation.

– Peut-être que j'ai envie de te toucher.

L'incrédulité a perforé 15 000 trous dans mon cœur. L'audace me tente, j'ai mal, j'ai mal, j'ai mal, j'en crève de vouloir toujours ce que je ne pourrai jamais avoir.

Je lui tourne le dos, mais ne peux retenir les mensonges qui s'écoulent de ma bouche.

– Peut-être que j'en ai pas envie.

Il émet une sorte de bruit guttural.

– Je te dégoûte à ce point ?

Je fais volte-face. Ses paroles m'ont tellement prise de court que je baisse la garde. Il me fixe, le visage dur, la mâchoire serrée, les doigts fléchis le long du corps. Ses yeux évoquent deux réservoirs d'eau de pluie, profonds, purs, transparents.

Il est blessé.

– Tu ne sais pas de quoi tu parles.

Je n'arrive plus à respirer.

– Tu ne peux pas répondre à une question simple, hein ?

Il secoue la tête et se tourne vers le mur.

Mon visage est coulé dans un moule de neutralité, mes bras et mes jambes remplis de plâtre. Je ne ressens rien. Je ne suis rien. Je suis vide de tout. Je ne bougerai plus. Je contemple une toute petite fissure près de ma chaussure. Je vais la fixer à jamais.

Les couvertures tombent par terre. Le monde se brouille sous mes yeux, mes oreilles transmettent le moindre son dans une autre dimension. Mes yeux se ferment, mes pensées partent à la dérive, mes souvenirs me percutent en plein cœur.

Je le connais.

De toutes mes forces, j'ai tenté de ne plus penser à lui.

De toutes mes forces, j'ai essayé d'oublier son visage.

De toutes mes forces, j'ai cherché à chasser ces yeux bleus, bleus, bleus de ma tête, mais je le connais, je le connais, je le connais. Je l'ai vu pour la dernière fois il y a trois ans.

Je ne pourrai jamais oublier Adam.

Mais lui m'a déjà oubliée.

7

Je me souviens des télévisions, des cheminées et des lavabos en faïence. Je me souviens des tickets de cinéma, des parkings et des 4 × 4. Je me souviens des salons de coiffure, des vacances, des persiennes, des pissenlits et de l'odeur des allées qu'on vient de paver. Je me souviens des publicités pour dentifrice, des dames à talons hauts et des vieux messieurs en costume d'homme d'affaires. Je me souviens des facteurs, des bibliothèques, des boys bands, des ballons de baudruche et des arbres de Noël.

Je me souviens quand j'avais 10 ans et qu'on ne pouvait plus ignorer les pénuries alimentaires, et tout devenait si cher que personne n'avait plus les moyens de vivre.

Adam ne me parle pas.

Peut-être que ça vaut mieux. Peut-être que ça n'avait pas d'intérêt d'espérer que lui et moi puissions devenir amis, peut-être que c'est mieux qu'il pense que je ne l'aime pas plutôt que je l'aime trop. Il cache beaucoup de choses qui pourraient être de la souffrance, mais ses secrets me font peur. Il ne me dira pas pourquoi il est ici. Même si je ne lui dis pas grand-chose non plus.

~~Et pourtant, pourtant, pourtant.~~

Hier soir, le souvenir de ses bras autour de moi aura suffi à chasser les cris. La chaleur d'une douce étreinte, la force de ses mains vigoureuses qui m'empêchent de voler en éclats, le soulagement et la libération de tant d'années de solitude. Il m'a offert un cadeau, mais je ne peux lui rendre la pareille.

Toucher Juliette, c'est quasi impossible.

Je n'oublierai jamais l'horreur dans les yeux de ma mère, la torture sur le visage de mon père, la frayeur gravée dans leur expression. Leur enfant ~~était~~ est un monstre. Possédée par le démon. Maudite par les ténèbres. Hérétique. Une abomination. Les médicaments, les analyses, les solutions médicales ont échoué. Les contre-expertises psychologiques ont échoué.

C'est une arme ambulante pour la société, ont dit les professeurs. *Nous n'avons jamais rien vu de tel,* ont dit les médecins. *Elle devrait être retirée de votre foyer,* ont dit les officiers de police.

~~Aucun problème, ont dit mes parents.~~ J'avais quatorze ans quand ils ont fini par se débarrasser de moi. Quand ils se sont tenus à l'écart et m'ont regardée me faire embarquer pour un meurtre que j'ignorais pouvoir commettre.

Peut-être que le monde est davantage en sécurité maintenant que je suis enfermée dans une cellule. Peut-être qu'Adam n'a rien à craindre s'il me déteste. Il est assis dans le coin, les poings sur le visage.

Je n'ai jamais voulu lui faire du mal.

Je n'ai jamais voulu faire du mal à la seule personne qui n'ait jamais voulu me faire du mal.

La porte s'ouvre avec fracas et cinq personnes envahissent la pièce, fusils pointés sur nos poitrines.

Adam est debout, et moi, une statue de pierre. J'ai oublié de respirer. Je n'ai jamais vu autant de gens à l'intérieur aussi longtemps et je suis momentanément stupéfaite. Je devrais hurler.

– MAINS EN L'AIR, JAMBES ÉCARTÉES, BOUCHE FERMÉE. NE BOUGEZ PAS ET ON NE TIRERA PAS.

Je suis toujours figée sur place. Je devrais bouger, lever les bras, écarter les jambes et me rappeler de respirer. Quelqu'un me brise la nuque.

Celui qui aboie des ordres me flanque la crosse de son arme dans le dos et mes genoux craquent en heurtant le sol. Je finis par avaler une bouffée d'oxygène avec un goût de sang. Je crois entendre Adam crier, mais une douleur intense me parcourt le corps, différente de tout ce que j'ai connu auparavant. Je suis parfaitement immobilisée.

– Pourquoi tu ne comprends pas ce que signifie garder la bouche FERMÉE ?

Je jette un regard oblique et vois le canon du fusil à cinq centimètres du visage d'Adam.

– LÈVE-TOI.

Une botte à coque d'acier me frappe en plein dans les côtes, d'un coup sec et violent. Je ravale mon souffle étranglé qui étouffe mon corps.

– J'ai dit : LÈVE-TOI.

Plus fort, plus rapide, plus vigoureux, un autre coup de botte dans mon ventre. Je ne peux même pas crier.

~~Lève-toi, Juliette. Lève-toi. Sinon ils vont abattre Adam.~~

Je me redresse à genoux et retombe contre le mur derrière moi, titube en avant pour recouvrer mon équilibre. Lever mes mains, c'est une torture pire que ce que j'aurais jamais cru pouvoir endurer. Mes organes sont morts, mes os brisés, ma peau trouée comme une passoire par les aiguilles et les épingles de la douleur. Ils sont enfin venus me tuer.

C'est la raison pour laquelle ils ont mis Adam dans ma cellule.

Parce que je m'en vais. Adam est ici parce que je m'en vais, parce qu'ils ont oublié de me tuer à temps, parce que ma période s'achève, parce que mes dix-sept années étaient bien trop nombreuses pour ce monde. Ils vont me tuer.

Je me suis toujours demandé comment ça se passerait. ~~Je me demande si ça va rendre mes parents heureux.~~

Quelqu'un rigole.

– T'es vraiment qu'une petite merde, hein ?

Je ne sais même pas s'ils s'adressent à moi. J'arrive à peine à me concentrer sur mes bras qui doivent rester en l'air.

– Elle ne pleure même pas, ajoute quelqu'un. D'habitude, les filles implorent la pitié, à ce stade.

Les murs se mettent à saigner dans le plafond. Je me demande combien de temps je peux retenir mon souffle. Je n'arrive pas à distinguer les mots, à comprendre les sons. J'entends le sang qui afflue dans ma tête et mes lèvres sont deux blocs de béton que je ne parviens pas à entrouvrir. J'ai un fusil dans le dos et j'avance en trébuchant. Le sol remonte vers moi. Mes pieds se traînent dans une direction que je n'arrive pas à déchiffrer.

J'espère qu'ils me tueront bientôt.

8

Je mets 2 jours avant de rouvrir les yeux.

Il y a une coupe en étain remplie d'eau et une autre de nourriture posées sur le côté, et j'en respire le contenu froid, les mains tremblantes. Une douleur sourde fait craquer mes os, une extrême sécheresse étrangle ma gorge.

Je n'ai rien de cassé, apparemment, mais un seul regard sous mon tee-shirt me prouve que la douleur était réelle. Les ecchymoses s'étirent dans des nuances de bleu et de jaune ; une torture au toucher, une lente guérison.

Adam a disparu.

Je suis seule dans un bloc de solitude, 4 murs de 3 mètres au plus de chaque côté ; l'air ambiant s'insinue par une petite fente dans la porte. Mon imagination me terrorise lorsque la lourde porte métallique s'ouvre à la volée. Un gardien avec deux fusils en bandoulière me regarde de haut en bas.

– Lève-toi.

Cette fois, je n'hésite pas.

J'espère au moins qu'Adam n'a rien à craindre. J'espère qu'il n'en est pas réduit au même sort que moi.

– Suis-moi.

La voix du gardien est épaisse et grave, ses yeux gris indéchiffrables. Il a dans les 25 ans, des cheveux blonds coupés ras sur le crâne, des manches de chemise retroussées jusqu'aux épaules, des tatouages militaires qui s'enroulent sur les avant-bras comme ceux d'Adam.

J'hallucine.

Non.

Adam s'approche dans l'entrée à côté du blond et, de son arme, désigne un couloir étroit.

– Avance.

~~Adam braque une arme sur ma poitrine.~~

~~Adam braque une arme sur ma poitrine.~~

Adam braque une arme sur ma poitrine.

Ses yeux me sont étrangers, vitreux et distants, loin, loin, loin d'ici.

Je ne suis rien d'autre que de la Novocaïne. Je suis hébétée, un monde de néant à moi toute seule, tous mes sentiments et mes émotions disparus à jamais.

Je suis un murmure qui n'a jamais existé.

Adam est un soldat. ~~Adam veut que je meure.~~

Je le dévisage ouvertement à présent. Chaque sensation est amputée, ma douleur est un cri lointain déconnecté de mon corps. Mes pieds avancent d'eux-mêmes ; mes lèvres restent closes parce qu'aucun mot ne pourra jamais décrire cet instant.

La mort serait accueillie comme une libération après ces joies terrestres que j'ai connues.

J'ignore combien de temps j'ai marché, avant qu'un coup dans le dos me paralyse encore. Je bats des paupières sous la clarté aveuglante que je n'ai pas vue depuis si longtemps.

Mes yeux se mettent à larmoyer et je les plisse sous les lampes fluo qui illuminent le vaste espace. Je ne vois pratiquement rien.

– Juliette Ferrars. (Une voix fait exploser mon nom. Une lourde botte pèse sur mon dos et je ne peux pas lever la tête pour discerner celui qui s'adresse à moi.) Weston, baisse la lumière et lâche-la. Je veux voir son visage.

L'ordre est froid et dur comme l'acier, d'un calme dangereux, d'une puissance qui ne nécessite aucun effort.

La luminosité est réduite à un niveau que je peux tolérer. La marque de la botte est gravée dans mon dos, mais je ne sens plus la pression sur ma peau. Je lève la tête et regarde l'homme.

Je suis aussitôt frappée par sa jeunesse. Il ne doit pas être bien plus vieux que moi.

À l'évidence, il est responsable de quelque chose, encore que j'ignore de quoi. Il a une peau sublime, irréprochable, la mâchoire robuste et saillante. Ses yeux présentent la nuance d'émeraude la plus pâle que j'aie jamais vue.

Il est beau.

Son sourire en coin trahit une malveillance étudiée.

Il se tient assis sur ce qu'il doit prendre pour un trône, mais ce n'est rien d'autre qu'une chaise à l'entrée d'une pièce vide. Son costume est repassé avec soin, ses cheveux blonds impeccablement coiffés, ses soldats de parfaits gardes du corps.

Je le déteste.

– T'es drôlement têtue. (Ses yeux verts sont presque translucides.) Tu ne veux jamais coopérer. Tu n'as même pas été gentille avec ton compagnon de cellule !

Je tressaille sans le vouloir. La brûlure de la trahison empourpre mon cou.

Yeux-verts a bizarrement l'air de s'amuser et je me sens soudain humiliée.

– Intéressant, non ? (Il fait claquer ses doigts.) Kent, tu veux bien venir par ici, s'il te plaît ?

Mon cœur cesse de battre quand Adam apparaît. ~~Kent. Il s'appelle Adam Kent~~.

Je suis en feu des pieds à la tête. Adam rejoint Yeux-verts dans la seconde, mais le gratifie d'un bref signe de tête en guise de salut. Peut-être que le responsable n'est pas aussi important qu'il ne le pense.

– Oui, chef, dit-il.

Tellement de pensées s'embrouillent dans ma tête que je n'arrive pas à dénouer la folie qui les entremêle. J'aurais dû m'en douter. J'avais entendu dire que des soldats vivaient en secret parmi les civils et signalaient aux autorités tout ce qui leur semblait suspect. Chaque jour des gens disparaissaient. Aucun d'eux ne revenait jamais.

Bien que je ne comprenne toujours pas pourquoi on a envoyé Adam m'espionner.

– On dirait que tu lui as fait une forte impression.

En observant plus attentivement l'homme sur la chaise, je réalise seulement que son costume est décoré de minuscules insignes multicolores. Des souvenirs militaires. Son nom de famille est gravé sur le revers de la veste : Warner.

Adam ne dit rien. Il ne regarde pas dans ma direction. Il se tient bien droit, un bon mètre quatre-vingts d'une ~~superbe~~ musculature élancée, un profil robuste et assuré. Les mêmes bras qui serraient mon corps servent à présent d'étui à des armes mortelles.

– Tu n'as pas de commentaire à faire ? demande Warner en lançant un regard à Adam, avant de hocher la tête vers moi, ses yeux virevoltant sous la lumière, visiblement amusé.

Adam serre la mâchoire.

– Non, chef.

– Bien sûr, reprend Warner, brusquement las. Pourquoi devrais-je attendre de toi le moindre commentaire ?

– Vous allez me tuer ?

Les mots m'échappent avant que j'aie le temps d'y réfléchir et quelqu'un me flanque encore un coup dans la colonne vertébrale avec son arme. Je dégringole à terre dans un gémissement étouffé et me retrouve pantelante sur le sol crasseux.

– Ce n'était pas nécessaire, Roland, dit Warner d'une voix pétrie de déception feinte. Je suppose que je poserais la même question à ta place. (Il marque une pause.) Juliette ?

Je me débrouille pour relever la tête.

– J'ai une proposition à te faire.

9

Je ne suis pas sûre de l'avoir bien entendu.

– Tu détiens quelque chose que je souhaite posséder.

Warner me dévisage toujours.

– Je ne comprends pas, lui dis-je.

Il prend une profonde inspiration, se lève et arpente la pièce de long en large. Adam n'a toujours pas été renvoyé.

– Tu représentes un peu mon projet favori. (Warner sourit dans sa barbe.) Ça fait un petit moment que j'étudie ton dossier.

Je ne supporte pas cette façon qu'il a de se pavaner d'un air pompeux et suffisant. J'ai envie de lui arracher son sourire radieux.

Warner s'arrête de marcher.

– Je te veux dans mon équipe.

– Quoi ? dis-je dans un souffle entrecoupé de surprise.

– On est en pleine *guerre*, reprend-il un soupçon impatient. Peut-être que tu peux rassembler les morceaux du puzzle.

– Je ne comp...

– Je connais ton secret, Juliette. Je sais pourquoi tu es ici. Ta vie entière est référencée dans les archives d'hôpital, les plaintes aux autorités, les actions en justice compliquées, les demandes publiques d'incarcération. (Il s'interrompt et je suffoque sous l'épouvante qui me serre la gorge.) Ça fait longtemps que j'y réfléchis, mais je voulais m'assurer que tu n'étais pas *effectivement* psychotique. L'isolement ne constituait certes pas un indicateur idéal, mais tu t'en es drôlement bien tirée. (Il me gratifie d'un sourire signifiant que je devrais lui être reconnaissante d'un tel éloge.) En guise d'ultime précaution, j'ai envoyé Adam dans ta cellule. Je voulais être certain que tu n'étais pas instable, mais capable d'interaction et de communication humaine essentielles. Je dois dire que le résultat m'enchante.

Quelqu'un m'arrache la peau.

– Il semble qu'Adam ait joué son rôle un peu trop brillamment. C'est un soldat chevronné. L'un des meilleurs, en fait. (Warner lui accorde un regard furtif avant de me sourire.) Mais ne t'inquiète pas, il ignore ce dont tu es capable. Pour l'instant, du moins.

Je me cramponne à la panique, j'avale la douleur, je me supplie de ne pas regarder dans sa direction, mais j'échoue~~, j'échoue, j'échoue~~. Adam croise mon regard à la seconde même où je croise le sien, mais il détourne si vite les yeux que j'ignore si je ne viens pas d'halluciner.

~~Je suis un monstre.~~

– Je ne suis pas aussi cruel que tu le penses, poursuit Warner, des accents mélodieux dans la voix. Si tu tiens tellement à sa compagnie, je peux faire de ceci (il désigne Adam et moi d'un geste) une mission permanente.

– Non, dis-je dans un souffle.

Warner grimace un sourire insouciant.

– Oh *si* ! Mais sois prudente, ma jolie. Si tu fais quelque chose de… *mal*… il devra t'abattre.

Des pinces coupantes creusent des trous dans mon cœur. Adam ne réagit à aucune des paroles de Warner.

Il fait son travail.

Je suis un numéro, une mission, un objet facilement interchangeable ; je ne suis même pas un souvenir dans son esprit.

Je ne suis rien.

Je ne m'attendais pas à ce que sa trahison m'engloutisse aussi profondément.

– Si tu acceptes mon offre, reprend Warner en interrompant mes pensées, tu vivras comme moi. Tu seras l'une d'entre *nous*, et pas l'une d'entre *eux*. Ta vie changera à jamais.

– Et si je n'accepte pas ? dis-je en reprenant mon souffle avant que ma voix ne se brise de frayeur.

Warner a l'air sincèrement déçu. Ses mains jointes expriment sa consternation.

– Tu n'as pas vraiment le choix. Si tu rejoins mon camp, tu seras récompensée. (Il plisse les lèvres.) Mais si tu choisis de désobéir... eh bien... je pense que tu es plutôt jolie, avec toutes les parties de ton corps intactes, non ?

Je respire si fort que mon corps en tremble.

– Vous voulez que je torture des gens pour vous ?

Un sourire éclatant illumine son visage.

– Ce serait merveilleux.

Le monde n'est qu'une gigantesque mare de sang.

Je n'ai pas le temps de formuler une réponse qu'il se tourne déjà vers Adam.

– Montre-lui ce qu'elle rate, tu veux bien ?

Adam réagit une seconde trop tard.

– Chef ?

– C'est un ordre, soldat. (Les yeux de Warner sont fixés sur moi et ses lèvres se crispent comme il réprime son amusement.) En voilà une que j'aimerais briser. Elle est un peu trop fougueuse et ça va lui jouer des tours.

Les dents serrées, je crache :

– On ne peut pas me toucher.

– Faux, riposte-t-il en chantonnant. (Il lance une paire de gants noirs à Adam.) Tu vas avoir besoin de ça, lui glisse-t-il dans un murmure de conspirateur.

– Vous êtes un monstre. (Ma voix est trop posée, mon corps rempli d'une rage soudaine.) Pourquoi vous ne me *tuez* pas simplement ?

– Ça, ma chère, ce serait du gâchis. (Il s'avance et je constate que ses mains sont soigneusement gantées de cuir blanc. D'un doigt, il me redresse le menton.) En outre, ce serait dommage de perdre un si charmant minois.

J'essaye d'écarter la tête, mais la même botte à coque d'acier frappe ma colonne vertébrale et Warner m'attrape le visage. J'étouffe un hurlement.

– Ne lutte pas, ma chérie. Tu ne ferais qu'aggraver ton cas.

– J'espère que tu vas pourrir en enfer !

Warner remue sa mâchoire. Il lève une main pour empêcher quelqu'un de me tirer dessus, ou de me flanquer un coup de pied dans le ventre, ou de me défoncer le crâne… je ne sais pas trop.

– Tu te bats dans le mauvais camp. (Il se redresse.) Mais nous pouvons y remédier. Adam ! lâche-t-il. Ne la perds pas de vue. Elle est sous ta responsabilité, maintenant.

– Oui, chef.

10

Adam enfile les gants, mais ne me touche pas.

– Laisse-la se relever, Roland. C'est moi qui m'en charge à présent.

La botte disparaît. Je lutte pour me mettre debout et mon regard se noie dans le vague. Je ne vais pas penser à l'horreur qui m'attend. Quelqu'un me frappe dans le creux des genoux et je manque dégringoler.

– *Remue-toi,* grogne une voix dans mon dos.

Je lève les yeux et réalise qu'Adam s'éloigne déjà. Je suis censée le suivre.

Une fois de retour dans la pénombre familière des couloirs de l'asile, il s'arrête enfin.

– Juliette.

~~Un seul mot empreint de douceur, et je ne sens plus mes membres.~~

Je ne lui réponds pas.

– Prends ma main, dit-il.

– Jamais de la vie, dis-je avec peine entre deux bouffées d'oxygène. Pas question.

Un lourd soupir. Je le sens se déplacer dans le noir et bientôt son corps est trop près, si près du mien que ça me désarme. Sa main se pose au creux de mes reins et il me guide dans les couloirs vers une destination inconnue. Chaque centimètre de ma peau rougit. Je dois me tenir bien droite pour éviter de tomber à la renverse dans ses bras.

Le chemin se révèle plus long que prévu. Lorsque Adam finit par parler, je suppose qu'on arrive au bout.

– On va sortir, me glisse-t-il à l'oreille.

Je dois serrer les poings pour maîtriser les frissons qui me chavirent le cœur. Je suis presque trop distraite par la sensation que me procure sa voix pour comprendre ce qu'il me dit.

– J'ai pensé que je devais te prévenir.

Je réagis en reprenant bruyamment mon souffle. Ça fait presque un an que je n'ai pas mis les pieds dehors. Ça m'excite au point d'en devenir douloureux, mais je n'ai pas senti la lumière naturelle sur ma peau depuis si longtemps que j'ignore si je pourrai la supporter. Je n'ai pas le choix.

L'air me frappe en premier.

Notre atmosphère n'a rien d'extraordinaire, mais après tant de mois dans un coin de béton, même l'oxygène souillé de notre Terre à l'agonie a un parfum de paradis. J'aimerais pouvoir respirer plus vite encore. J'engloutis la sensation à pleins poumons ; j'avance dans la brise légère et j'en attrape une poignée qui se faufile entre mes doigts.

Un bonheur qui ne ressemble à rien de ce que j'ai connu jusqu'à maintenant.

L'air est frais et vif. Un bain réparateur mais évanescent, qui m'irrite les yeux et me fouette la peau. Le soleil est haut dans le ciel aujourd'hui ; il m'aveugle en réfléchissant les petites plaques de neige qui conservent la terre gelée.

Mes paupières se ferment sous le poids de la luminosité ambiante et je ne vois qu'à travers deux fentes ; mais les rayons chauds enlacent mon corps comme un vêtement qui épouse ma silhouette, comme l'étreinte de quelque chose d'encore plus formidable qu'un être humain. Je pourrais rester là, immobile à jamais. L'espace d'une seconde éternelle, je me sens libre.

La main d'Adam me fait l'effet d'une décharge électrique qui me ramène à la réalité. Je sursaute presque d'effroi quand il me prend la taille. Je supplie mes os de cesser de trembler.

– Tu vas bien ?

Ses yeux me surprennent. Ce sont les mêmes que dans mon souvenir, bleus et profonds comme les abysses de l'océan. Ses mains sont ~~douces, si douces~~ autour de moi.

– Je ne veux pas que tu me touches, dis-je en mentant.

– Tu n'as pas le choix.

Il ne veut pas me regarder.

– J'ai toujours le choix.

Il se passe une main dans les cheveux et ravale la salive qu'il n'a pas dans sa gorge.

– Suis-moi.

On se trouve dans un espace vierge, un terrain vague rempli de feuilles mortes et d'arbres mourants qui aspirent la neige fondue par petites gorgées. Le paysage est ravagé par la guerre et l'oubli, mais ça reste la plus belle chose que j'aie jamais vue depuis longtemps. Les soldats interrompent leurs manœuvres pour regarder Adam qui m'ouvre une portière de voiture.

Ce n'est pas une voiture. C'est un tank.

Je contemple l'imposante carcasse de métal et tente de grimper sur le côté, quand Adam se retrouve soudain derrière moi.

Il me hisse par la taille et je m'étrangle tandis qu'il m'installe sur le siège.

Bientôt, on roule en silence et je n'ai aucune idée de notre destination.

Je regarde tout ce qui défile par la fenêtre.

Je dévore, j'avale, j'absorbe chaque détail infinitésimal des décombres, de la ligne des toits, des habitations abandonnées et des fragments de métal et de verre qui parsèment le décor. Le monde a l'air nu, dépourvu de végétation et de chaleur. Il n'y a aucune plaque de rue, aucun panneau de signalisation ; l'un comme l'autre ne serviraient à rien. Il n'y pas de transport public. Tout le monde sait que les voitures sont désormais fabriquées par une seule et unique société et vendues à un prix inabordable.

Très peu de gens ont les moyens de fuir.

~~Mes parents.~~

On a réparti la population sur ce qui reste du pays. Les bâtiments industriels forment la colonne vertébrale du paysage : de grosses boîtes métalliques rectangulaires bourrées de machines, lesquelles ont pour mission de renforcer l'armée, de consolider le Rétablissement, de détruire en masse la civilisation humaine.

Carbone, goudron, acier.

Gris, noir, argent.

Des fumées colorées entachent l'horizon, dégoulinent dans la boue qui était de la neige. Les ordures s'entassent au hasard ici et là, des touffes d'herbe jaunie jaillissent de la dévastation.

Les habitations traditionnelles de notre ancien monde sont abandonnées, les fenêtres fracassées, les toits effondrés, les peintures rouge, vert et bleu décapées puis recouvertes de tons sourds pour mieux s'harmoniser avec notre brillant avenir. Je vois à présent les complexes édifiés à la va-vite sur la terre saccagée et les souvenirs me reviennent. Je me rappelle que tout ça devait être provisoire. Je me rappelle les quelques mois qui ont précédé mon enfermement, quand ils ont commencé à les construire. Ces petits logements froids dureraient le temps que soient mis au point tous les détails de ce nouveau plan, voilà ce que disait le Rétablissement.

Jusqu'à ce que tout le monde se taise. Jusqu'à ce que les gens cessent de protester et réalisent que ce changement était *bon* pour eux, *bon* pour leurs enfants, *bon* pour leur avenir.

Je me souviens que c'était la règle en vigueur.

Fini les imaginations hasardeuses, fini les médicaments sur ordonnance. Une nouvelle génération uniquement composée d'individus en bonne santé nous soutiendrait.

Les malades devaient être enfermés. Les vieux, mis à l'écart. Les dérangés condamnés à l'asile. Seuls les résistants survivraient.

Oui.

Bien sûr.

Fini langues idiotes, histoires idiotes, tableaux idiots accrochés au-dessus de cheminées idiotes. Fini Noël, fini Hanoukka, fini le Ramadan et Diwali. Fini religion, croyances, convictions personnelles. Ces convictions avaient failli tous nous tuer, c'est ce qu'ils disaient.

Les convictions, les priorités, les préférences, les préjugés et les idéologies nous divisaient. Nous berçaient d'illusions. Nous détruisaient.

Les besoins égoïstes, les envies et les désirs devaient être anéantis. La convoitise, les excès, l'avidité devaient être effacés du comportement humain. La solution résidait dans la maîtrise de soi, le minimalisme, les conditions de vie modestes ; une langue simple et unique, et un dictionnaire flambant neuf, rempli de mots que tout le monde comprendrait.

Tout cela nous sauverait, sauverait nos enfants, sauverait la race humaine, c'est ce qu'ils disaient.

Rétablir l'égalité. Rétablir l'humanité. Rétablir l'espoir, la guérison et le bonheur.

SAUVEZ-NOUS !
REJOIGNEZ-NOUS !
RÉTABLISSEZ LA SOCIÉTÉ !

Les affiches sont encore placardées sur les murs.

Le vent fouette les lambeaux restants, mais les panneaux sont résolument plantés, claquent contre les structures d'acier et de béton sur lesquelles ils sont fixés. Certains demeurent collés aux poteaux surgis de terre et surmontés à présent de haut-parleurs, lesquels doivent sans doute alerter les gens des dangers imminents qui les entourent.

Mais une quiétude angoissante règne sur le monde.

Les piétons circulent tranquillement dans le froid glacé pour se rendre à l'usine et trouver de quoi manger pour leurs familles. Dans ce monde, l'espoir saigne du canon d'un fusil.

Plus personne ne se soucie vraiment des idées.

Les gens voulaient de l'espoir. Ils voulaient penser que les choses s'amélioreraient.

Ils voulaient croire qu'ils pourraient de nouveau se soucier uniquement des derniers potins, des vacances et des sorties du samedi soir. Alors, le Rétablissement a promis un avenir trop parfait pour être réalisable et la société était trop désespérée pour ne pas y croire. Les gens n'ont jamais compris qu'ils confiaient leur âme à un groupe déterminé à exploiter leur ignorance. Leur peur.

La plupart des civils sont trop terrifiés pour protester, mais certains sont plus forts. Certains attendent le bon moment. Certains ont déjà commencé à riposter.

J'espère qu'il n'est pas trop tard pour riposter.

J'examine chaque branche d'arbre qui frémit, chaque soldat menaçant, chaque fenêtre que je parviens à dénombrer. Mes yeux sont deux pickpockets professionnels qui volent tout pour l'emmagasiner dans mon esprit.

Je perds la trace des minutes qu'on piétine.

On s'arrête devant une bâtisse qui doit facilement atteindre dix fois la taille de l'asile et se situe étonnamment en plein cœur de la civilisation. De l'extérieur, on dirait un bâtiment terne, discret à tous points de vue, hormis pour sa taille, des plaques d'acier gris abritant quatre murs lisses, des fenêtres cassées et réparties sur 15 niveaux. Il est lugubre et ne porte aucune indication, aucun symbole, aucune preuve de sa véritable identité.

Le QG du pouvoir se fond dans la masse.

L'intérieur du tank abrite un méli-mélo de boutons et de leviers que je suis bien en peine de manœuvrer, et Adam ouvre ma portière avant que je n'aie la moindre occasion d'identifier quoi que ce soit. Ses mains sont en place autour de ma taille, et mes pieds fermement posés à terre, mais mon cœur bat si fort que je suis certaine qu'il l'entend. Il ne m'a pas lâchée.

Je lève la tête.

Ses yeux sont sévères, son front plissé, ses lèvres ~~ses lèvres, ses lèvres~~ forment deux fragments de contrariété soudés.

J'avance et 10 000 petites particules explosent entre nous. Il baisse les yeux. Il se détourne. Il respire et 5 doigts d'une main forment un poing hésitant.

– Par ici. (Il désigne le bâtiment d'un hochement de tête.)

Je le suis à l'intérieur.

11

Je me suis tellement préparée à une horreur inconcevable que la réalité se révèle presque pire.

L'argent sale dégouline des murs, une année de ravitaillement alimentaire gaspillée dans les sols en marbre, des centaines de milliers de dollars d'assistance médicale dépensés dans des meubles de luxe et des tapis persans. Je sens la chaleur artificielle souffler par les bouches d'aération et songe aux enfants qui crèvent d'envie de boire de l'eau potable. Je plisse les yeux sous les lustres en cristal et j'entends les mères implorer la pitié. Je vois un monde superficiel surgir au beau milieu d'une réalité terrifiante et ne peux plus bouger.

Je ne peux plus respirer.

Tant de gens ont dû mourir pour faciliter une telle opulence. Tant de gens ont dû perdre leurs maisons, leurs enfants et leurs cinq derniers deniers à la banque pour des promesses, des promesses… tant de promesses susceptibles de les sauver d'eux-mêmes. Ils nous ont *promis*… Le Rétablissement nous a promis un avenir meilleur. Ils ont dit qu'ils régleraient la situation, qu'ils nous aideraient à retrouver le monde d'avant… Le monde des sorties au cinéma, des mariages au printemps et des fêtes de naissance. Ils ont dit qu'ils nous rendraient nos maisons, notre santé, un avenir écologiquement durable.

Mais ils nous ont tout volé.

Ils ont tout pris. ~~Ma vie. Mon avenir. Ma santé mentale. Ma liberté.~~

Ils ont rempli notre monde d'armes braquées sur nos fronts et souri en soufflant d'un coup seize bougies dans notre avenir. Ils ont tué ceux qui avaient la force de riposter et enfermé les monstres qui n'étaient pas à la hauteur de leurs espérances utopiques. ~~Les gens comme moi.~~

J'ai sous les yeux la preuve de leur corruption.

Ma peau est parcourue de sueurs froides, mes doigts tremblent de dégoût, mes jambes ne peuvent supporter ~~le gâchis, le gâchis, le gâchis,~~ le gâchis égoïste entre ces quatre murs. Je vois du rouge partout. Le sang des cadavres éclabousse les fenêtres, se déverse sur les tapis, ruisselle des lustres.

– Juliette…

Je m'écroule.

Je suis à genoux, le corps fracassé sous la douleur que j'ai refoulée tant de fois, secoué par les sanglots que je ne peux plus contenir, tandis que ma dignité se dissout dans mes larmes et que la souffrance de cette dernière semaine me lacère la peau.

Je ne pourrai plus jamais respirer.

Je ne peux absorber l'oxygène qui m'entoure, j'ai des haut-le-cœur, j'entends des voix et je vois des visages que je ne reconnais pas, des bribes de paroles qui s'évanouissent dans mon désarroi, des pensées tellement embrouillées que je ne sais même plus si je suis encore consciente.

Je me demande si je ne suis pas réellement devenue folle.

Je flotte. Je suis un sac de plumes dans les bras d'Adam et il fend la foule des soldats qui se pressent autour de nous pour entrevoir ce qui cause toute cette agitation. L'espace d'un instant, je veux ignorer que je ne devrais pas autant désirer ça. Je veux oublier que je suis censée le détester, qu'il m'a trahie, qu'il travaille pour les mêmes personnes qui essayent de détruire le peu d'humanité qui me reste. Mon visage est enfoui dans la douce étoffe de sa chemise, ma joue plaquée contre sa poitrine, et il exhale la force, le courage, tandis que des trombes d'eau engloutissent le monde. Je ne veux plus ~~jamais, jamais, jamais,~~ jamais qu'il lâche mon corps. J'aimerais pouvoir toucher sa peau. J'aimerais qu'il n'y ait plus de barrières entre nous.

La réalité m'explose en pleine figure.

Je suis mortifiée au point d'avoir le cerveau en vrac, humiliée au point d'en perdre mon discernement. Le rouge colore mon visage, suinte de ma peau. Je me cramponne à sa chemise.

– Tu peux me tuer, lui dis-je. T'es armé...

Je me débats pour échapper à son emprise, mais il me serre de plus belle. Son visage n'exprime aucune émotion, mais une tension soudaine crispe sa mâchoire et ses bras.

Je l'implore :

– Tu peux simplement *me tuer*...

– *Juliette*... (Sa voix est assurée mais teintée de désespoir.) *Je t'en prie.*

Je suis de nouveau engourdie. Inerte de la tête aux pieds. Je me liquéfie de l'intérieur, la vie transpire de mes membres.

On se retrouve devant une porte.

Adam sort une carte magnétique, la glisse dans une petite vitre noire accolée à la poignée, et la porte en Inox s'ouvre en coulissant. On entre.

On est tout seuls dans une nouvelle pièce.

– S'il te plaît, ~~ne me dépose pas~~ dépose-moi, lui dis-je.

Un grand lit à deux places occupe le centre de la chambre, une somptueuse moquette recouvre le sol, une armoire se dresse contre le mur, des luminaires scintillent au plafond. Une beauté tellement frelatée que je n'en supporte pas la vue.

Adam me dépose en douceur sur le matelas moelleux et recule timidement d'un pas.

– Tu vas rester un petit moment ici, je pense, se contente-t-il de m'annoncer.

Je plisse fort les paupières. J'évite de penser à la torture inévitable qui m'attend.

– S'il te plaît, lui dis-je. J'aimerais rester seule.

Profond soupir.

– Tu n'as pas vraiment le choix.

Je virevolte :

– Comment ça ?

– Je dois te surveiller, Juliette. (Il prononce mon nom dans un souffle. ~~Mon cœur, mon cœur, mon cœur.~~) Warner veut que tu prennes conscience de ce qu'il t'offre, mais tu es toujours considérée comme… une menace. Il a fait de toi ma mission. Je ne peux pas m'en aller.

~~J'ignore si je suis aux anges ou horrifiée.~~ Je suis horrifiée.

– Tu dois vivre avec moi ?

– Je vis dans la caserne à l'autre bout de ce bâtiment. Avec les autres soldats. Mais… euh… ouais. (Il se racle la gorge. Il ne me regarde pas.) Je vais m'installer ici.

J'ai une douleur au creux du ventre qui me met les nerfs à vif. Je veux le détester, le juger et hurler à mort. Mais j'échoue, parce que je me rappelle le gamin de huit ans qui ne se souvient pas qu'il a été l'être le plus gentil que j'aie jamais connu.

Je ne veux pas croire que tout cela m'arrive.

Je ferme les yeux et me roule en boule sur le lit.

– Il faut que tu t'habilles, reprend-il au bout d'un moment.

Je redresse la tête. Je cligne des yeux comme si je n'arrivais pas à comprendre ce qu'il dit.

– Je suis *déjà* habillée.

Il s'éclaircit encore la voix, mais discrètement, cette fois.

– Il y a une salle de bains par là, dit-il en pointant l'index.

J'aperçois une autre porte dans la pièce, et ça m'intrigue tout à coup. J'ai entendu parler de gens avec une salle de bains dans leur chambre à coucher. J'imagine qu'elle n'était pas exactement *dans* leur chambre, mais assez proche. Je me glisse hors du lit et suis la direction qu'il m'indique. Sitôt que j'ouvre la porte, il reprend la parole.

– Tu peux te doucher et te changer ici. La salle de bains… c'est le seul endroit sans caméra, ajoute-t-il.

Il y a des caméras dans ma chambre.

Évidemment.

– Tu trouveras des vêtements là-dedans. (Il désigne l'armoire d'un hochement de tête. Il a l'air soudain mal à l'aise.)

– Et tu ne peux pas t'en aller ? je lui demande.

Il se masse le front et s'assoit sur le lit. Il soupire.

– Faut que tu te prépares. Warner t'attend pour dîner.

– *Dîner ?*

J'écarquille les yeux comme des soucoupes.

Adam affiche un air lugubre.

– Ouais.

– Il ne va pas me faire du mal ? (J'ai honte du soulagement qui transparaît dans ma voix, de ma tension qui se relâche subitement, de la peur que j'ignorais porter en moi.) Il va m'offrir à *dîner* ?

~~Je crève de faim, mon estomac à l'agonie crie famine. J'ai tellement faim, tellement faim, tellement faim.~~ Je n'arrive même pas à imaginer le goût de vrais aliments.

Le visage d'Adam redevient insondable.

– Tu devrais te dépêcher. Je peux te montrer comment ça marche.

J'ai pas le temps de protester qu'il est déjà dans la salle de bains et je lui emboîte le pas. La porte est restée ouverte, et il se tient debout au milieu de cette petite pièce en me tournant le dos, et je ne comprends pas pourquoi.

– Je sais déjà me servir d'une salle de bains, lui dis-je.

~~J'habitais dans un foyer normal. J'avais une famille, dans le temps.~~

Il se tourne très, très lentement, et je me mets à paniquer. Il finit par lever la tête, mais ses yeux furètent de tous les côtés. Lorsqu'il me regarde, il les plisse et fronce les sourcils. Sa main droite se referme en poing, tandis que l'index de la gauche se porte à ses lèvres. Il me fait signe de me taire.

Tous les organes de mon corps dégringolent par terre.

Je savais qu'un truc allait se passer, mais j'ignorais que ça viendrait d'Adam. Je ne pensais pas que ce serait lui qui me ferait souffrir, qui me torturerait, qui m'inciterait à souhaiter plus que jamais la mort. Je ne me rends même pas compte que je pleure avant de m'entendre gémir et de sentir les larmes couler en silence sur mon visage, et j'ai ~~tellement honte, tellement honte,~~ tellement honte de ma faiblesse, mais une partie de moi s'en moque. Je suis tentée de supplier, d'implorer sa pitié, de lui piquer son arme et de me tirer dessus la première. La dignité, c'est tout ce qui me reste.

Il a l'air de prendre conscience de mon hystérie soudaine, parce qu'il a les yeux exorbités et que sa mâchoire en tombe.

– Non… Bon sang, Juliette… je ne vais pas…

Il étouffe un juron. Se frappe le front de son poing et se détourne, puis se met à arpenter la pièce en soufflant fort. Il jure encore.

Il sort dans la chambre sans se retourner.

12

Cinq bonnes minutes sous l'eau bouillante, deux savonnettes parfumées à la lavande, une bouteille de shampooing rien que pour mes cheveux, et la sublime douceur des serviettes éponge dans lesquelles j'ose m'envelopper… et je commence à comprendre.

Ils veulent que j'oublie.

Ils pensent pouvoir balayer mes souvenirs, mes fidélités, mes priorités contre quelques repas chauds et une chambre avec vue. Ils pensent qu'on peut m'acheter facilement.

Warner n'a pas l'air de comprendre que j'ai grandi sans rien et que j'ai survécu. Je n'avais pas envie de posséder les tenues, les chaussures parfaites ou n'importe quoi de luxueux. Je n'avais pas envie d'être drapée dans de la soie. Tout ce que je voulais, c'était pouvoir toucher un autre être humain, pas seulement avec les mains, mais avec le cœur. J'ai vu le monde et son manque d'humanité, ses jugements cruels, révoltants, et ses yeux glacés pleins d'amertume. J'ai vu tout ça autour de moi.

J'avais tellement de temps pour écouter.

Pour voir.

Pour étudier les gens, les lieux, les occasions. Il me suffisait d'ouvrir les yeux. Il me suffisait d'ouvrir un livre… de voir les histoires transpirer de page en page. De voir les souvenirs gravés sur le papier.

J'ai passé ma vie coincée entre les pages des bouquins.

En l'absence de relations humaines, j'ai noué des liens avec des personnages de papier. J'ai connu l'amour et la perte de l'être aimé au fil de petites histoires entremêlées dans la grande, j'ai vécu l'adolescence par association d'idées. Mon univers est un réseau d'entrelacs de mots, de membres liés à des membres, d'os à des muscles, de pensées et d'images enchevêtrées. Je suis constituée de lettres, un personnage créé par des phrases, un produit de l'imagination forgé par la lecture de romans.

Ils veulent effacer chaque signe de ponctuation de ma vie sur cette terre et je ne pense pas pouvoir les laisser faire.

Je me glisse dans mes vieux vêtements et je sors dans la chambre sur la pointe des pieds pour la trouver à l'abandon. Adam est parti, alors qu'il a dit qu'il resterait. Je ne le comprends pas, je ne comprends pas ses actes, je ne comprends pas ma déception. J'aimerais ne pas apprécier la fraîcheur de ma peau, la sensation d'être parfaitement propre après si longtemps ; je ne comprends pas pourquoi je n'ai toujours pas regardé dans le miroir, pourquoi j'ai peur de ce que j'y verrai, pourquoi je ne suis pas sûre de reconnaître le visage qui risquerait de me dévisager.

J'ouvre l'armoire.

Elle déborde de robes, de chaussures, de tee-shirts, de pantalons, de tenues de toutes sortes, dans des couleurs si vives qu'elles me font mal aux yeux, dans des tissus dont je connais à peine l'existence, du genre que j'ai presque peur de toucher. Les tailles sont parfaites, trop parfaites.

Ils attendaient ma venue.

Il pleut des briques qui s'enfoncent direct dans mon crâne.

On m'a négligée, abandonnée, isolée et arrachée à mon foyer. On m'a tripotée, sondée, testée et jetée dans une cellule. On m'a étudiée. On m'a affamée. J'ai été tentée par l'amitié pour me retrouver trahie et prise au piège de ce cauchemar, dont je suis censée être reconnaissante. Mes parents. Mes profs. Adam. Warner. Le Rétablissement. Tous pensent faire de moi ce qu'ils veulent.

Ils me prennent pour une poupée qu'ils peuvent habiller et tordre dans tous les sens, avant de la laisser prostrée dans son coin.

Mais ils se trompent.

– Warner t'attend.

Je fais volte-face et tombe à la renverse contre l'armoire, que je referme d'un coup sec dans un mouvement de panique qui me serre le cœur. Je me ressaisis et chasse ma frayeur en voyant Adam debout à l'entrée de ma chambre. Ses lèvres remuent un peu, mais il ne dit rien. Finalement, il s'approche tellement qu'il peut me toucher.

Il tend la main et rouvre la porte qui dissimule les affaires que je suis gênée de savoir là.

– Tout est pour toi, dit-il sans me regarder, ses doigts effleurant le bas d'une robe d'une nuance prune soutenue qui donne presque envie de la manger.

– J'ai déjà des vêtements.

Mes mains lissent ma tenue sale, froissée, quasi en lambeaux.

Il finit par se décider à me regarder, mais ses sourcils tressautent et ses yeux se figent, tandis que sa bouche s'entrouvre d'étonnement. Je me demande si mon visage n'est plus le même après mon décrassage et j'en rougis, en espérant qu'il n'est pas écœuré par ce qu'il pourrait voir. J'ignore pourquoi je m'en soucie.

Il baisse son regard. Prend une profonde inspiration.

– Je vais t'attendre dans le couloir.

~~Je contemple la robe prune portant les empreintes d'Adam.~~ J'examine le contenu de l'armoire un bref instant, avant de l'abandonner. Je passe des doigts angoissés dans mes cheveux humides et m'arme de courage.

Je suis Juliette.

Je suis une fille.

Je n'appartiens à personne.

Et je me moque de l'image à laquelle Warner veut que je ressemble.

Je sors sur le palier et Adam m'observe l'espace d'une seconde. Il se masse la nuque et ne dit rien. Il secoue la tête. Se met à marcher. Il ne me touche pas et je ne devrais pas le remarquer, mais pourtant si. Je ne sais pas à quoi m'attendre. Je ne sais pas à quoi va ressembler ma vie dans ce nouveau lieu et je souffre le martyre de voir toutes ces décorations exquises, ces bibelots luxueux, cette débauche de tableaux, de moulures, de lustres, de couleurs. J'espère que tout ce bâtiment va prendre feu.

Je suis Adam dans un long couloir moquetté, jusqu'à un ascenseur entièrement en verre. Il utilise la même carte électronique que pour ma chambre et on entre dans la cabine. Je ne m'étais même pas rendu compte qu'on avait pris l'ascenseur pour monter tous ces étages. Je réalise que je devais alors être dans un sale état à mon arrivée et j'en suis presque ravie.

J'espère décevoir Warner au maximum.

La salle à manger se révèle assez grande pour nourrir des milliers d'orphelins. Au lieu de quoi elle abrite sept tables de banquet drapées de soie bleue et décorées de vases en cristal débordant d'orchidées et de lys orientaux, sans oublier les coupes en verre remplies de gardénias. ~~Un enchantement.~~ Je me demande d'où ils ont fait venir les fleurs. Elles doivent être factices. J'ignore comment elles pourraient être réelles. Je n'en ai pas vu de vraies depuis des années.

Warner est installé tout au bout de la table du milieu. Dès qu'il ~~me~~ voit Adam, il se lève. La salle entière l'imite.

Je réalise presque aussitôt qu'il y a une place vacante de part et d'autre de Warner, et je n'ai pas l'intention de m'arrêter, mais pourtant je le fais. Je balaie rapidement du regard l'assemblée des convives et ne peux distinguer une seule autre femme.

Adam m'effleure à peine le creux du dos et je sursaute. J'avance précipitamment et Warner me couve d'un sourire radieux. Il recule la chaise placée à sa gauche et me fait signe de m'y asseoir. J'obtempère.

J'essaie de ne pas regarder Adam qui prend place à sa droite.

– Tu sais… il y a des vêtements dans ton armoire, ma chérie.

Warner s'installe à mon côté ; tout le monde se rassoit et les conversations reprennent. Il est presque entièrement tourné vers moi, mais bizarrement, la seule présence dont je sois consciente est celle qui me fait face. Je me concentre sur l'assiette vide à cinq centimètres de mes doigts. Je laisse retomber mes mains sur mes genoux.

– Et tu n'as plus besoin de porter ces tennis sales, continue Warner qui me lance un nouveau regard avant de remplir ma coupe.

On dirait de l'eau.

~~J'ai tellement soif que je boirais une cascade entière.~~

Je déteste son sourire.

La haine ressemble à n'importe qui jusqu'à ce qu'elle sourie. Jusqu'à ce qu'elle se retourne et mente avec des lèvres et des dents agencées dans un simulacre d'expression trop atone pour mériter un coup de poing.

– Juliette ?

Je reprends mon souffle trop vite. Une toux réprimée enfle dans ma gorge.

Ses yeux verts vitreux étincellent dans ma direction.

– Tu n'as pas faim ?

Des paroles enrobées de sucre. Ses mains gantées effleurent mon poignet, et je manque me le fouler dans ma hâte à m'écarter de lui.

~~Je pourrais manger toutes les personnes de la salle.~~

– Non, merci.

Sa langue humecte ses lèvres qui s'épanouissent en sourire.

– Ne confonds pas stupidité et bravoure, ma chérie. Je sais que tu n'as rien mangé depuis des jours.

Ma patience pète un câble et je lui rétorque :

– Plutôt crever que de manger ta bouffe et t'écouter m'appeler *ma chérie.*

Je serre la mâchoire. Adam lâche sa fourchette.

Warner lui accorde un bref coup d'œil, et lorsqu'il se retourne vers moi, son regard se durcit. Il soutient le mien pendant d'interminables secondes avant de sortir un pistolet de la poche de sa veste. Il tire.

La salle entière pousse un cri, puis se tait.

Mon cœur palpite au fond de ma gorge.

Je tourne la tête très, très lentement pour suivre la direction de l'arme de Warner et constate que la balle a atteint un morceau de viande en traversant l'os. Le plat de victuailles fume encore à l'autre bout de la salle, à moins de trente centimètres des convives. Il a tiré sans même regarder. Il aurait pu tuer quelqu'un.

Je rassemble toute mon énergie pour rester calme.

Warner baisse le pistolet sur mon assiette. Dans le silence qui suit, elle a le temps de faire le tour de l'univers dans les deux sens.

– Prends garde à ce que tu dis, Juliette. Un seul mot de moi et ta vie ici ne sera pas aussi facile.

Je bats des paupières.

Adam pousse une assiette remplie de nourriture vers moi ; la force de son regard me fait l'effet d'un tisonnier chauffé à blanc qu'on appuie sur ma peau. Je redresse la tête et il penche la sienne de quelques millimètres. Ses yeux me disent *s'il te plaît.*

Je prends ma fourchette.

Warner n'en perd pas une miette. Il se racle la gorge un peu trop bruyamment. Il s'esclaffe sans hilarité en découpant la viande dans son assiette.

– Est-ce que je dois demander à Adam de faire tout le travail à ma place ?

– Pardon ?

– Il semble qu'il soit le seul que tu veuilles bien écouter. (Son ton est léger, mais sa mâchoire est indéniablement crispée. Il se tourne vers Adam.) Ça m'étonne que tu ne lui aies pas dit de changer de tenue, comme je te l'ai demandé.

Adam se redresse.

– Je l'ai fait, chef.

– J'aime mes vêtements, lui dis-je.

J'aimerais te coller mon poing dans l'œil, ça, je ne le lui dis pas.

Le sourire de Warner reprend ses droits.

– Personne ne t'a demandé *ton* avis, ma chérie. Maintenant, mange. Il faut que tu sois au mieux de ta forme quand tu te tiendras à mon côté.

13

Warner insiste pour m'accompagner dans ma chambre.

Après le dîner, Adam disparaît en compagnie de quelques autres soldats. Sans un mot ni un regard dans ma direction. Et je n'ai aucune idée de ce qui m'attend. En tout cas, je n'ai rien à perdre, sauf ma vie.

– Je ne veux pas que tu me détestes, dit Warner comme on se dirige vers l'ascenseur. Je suis ton ennemi uniquement si tu le souhaites.

– On sera toujours ennemis. (Ma voix se brise en minuscules fragments de glace. Les mots fondent sur ma langue.) Je ne serai jamais celle que tu souhaites me voir devenir.

Warner soupire en appuyant sur le bouton d'appel de l'ascenseur.

– Je pense vraiment que tu vas changer d'avis, dit-il en esquissant un sourire. (Quel dommage, franchement, qu'un type aussi séduisant soit gâché par une âme humaine aussi misérable !) Toi et moi, Juliette… ensemble ? On serait invincibles.

Pas question de le regarder, même si je sens ses yeux détailler chaque centimètre de mon corps.

– Non, merci.

On est dans l'ascenseur. Le monde défile devant nous à toute vitesse et les parois de verre nous offrent en spectacle à chaque personne de chaque étage. Il n'y a aucun secret dans cet immeuble.

Il effleure mon épaule et je m'écarte.

– Tu pourrais peut-être reconsidérer la question, prononce-t-il d'une voix douce.

– Qu'est-ce que tu as en tête ?

La cabine s'ouvre dans un tintement, mais je ne bouge pas. Je finis par me tourner vers lui parce que ma curiosité reprend le pas. J'étudie ses mains, si soigneusement gantées de cuir, ses manches épaisses, irréprochables et longues. Même son col rehaussé évoque celui d'un roi. Il est impeccablement recouvert de la tête aux pieds, hormis son visage. Même si je voulais le toucher, je ne suis pas certaine d'en être capable. Il se protège.

De moi.

– Peut-être une conversation demain soir ? suggère-t-il.

Il arque un sourcil et m'offre son bras. Je fais mine de ne pas le remarquer tandis qu'on s'éloigne dans le couloir.

– Peut-être que tu pourrais porter quelque chose de joli.

– C'est quoi, ton prénom ?

On est arrivés devant ma porte.

Il s'arrête net. Surpris. Redresse à peine le menton. Me regarde fixement jusqu'à ce que j'en vienne à regretter ma question.

– Tu veux connaître mon nom ?

Je ne le fais pas exprès, mais mes yeux se plissent un soupçon.

– Warner est ton nom de famille, c'est ça ?

Il sourit presque.

– Je ne savais pas que c'était un secret.

Il s'avance. Ses lèvres se crispent. Il baisse les yeux, reprend à peine son souffle. Son doigt ganté s'attarde sur ma pommette.

– Je te dirai le mien si tu me dis le tien, murmure-t-il trop près de mon cou.

Je recule de quelques centimètres. Manque m'étrangler.

– Tu le connais déjà.

Il ne me regarde pas en face.

– Tu as raison. Je devrais reformuler ma phrase. Je voulais dire : je te dirai le mien quand tu me montreras ton don.

– Quoi ?

Je respire trop vite tout à coup.

Il se met à retirer un gant et je me mets à paniquer.

– Montre-moi ce que tu peux faire.

Ma mâchoire est trop crispée et mes dents commencent à me faire mal.

– Je ne te toucherai pas.

– Aucun problème, dit-il en retirant l'autre gant. Je n'ai pas vraiment besoin de ton aide.

– Non…

– Ne t'inquiète pas, réplique-t-il dans un large sourire. Je suis sûr que ça ne *te* fera aucun mal.

Je suffoque.

– Non… Non, je ne veux pas… Je ne peux pas…

– OK, tranche Warner. Pas de problème. Tu ne veux pas me faire de mal. J'en suis profondément flatté. (Il roule presque des yeux. Jette un regard dans le couloir. Repère un soldat. Lui fait signe de s'approcher.) Jenkins ?

Jenkins est rapide pour sa corpulence et se retrouve à mon côté en une seconde.

– Chef.

Il le salue d'un bref hochement de tête, alors qu'il est à l'évidence l'aîné de Warner. Il ne doit pas avoir plus de vingt-sept ans ; trapu, robuste, massif. Il me glisse un regard oblique. Ses yeux marron se révèlent plus chaleureux que je ne l'aurais cru.

– Je vais te demander de raccompagner Mlle Ferrars au rez-de-chaussée. Mais je te préviens, elle se montre fort peu coopérative et va essayer de t'échapper. (Il sourit un peu trop lentement.) Peu importe ce qu'elle dit ou fait, soldat, tu ne peux pas la lâcher. Compris ?

Jenkins écarquille les yeux et bat des paupières ; ses narines frémissent, tandis que ses doigts fléchissent le long de son corps. Il hoche la tête.

Jenkins n'est pas un abruti.

Je pars en courant.

Je fonce dans le couloir et passe devant une série de soldats ébahis et trop effrayés pour m'arrêter. J'ignore ce que je fais, pourquoi je pense pouvoir fuir, où je pense éventuellement m'échapper. Je m'escrime à atteindre l'ascenseur, ne serait-ce que parce que je crois pouvoir gagner du temps. Je ne sais pas quoi faire d'autre.

Les ordres de Warner se répercutent de toutes parts et m'explosent les tympans. Il n'a pas besoin de me pourchasser. Il demande aux autres de s'en charger à sa place.

Les soldats s'alignent devant moi.

À côté de moi.

Derrière moi.

Je suis à bout de souffle.

Je suis prise dans le tourbillon de ma propre bêtise, paniquée, affligée, pétrifiée à l'idée de ce que je vais faire à Jenkins contre ma volonté. De ce qu'il va me faire contre sa volonté. De ce qui va nous arriver à tous les deux, même si on a les meilleures intentions du monde.

– Attrape-la, dit Warner d'une voix douce.

Le silence a envahi le moindre recoin de l'immeuble. Seule sa voix résonne.

Jenkins s'avance.

Je suis en larmes et plisse les paupières. Je les rouvre. Je scrute la foule et repère un visage familier. Adam me fixe, horrifié.

La honte a envahi la plus petite parcelle de mon corps.

Jenkins m'offre sa main.

Mes os se déforment et se mettent à claquer au rythme de mes battements de cœur. Je m'écroule comme une masse. La nudité de mes bras m'est si pénible dans ce tee-shirt en lambeaux.

– Ne… (Je tends une main hésitante, implore des yeux le visage de cet homme innocent.) Je vous en prie… (Ma voix se brise.) Faut pas me toucher…

– Je n'ai jamais dit que je le ferais.

Jenkins s'exprime d'une voix grave, posée, pétrie de regrets. Jenkins n'a pas de gants, aucune protection, aucune préparation, aucune défense possible.

– C'était un ordre, soldat ! aboie Warner qui lui braque un pistolet dans le dos.

Jenkins me saisit par les bras.

NON, NON, NON !

Je suffoque.

Le sang afflue dans mes veines, déferle dans mon corps comme un torrent, tandis que des vagues de chaleur me lèchent les os. Je perçois son angoisse, je sens la puissance sourdre de son corps, j'entends son cœur battre, et ma tête tourbillonne sous les poussées d'adrénaline qui fortifient mon être.

Je me sens pleine de vie.

J'aimerais en souffrir. J'aimerais en sortir mutilée. J'aimerais en avoir la nausée. J'aimerais détester la force puissante qui s'enroule autour de mon squelette.

Mais en vain.

La vie de quelqu'un d'autre palpite sous ma peau et je ne déteste pas ça.

Je m'en veux d'y prendre plaisir.

Je savoure la sensation de déborder encore plus de vie, d'espoir et de force que je ne m'en croyais capable. Sa douleur me procure une délectation que je n'ai jamais sollicitée.

Et il ne me lâche pas.

Mais il ne me lâche pas parce que ça lui est impossible. Parce que c'est à moi de rompre le lien. Parce que la douleur l'immobilise. Parce qu'il est pris dans mon piège.

Parce que je suis une plante carnivore.

Et que je suis fatale.

Je tombe sur le dos et lui donne des coups de pied dans la poitrine pour qu'il s'écarte, qu'il soulève son poids de ma frêle ossature, mais son corps inerte s'écrase sur le mien. Je me mets soudain à hurler et je bataille pour y voir à travers les larmes qui occultent ma vision. Je suis saisie par le hoquet, hystérique, épouvantée par le regard figé sur le visage de cet homme, ses lèvres paralysées, pantelantes.

Je me libère et trébuche en arrière. La mer de soldats s'écarte dans mon sillage. La stupéfaction et la peur la plus viscérale s'inscrivent sur chaque visage. Jenkins gît à terre et personne n'ose s'approcher de lui.

Je m'égosille :

– Quelqu'un doit l'aider ! Quelqu'un doit l'*aider* ! Il a besoin d'un médecin... Il doit être emmené... il doit... il... Mon Dieu... Qu'est-ce que j'ai fait...

– Juliette...

– NE ME TOUCHE PAS... NE T'AVISE PAS DE ME TOUCHER...

Warner a renfilé ses gants et tente de me soutenir, de me ramener les cheveux en arrière, de sécher mes larmes, et je veux le tuer.

– Juliette, faut que tu te calmes...

– AIDEZ-LE !

Je sanglote, tombe à genoux, les yeux rivés sur la silhouette étendue. Les autres soldats finissent par s'approcher, prudents comme si leur camarade risquait d'être contagieux.

– Je vous en prie... vous devez l'aider ! *Je vous en prie...*

– Kent, Curtis, Soledad... OCCUPEZ-VOUS-EN ! braille Warner à ses hommes avant de me soulever.

Je lance encore des coups de pied, quand tout devient noir.

14

Le plafond s'estompe et réapparaît.

J'ai la tête lourde, la vision trouble, le cœur serré. Une saveur familière de panique s'est logée sous ma langue et je bataille pour me souvenir d'où elle provient. J'essaie de me redresser et je ne comprends pas pourquoi j'étais allongée.

Des mains sont sur mes épaules.

– Comment tu te sens ?

Warner me scrute, penché au-dessus de moi.

Soudain, mes souvenirs me brûlent les yeux, le visage de Jenkins flotte dans ma conscience, j'agite les poings, et je crie pour que Warner s'éloigne de moi, et je lutte pour me détacher de lui, mais il se contente de sourire. Il rit même un peu. Me ramène doucement les mains le long de mon torse.

– Eh bien, en tout cas, tu es réveillée, soupire-t-il. Pendant un moment, je me suis fait du souci pour toi.

Je tente de maîtriser mes tremblements.

– Enlève tes mains.

Il agite ses doigts gantés sous mes yeux.

– Je suis protégé. T'inquiète pas.

– Je te *déteste.*

– Quelle fougue !

Il rigole encore. Il a l'air si détendu, si sincèrement amusé. Il me dévisage avec des yeux que je n'aurais jamais imaginés aussi doux.

Je tourne la tête.

Il se lève. Reprend brièvement sa respiration.

– Tiens, dit-il en s'emparant d'un plateau posé sur un guéridon. Je t'ai apporté de quoi manger.

J'en profite pour m'asseoir et regarder alentour. Je suis sur un dessus-de-lit damassé d'or et de bordeaux, la couleur sang la plus foncée. Une moquette épaisse dans les nuances d'un soleil couchant estival couvre le sol. Il fait chaud dans cette pièce. De la même taille que celle que j'occupe, avec un mobilier assez standard : lit, armoire, consoles, lustre scintillant au plafond. La seule différence, c'est la porte à deux battants dans cette chambre et une épaisse bougie qui se consume paisiblement sur une petite table dans le coin. Ça fait tant d'années que je n'ai pas vu de feu que j'ignore à quand remonte la dernière fois. Je réprime l'envie d'aller toucher la flamme.

Je me redresse contre les oreillers et tente de faire comme si je n'appréciais pas leur moelleux.

– Je suis où ?

Warner se retourne, avec dans une main une assiette contenant du pain et du fromage, dans l'autre un verre d'eau. Il balaie la pièce du regard comme s'il la voyait pour la première fois.

– C'est ma chambre à coucher.

Si je n'avais pas la tête en pièces détachées, je serais tentée de fuir.

– Emmène-moi dans la mienne. Je ne veux pas rester ici.

– Et pourtant, tu y es. (Il s'assoit au pied du lit, pas très loin de moi. Approche l'assiette.) Tu as soif ?

J'ignore si c'est parce que je n'ai pas les idées claires ou parce que je suis sincèrement troublée, mais j'ai du mal à faire le lien entre les personnalités contradictoires de Warner. Le voilà en train de me proposer un verre d'eau, après m'avoir forcée à torturer quelqu'un. Je lève les mains et examine mes doigts. À croire que je les découvre.

– Je ne comprends pas.

Il incline la tête, me détaille du regard comme si j'avais pu gravement me blesser.

– Je t'ai seulement demandé si tu avais soif. Ça ne devrait pas être difficile à comprendre. (Il marque une pause.) Bois ça.

Je prends le verre. Le contemple. Contemple Warner. Contemple les murs.

Je dois être folle.

Warner soupire.

– Je n'en suis pas certain, mais je pense que tu t'es évanouie. Et tu devrais sans doute manger quelque chose, encore que je n'en sois pas tout à fait sûr non plus. (Il s'interrompt.) Tu as dû trop te fatiguer pour ton premier jour ici. C'est ma faute.

– Pourquoi t'es gentil avec moi ?

La surprise qui se lit sur son visage me surprend encore davantage.

– Parce que je tiens à toi, dit-il simplement.

– Tu tiens à moi ?

(L'engourdissement de mon corps commence à se dissiper. Ma tension artérielle remonte et la colère reprend le dessus.) J'ai failli tuer Jenkins à cause de toi !

– Tu n'as pas tué Jen…

– Tes soldats m'en ont empêchée ! Tu me gardes ici comme une prisonnière ! Tu me menaces ! Tu menaces de me tuer ! Tu ne me laisses aucune liberté et tu affirmes que tu *tiens* à moi ? (Je manque lui balancer le verre d'eau à la figure.) *Monstre* !

Warner se détourne si bien que je fixe son profil. Il joint les mains. Se ravise. Effleure ses lèvres.

– J'essaie seulement de t'aider.

– Menteur.

Il a l'air de réfléchir au problème. Il hoche la tête. Une seule fois.

– Oui. La plupart du temps, oui.

– J'ai pas envie d'être là. J'ai pas envie d'être ton expérience. Laisse-moi partir.

– Non. (Il se lève.) J'ai bien peur de ne pas pouvoir faire ça.

– Pourquoi pas ?

– Parce que je ne peux pas. Il se trouve que… (Il se tripote les doigts. S'éclaircit la voix. Son regard effleure le plafond un bref instant.)… que j'ai besoin de toi.

– T'as besoin de moi pour tuer des gens ?

Il ne répond pas tout de suite. Il s'avance vers la bougie. Retire un gant. Titille la flamme de ses doigts nus.

– Tu sais, je suis tout à fait capable de tuer des gens tout seul, Juliette. En fait, je suis même doué pour ça.

– Tu me dégoûtes.

Il hausse les épaules.

– Sinon, comment crois-tu qu'une personne de mon âge puisse avoir le contrôle sur autant de soldats ? Pourquoi mon père me laisserait-il la responsabilité de tout un secteur ?

– Ton *père* ?

Je me redresse, soudain curieuse malgré moi.

Il ignore ma réaction.

– Le mécanisme de la peur se révèle assez simple. Les gens sont intimidés par moi, alors ils m'écoutent quand je parle. (Il agite la main.) Les menaces en l'air ne valent pas grand-chose ces temps-ci.

Je ferme les yeux en plissant les paupières.

– Alors tu tues des gens pour le pouvoir.

– Comme toi.

– Comment *oses-tu*...

Il éclate de rire.

– Tu es libre de te voiler la face, si ça t'aide à te sentir mieux.

– Je ne me voile pas la face...

– Pourquoi as-tu mis autant de temps pour rompre ton lien avec Jenkins ?

Ma bouche se fige aussitôt.

– Pourquoi l'as-tu laissé te toucher aussi longtemps ?

Mes mains se sont mises à trembler et je serre les poings de toutes mes forces.

– Tu ne sais rien de moi. Et pourtant, tu affirmes si bien me connaître.

Je contracte la mâchoire par crainte de m'exprimer.

– Au moins, je suis sincère, ajoute-t-il.

– Tu viens juste d'admettre que t'es un menteur !

Il hausse les sourcils.

– En tout cas, je suis sincère quand j'admets mentir.

Je flanque le verre d'eau sur le guéridon. M'enfouis la tête dans les mains. Je m'efforce de rester calme. Je me ressaisis.

– Bon… dis-je d'une voix rauque, pourquoi t'as besoin de moi, alors ? Si t'es si doué comme assassin ?

Un sourire éclaire son visage, puis disparaît dans la seconde.

– Un jour, je te ferai l'honneur de répondre à cette question.

J'essaie de protester, mais il m'arrête d'une main. Prend un morceau de pain sur l'assiette. Le colle sous mon nez.

– Tu as à peine grignoté au dîner. C'est pas sain du tout.

Je ne bouge pas.

Il laisse tomber le pain dans l'assiette et repose celle-ci à côté du verre d'eau. Il se tourne vers moi. Examine mes yeux avec une telle intensité que ça me désarme un bref instant. J'aurais tellement de choses à dire et à hurler, mais bizarrement j'ai oublié tous les mots. Je n'arrive pas à détourner le regard.

– Mange un peu, reprend-il comme ses yeux m'abandonnent. Ensuite, tâche de dormir. Je reviendrai te voir demain matin.

– Pourquoi je ne peux pas dormir dans ma chambre ?

Il se redresse. Époussette son pantalon pour je ne sais quelle raison.

– Parce que je veux que tu restes ici.

– Mais pourquoi ?

Il éclate d'un rire qui ressemble à un aboiement.

– Toutes ces questions…

– Si tu voulais bien me répondre clairement…

– Bonne nuit, Juliette.

Je lui demande posément, timidement, cette fois :

– Tu vas me laisser partir ?

– Non. (Il fait six pas pour s'approcher de la chandelle dans le coin.) Et je ne vais pas non plus promettre de te faciliter la vie.

Il n'y a ni regret, ni remords, ni compassion dans sa voix. Il pourrait aussi bien discuter de la pluie et du beau temps.

– Si ça se trouve, tu me mens.

– Oui, c'est possible.

Il hoche la tête, comme s'il parlait tout seul. Souffle la bougie.

Et disparaît.

J'essaie de lutter.

J'essaie de rester éveillée.

J'essaie de reprendre mes esprits, mais c'est impossible.

Je m'écroule d'épuisement.

15

Pourquoi tu ne te suicides pas, tout simplement ? m'a demandé un jour quelqu'un à l'école.

Je pense que c'était le genre de question qui se voulait cruelle, mais aussi la première fois que j'envisageais cette possibilité. Je n'ai pas su quoi répondre. Peut-être que j'étais folle d'y réfléchir, mais j'espérais depuis toujours qu'en étant une brave petite fille, en faisant tout comme il fallait, en disant ce que je devais dire ou en ne disant rien du tout… Bref, je pensais que mes parents changeraient d'avis. Je pensais qu'ils écouteraient enfin quand je tenterais de parler. Je pensais qu'ils me donneraient ma chance. Je pensais qu'ils finiraient pas m'aimer.

J'ai toujours nourri ce stupide espoir.

– Bonjour.

J'ouvre les paupières en sursaut. Je n'ai jamais été une grosse dormeuse.

Warner me dévisage, assis au pied de son propre lit, vêtu d'un nouveau costume et chaussé de bottes impeccablement cirées. Tout est soigné chez lui. Immaculé. Son souffle est frais et pur dans l'air vif du matin. Je le sens sur mon visage.

Je mets un petit moment à comprendre que je me trouve dans le lit où Warner a lui-même dormi. J'ai soudain le visage en feu et je bataille pour me dépêtrer des draps. Je manque dégringoler par terre.

Je fais comme si je ne l'avais pas vu.

– Tu as bien dormi ? me demande-t-il.

Je lève la tête. Ses yeux offrent une nuance de vert tellement étrange : lumineux, cristallins, perçants à en devenir inquiétants. Il a des cheveux épais, d'un blond doré soutenu, une silhouette mince et sans prétention, mais sa poigne est solide et ne lui demande aucun effort.

Je remarque pour la première fois qu'il porte une chevalière avec une pierre de jade à l'auriculaire gauche.

Il me surprend en train de l'observer et se lève. Joint les mains dans son dos.

– Il est temps pour toi de regagner ta chambre.

Je hoche la tête. Me lève et m'écroule presque. Je me rattrape au bord du lit, peinant à contrôler mes vertiges.

J'entends Warner soupirer.

– Tu n'as pas touché à la nourriture que je t'ai laissée hier soir.

De mes mains tremblantes, je saisis le verre d'eau et me force à manger un peu de pain. Mon corps s'est tellement habitué à la faim que je ne sais plus à quel moment elle me tenaille vraiment.

Warner me guide vers la porte dès que j'ai recouvré l'équilibre. Je m'accroche toujours à un bout de fromage.

Je le fais presque tomber en sortant sur le palier.

Il y a encore plus de soldats ici qu'à mon étage. Chacun est équipé d'au moins quatre différents types d'armes ; certaines au bout d'une lanière autour du cou, d'autres attachées à la ceinture. Tous ces visages affichent un sentiment de terreur en me voyant. C'est si fugace que ça aurait pu m'échapper, mais ça reste néanmoins évident : tous s'agrippent un peu plus à leur arme quand je passe devant eux.

Warner semble ravi.

– Leur peur jouera en ta faveur, me glisse-t-il à l'oreille.

Mon humanité s'étale en mille morceaux sur ce couloir moquetté.

– Je n'ai jamais voulu qu'ils aient peur de moi.

– Tu devrais. (Il s'arrête. Son regard me traite d'imbécile.) S'ils ne te craignent pas, ils te pourchasseront.

– Les gens courent tout le temps après leurs peurs.

– En tout cas, ils savent maintenant ce qui les attend.

Il reprend sa marche, mais mes pieds sont collés au sol. Ma prise de conscience me donne des sueurs glacées dans le dos.

– Tu m'as obligée à agir… comme ça, envers Jenkins ? C'était *délibéré* ?

Warner est déjà à trois pas devant moi, mais je devine son sourire.

– Tout ce que je fais est délibéré.

– T'as voulu me transformer en monstre de foire.

Mon cœur s'emballe et palpite jusqu'au bout de mes doigts.

– J'essayais de te protéger.

– De tes propres soldats ? (Je cours pour le rattraper, dévorée par l'indignation.) Quitte à ce qu'un homme y laisse sa vie…

– Monte, dit Warner qui a atteint l'ascenseur et garde les portes ouvertes.

Je le suis dans la cabine.

Il appuie sur les boutons.

Les portes se ferment.

Je me tourne pour lui parler.

Il me coince.

Je me retrouve plaquée à l'autre bout de cette cage de verre et la panique me gagne. Ses mains saisissent mes bras et ses lèvres sont beaucoup trop proches de mon visage. Ses yeux lancent des éclairs et se plantent dans les miens. Danger.

Il ne prononce qu'un seul mot.

– Oui.

Je mets un moment à recouvrer la voix.

– Oui, quoi ?

– Oui, de mes propres soldats. Oui, quitte à ce qu'un homme y laisse sa vie. (Sa mâchoire est crispée. Il articule à peine.) Tu ne comprends pas grand-chose à mon monde, Juliette.

– Je m'efforce de comprendre…

– C'est faux, riposte-t-il. (Ses cils me font penser à des fils d'or qui s'embrasent. J'ai presque envie de les toucher.) Tu ne comprends pas que le pouvoir et le contrôle peuvent t'échapper à tout moment, même quand tu te crois le mieux préparé. Ce sont deux choses qu'on n'acquiert pas facilement. Et qu'on a encore plus de mal à conserver.

Je tente d'intervenir, mais il me coupe la parole.

– Tu crois que j'ignore le nombre de mes soldats qui me détestent ? Tu crois que j'ignore qu'ils aimeraient me voir m'effondrer ? Tu crois qu'il n'y en a pas d'autres qui adoreraient occuper le poste que je me suis donné tant de mal à obtenir…

– Ne prends pas tes *désirs* pour des réalités…

Il comble les derniers centimètres qui nous séparent et mes paroles tombent à plat. Je ne peux plus respirer.

La tension de son corps est si vive qu'elle en devient quasi palpable et je crois bien que mes muscles commencent à se paralyser.

– Tu es naïve, me dit sa voix grave en écorchant ma peau. Tu ne te rends pas compte que tu représentes une menace pour tous les gens de ce bâtiment. Ils ont toutes les raisons de s'en prendre à toi. Tu ne vois pas que j'essaie de t'aider…

J'explose :

– En me faisant souffrir ! En faisant souffrir les autres !

Son rire est glacial, sinistre. Il recule, subitement écœuré. La cabine s'ouvre, mais Warner ne sort pas. J'aperçois ma porte.

– Retourne dans ta chambre. Lave-toi. Change-toi. Il y a des robes dans ton armoire.

– J'aime pas les robes.

– Je ne crois pas que tu aimes voir *ça* non plus, réplique-t-il dans un hochement de tête.

Je suis son regard et j'aperçois une ombre imposante en face de ma porte. Je me tourne vers lui pour avoir une explication, mais il ne dit rien. Il a soudain repris son calme, le visage dénué de la moindre émotion. Il me prend la main, me presse les doigts en disant :

– Je reviens te voir dans une heure exactement.

Et il referme les portes de l'ascenseur avant que j'aie le temps de protester. Je commence à me demander si c'est un hasard si celui qui craint le moins de me toucher est lui-même un monstre.

J'avance sur le palier et ose regarder de plus près le soldat qui se tient dans l'ombre.

Adam.

Oh… Adam.

Adam, qui sait parfaitement ce dont je suis capable.

Mon cœur explose dans ma poitrine. Mes poumons vacillent. J'ai l'impression que des coups de poing me pilonnent le ventre. Je ne devrais pas autant tenir à lui, mais pourtant, si.

Il va me détester à jamais, maintenant. Il ne daignera même pas me regarder.

J'attends qu'il ouvre ma porte, mais il ne bouge pas.

– Adam ? dis-je, hésitante. J'ai besoin de ta carte magnétique.

Je le regarde reprendre son souffle avec peine et devine aussitôt qu'il y a un truc qui cloche. Je m'approche et son brusque hochement de tête me dit de ne pas m'avancer. ~~Je ne touche pas les gens. Je ne m'approche pas des gens. Je suis un monstre.~~ Il ne veut pas de moi près de lui. Bien sûr. Je ne devrais jamais oublier où est ma place.

Il a toutes les peines du monde à ouvrir ma porte et je réalise qu'on l'a torturé à des endroits que je ne peux pas voir. Les paroles de Warner me reviennent en mémoire, tandis que son au revoir désinvolte tenait lieu d'avertissement. Une mise en garde qui sectionne toutes les terminaisons nerveuses de mon corps.

Adam sera puni pour mes erreurs. Pour ma désobéissance.

Je veux verser mes larmes dans un puits de regrets.

Je franchis le seuil et lance un dernier regard à Adam, incapable d'éprouver le moindre triomphe dans sa douleur.

Malgré tout ce qu'il a fait, je ne suis pas sûre de pouvoir le haïr. Pas Adam. Pas le garçon que j'ai connu autrefois.

– La robe prune, dit-il, la voix brisée, presque pantelante, comme s'il peinait à respirer. (Je me tords les mains pour m'empêcher de courir vers lui.) Mets la robe prune. (Il toussote.) Juliette.

Je vais être le parfait mannequin.

16

Sitôt dans la chambre, j'ouvre l'armoire et j'arrache la robe de son cintre, avant de me rappeler qu'on m'observe. *Les caméras.* Je me demande si on a aussi puni Adam pour m'avoir parlé de la vidéosurveillance. Je me demande s'il a éventuellement pris d'autres risques avec moi. Je me demande pourquoi il le ferait.

Je palpe le tissu apprêté, contemporain de la robe prune, et mes doigts descendent jusqu'à l'ourlet, comme ceux d'Adam hier. Je ne peux m'empêcher de me demander pourquoi il aime tant cette tenue. Pourquoi celle ci en particulier. Et même pourquoi je dois porter une robe.

Je ne suis pas une poupée.

Ma main s'attarde sur la petite étagère en bois, placée sous les vêtements suspendus, et une texture étrange effleure ma peau. C'est rêche, à la fois insolite et familier. Je m'avance davantage et m'engouffre entre les portes de l'armoire. Mes doigts cheminent à tâtons, et un rayon de soleil m'inonde soudain, précédant l'espoir et la sensation fulgurante d'un bonheur un peu idiot, mais tellement puissant que je m'étonne de ne pas fondre en larmes.

Mon petit carnet !

Il a sauvé mon carnet. ~~Adam a sauvé ma seule possession.~~

J'attrape la robe prune et glisse le calepin dans les plis et replis du tissu, avant de me faufiler dans la salle de bains.

~~La salle de bains où il n'y a pas de caméra.~~

~~La salle de bains où il n'y a pas de caméra.~~

~~La salle de bains où il n'y a pas de caméra.~~

Je comprends enfin ce qu'il essayait de me dire. Auparavant, dans la salle de bains. Il essayait de me dire quelque chose, mais j'avais si peur que je l'ai fait fuir.

Je l'ai fait fuir.

Je ferme la porte derrière moi et mes mains tremblent comme je déplie les pages familières reliées par de la vieille colle. Je les feuillette pour m'assurer qu'elles sont toutes là et mes yeux tombent sur mes notes les plus récentes. Tout en bas du feuillet, il y a un changement. Une nouvelle phrase qui n'est pas écrite de ma main.

Une nouvelle phrase qui doit venir de lui :

C'est pas ce que tu penses.

Je me tiens parfaitement immobile.

Chaque parcelle de ma peau est tendue, émue, et la pression monte dans ma poitrine, au rythme de mes battements de cœur qui s'accélèrent de plus en plus et contrebalancent à outrance ma posture figée. Je ne tremble pas lorsque je m'immobilise dans le temps. Je ralentis peu à peu ma respiration, je compte des choses qui n'existent pas, j'invente des chiffres que je ne possède pas, je fais comme si le temps était un sablier cassé où les secondes traversent le sable. J'ose y croire.

J'ose espérer qu'Adam essaie de me tendre la main. Je suis assez cinglée pour envisager cette possibilité.

J'arrache la page du calepin et je m'y accroche, tout en ravalant activement l'hystérie qui chatouille tous les instants fracassés dans ma tête.

Je cache le carnet dans une poche de la robe prune. La poche où Adam a dû le glisser. La poche dont le calepin a dû tomber. ~~La poche de la robe prune. La poche de la robe prune.~~

L'espoir est une poche remplie de mille et une possibilités.

Je le tiens au creux de ma main.

Warner n'est pas en retard.

Il ne frappe pas non plus.

J'enfile mes chaussures quand il entre sans dire un mot, sans même faire l'effort de manifester sa présence. Ses yeux détaillent ma silhouette entière. Ma mâchoire se crispe toute seule.

– Tu lui as fait du mal, lui dis-je malgré moi.

– Ça ne devrait pas te toucher, réplique-t-il dans un hochement de tête en désignant ma robe. Mais ça te touche, c'est clair.

Je la boucle et prie pour que mes mains ne tremblent pas trop. J'ignore où se trouve Adam. J'ignore à quel point il souffre. J'ignore les intentions de Warner, jusqu'où il ira pour mettre en œuvre son projet, mais la perspective de voir Adam souffrir me fait l'effet d'une main glacée qui me serre la gorge. J'ai le souffle coupé.

Si Adam tente de m'aider, ça risque de lui coûter la vie.

J'effleure le morceau de papier glissé dans ma poche.

Respire.

Les yeux de Warner s'attardent sur ma fenêtre.

Respire.

– Il est temps d'y aller, dit-il.

Respire.

– Et on va où ?

Il ne répond pas.

On quitte la chambre. Je regarde alentour. Le couloir est abandonné, désert.

– Où ~~est Adam~~ sont les autres… ?

– J'aime vraiment cette robe, me dit Warner en glissant un bras autour de ma taille. (Je m'écarte, mais il m'attire à lui en me guidant vers l'ascenseur.) Elle te va comme un gant. Ça me distrait de toutes tes questions.

– Ta pauvre mère…

Warner manque trébucher. Il écarquille les yeux, paniqué. Il s'arrête à quelques pas du but. Fait volte-face.

– Qu'est-ce que tu veux dire ?

Mon estomac fait la culbute.

Son regard tendu, vulnérable, la terreur qui tressaille, l'appréhension soudaine qui déforme ses traits.

J'essayais de faire une blague, c'est ce que je ne lui dis pas. Je plains sa pauvre mère – voilà ce que j'allais lui dire – de devoir supporter un fils aussi misérable, pitoyable. Mais je ne pipe pas mot.

Il m'attrape les mains, plante son regard dans le mien. Ses tempes palpitent, affolées.

– Qu'est-ce que tu veux dire ? insiste-t-il.

– R… rien, je bégaie. (Ma voix se brise.) Je… rien… juste une blague…

Warner lâche mes mains comme si elles l'avaient brûlé. Il détourne les yeux. Fonce vers l'ascenseur et ne m'attend pas.

Je me demande ce qu'il me cache.

Après avoir descendu plusieurs étages et emprunté un couloir inconnu vers une sortie inconnue, il se décide seulement à me regarder. Et m'accorde quatre mots.

– Bienvenue dans ton avenir.

17

Le soleil me submerge.

Warner me tient la porte qui donne directement sur l'extérieur et je ne suis pas prête à vivre l'expérience. J'arrive tout juste à voir correctement. Il me tient le bras pour m'éviter de tomber et je lui lance un regard.

– On est dehors.

J'ai besoin de le dire à haute voix. Parce que le monde extérieur est un plaisir qui m'est si rarement offert. Parce que je n'arrive pas à comprendre pourquoi Warner essaie encore de m'être agréable. Mes yeux se détournent de lui pour se poser sur ce qui ressemble à une cour en béton, puis reviennent vers lui.

– Qu'est-ce qu'on fabrique là ?

– On a une affaire à traiter.

Il me tire vers le centre de ce nouvel univers et je me détache de lui pour tendre la main et toucher le ciel comme si j'espérais qu'il se souvienne de moi. Les nuages sont gris comme ils l'ont toujours été, mais dispersés et discrets. Le soleil est haut, très, très haut, et se prélasse sur une toile de fond qui soutient ses rayons et redirige sa chaleur sur nous. Je me dresse sur la pointe des pieds et tente de le toucher. Le vent s'enroule dans mes bras et son sourire caresse ma peau. Un air frais et soyeux tresse une brise légère dans mes cheveux. Cette cour carrée pourrait être ma salle de bal.

J'ai envie de danser avec les éléments.

Warner me prend la main. Je me retourne.

Il sourit.

– Ceci, dit-il en désignant le monde gris et froid sous nos pieds, ça te rend heureuse ?

Je regarde autour de moi. Je constate que la cour n'est pas tout à fait une terrasse, mais qu'elle se situe quelque part entre deux bâtiments. Je m'approche du bord et ne vois qu'une terre désolée, des arbres morts et des complexes d'habitation disséminés sur des kilomètres.

– L'air froid a une odeur si pure, lui dis-je. Propre. Toute neuve. C'est l'odeur la plus sublime au monde.

Son regard semble à la fois amusé, troublé, intéressé et confus. Il secoue la tête. Tapote sa veste et glisse la main dans une poche intérieure. Il en sort un pistolet pourvu d'une crosse en or qui miroite sous le soleil.

Je m'étrangle.

Il examine l'arme d'une manière qui m'échappe, sans doute pour vérifier si elle est prête ou non à tirer. Il la glisse dans sa main, le doigt aussitôt posé sur la détente. Il se tourne et déchiffre enfin l'expression sur mon visage.

Il rit presque.

– Ne t'inquiète pas. Ce n'est pas pour toi.

– Pourquoi t'es armé ? (J'ai une boule dans la gorge, les bras repliés tout contre ma poitrine.) Qu'est-ce qu'on fait là au juste ?

Warner range le pistolet dans sa poche et s'avance vers l'autre bout de la corniche. Il me fait signe de le suivre. J'obtempère. Suis son regard. Jette un coup d'œil par-dessus la balustrade.

Tous les soldats du bâtiment se tiennent à moins de cinq mètres en contrebas.

J'en distingue près de 50 rangées, chacune parfaitement rectiligne, parfaitement espacée de la suivante ; il y a tant de militaires alignés sur une seule file que je n'arrive pas à les compter. ~~Je me demande si Adam est dans la foule. Je me demande s'il peut me voir.~~

~~Je me demande s'il pense à moi en ce moment.~~

Les soldats se trouvent sur un espace carré quasi identique à celui que Warner et moi occupons, mais eux forment une seule masse noire structurée : pantalons noirs, chemises noires, bottes noires à mi-mollet. Pas une seule arme en vue. Chacun se tient debout avec le poing gauche sur le cœur. Figé sur place.

Noir et gris

et

noir et gris

et

noir et gris

et

lugubre.

Soudain, je prends conscience de ma tenue peu adaptée à la situation. Soudain, le vent est trop vif, trop froid, trop pénible comme il se fraie un chemin dans la foule. Je frissonne et ça n'a rien à voir avec la température. Je cherche Warner, mais il a déjà pris sa place au bord de la cour ; à l'évidence, il a déjà fait ça de nombreuses fois. Il sort un petit morceau de métal perforé qu'il pose sur ses lèvres ; quand il se met à parler, sa voix porte sur la foule comme si elle était amplifiée.

– Secteur 45.

Un mot. Un chiffre.

Tout le groupe se déplace : les poings de gauche s'abaissent le long des corps, les droits les remplacent sur les poitrines. La machine est bien huilée, chaque soldat œuvrant en parfaite synergie avec son semblable. Si je n'avais pas une telle appréhension, je crois bien que je serais impressionnée.

– Nous avons deux affaires à traiter ce matin, clame la voix de Warner qui pénètre l'atmosphère – vive, claire, d'une assurance insupportable. La première se tient à mon côté.

Des milliers d'yeux se tournent dans ma direction. Je manque défaillir.

– Juliette, viens par ici, s'il te plaît.

Deux doigts se replient pour me faire signe d'avancer.

Je m'approche et tout le monde me voit.

Warner passe un bras autour de moi. Je tressaille. La foule sursaute. Mon cœur s'affole. Je suis trop effrayée pour m'éloigner de lui. Son arme est trop proche de mon corps.

Les soldats paraissent ébahis que Warner veuille me toucher.

– Jenkins, tu veux bien faire un pas en avant, s'il te plaît ?

Mes doigts courent le marathon le long de ma cuisse. Impossible de rester tranquille. Impossible de calmer les palpitations qui détraquent mon système nerveux. Jenkins sort du rang. Je le repère aussitôt.

Il va bien.

Mon Dieu.

Il va bien.

– Jenkins a eu le plaisir de faire la connaissance de Juliette pas plus tard qu'hier soir, poursuit Warner.

La tension parmi les hommes est quasi palpable. Personne, apparemment, ne sait où Warner veut en venir. Et il n'y a personne, apparemment, qui ne soit pas déjà au courant de l'histoire de Jenkins. Mon histoire.

– J'espère que vous allez tous l'accueillir avec la même gentillesse, ajoute Warner dans un rire inaudible. Elle va rester parmi nous pendant quelque temps et constituer un atout précieux dans la poursuite de nos efforts. Le Rétablissement lui souhaite la bienvenue. Je lui souhaite la bienvenue. Vous devriez en faire autant.

Tous les soldats, sans exception, abaissent leur poing d'un coup.

Ils se déplacent comme un seul homme, cinq pas en arrière, cinq pas en avant, cinq pas sur place. Ils lèvent leur bras gauche très haut et serrent le poing.

Puis mettent un genou à terre.

Je cours vers la balustrade, pressée de voir de plus près ces exercices étrangement chorégraphiés. Je n'ai jamais rien vu de pareil.

Warner les fait se tenir comme ci, se plier comme ça, poing dressé vers le ciel. Il se tait pendant au moins 30 secondes. Puis reprend la parole.

– Bien.

Les soldats se redressent et posent de nouveau le poing droit sur leur poitrine.

– La seconde affaire à l'ordre du jour se révèle encore plus agréable que la première, poursuit-il, bien que son annonce ne semble lui procurer aucun plaisir. (Ses yeux sont fixés sur les soldats en contrebas, tels des éclats d'émeraude qui miroitent comme des flammes vertes sur leurs corps.) Delalieu a un rapport à nous présenter.

Il passe une éternité à contempler les militaires, tout en laissant ses propos mijoter dans leur tête, leur propre imagination les rendre fous, la culpabilité les mettre au supplice.

Warner ne dit plus rien pendant un long moment.

Personne ne bouge pendant un long moment.

Je commence à craindre pour ma vie en dépit de ce qu'il m'a assuré tout à l'heure. Je commence à me dire que je suis peut-être la coupable. Peut-être que le pistolet dans sa poche m'est destiné. J'ose enfin me tourner dans sa direction. Il me lance un regard pour la première fois et j'ignore comment l'interpréter.

Son visage renferme mille et une possibilités.

– Delalieu, reprend-il sans cesser de me fixer, tu peux faire un pas en avant.

Un homme mince, le crâne dégarni, vêtu d'une tenue légèrement moins décorée, se détache de la cinquième rangée. Il semble un peu hésitant. Il penche à peine la tête.

– Oui, chef, prononce-t-il d'une voix chevrotante.

Warner se détourne enfin de moi et hoche la tête de manière quasi imperceptible en direction de l'homme au crâne dégarni.

Delalieu récite :

– Nous avons une plainte à l'encontre du deuxième classe 45B-76423. Fletcher, Seamus.

Les soldats sont tous figés dans les rangs, figés de soulagement, figés de peur, figés d'angoisse. Rien ne bouge. Rien ne respire. Même le vent a peur de faire le moindre bruit.

– Fletcher.

Un seul mot de Warner et plusieurs centaines de têtes se tournent illico dans la même direction.

Fletcher sort du rang.

On dirait un bonhomme en pain d'épices. Cheveux roux. Taches de rousseur. Lèvres d'un rouge presque artificiel. Son visage ne trahit pas l'ombre d'une émotion.

De toute ma vie, je n'ai jamais eu aussi peur pour un étranger.

Delalieu reprend la parole :

– Le soldat Fletcher a été surpris en zone non réglementée en train de fraterniser avec des civils soupçonnés d'être les membres d'un parti rebelle. Il avait volé des victuailles et des fournitures dans les réserves destinées aux citoyens du Secteur 45. On ignore s'il a divulgué des informations sensibles.

Warner pose son regard sur le bonhomme en pain d'épices.

– Est-ce que tu réfutes ces accusations, soldat ?

Les narines de Fletcher frémissent. Sa mâchoire se crispe. Sa voix se brise lorsqu'il répond.

– Non, chef.

Warner hoche la tête. Prend une courte inspiration. Humecte ses lèvres.

Et lui tire une balle dans le front.

18

Personne ne bouge.

L'épouvante reste gravée à jamais sur le visage de Fletcher, qui s'écroule à terre. Tout ça me paraît tellement irréel qu'il m'est impossible de savoir si je rêve ou non, si je suis en train de mourir ou non, ou si m'évanouir est une bonne ou une mauvaise idée.

Les membres de Fletcher sont bizarrement tordus sur le béton glacé. Le sang se répand autour de lui et personne ne bouge. Personne ne dit un mot. Personne n'affiche la moindre expression.

Je ne cesse d'effleurer mes lèvres pour vérifier si mes cris se sont échappés.

Warner range son pistolet dans la poche de sa veste.

– Secteur 45, rompez les rangs.

Tous les soldats mettent un genou à terre.

Warner glisse dans sa veste la pièce métallique qui lui servait de porte-voix et doit m'arracher à l'endroit où je suis comme enracinée. Je trébuche, mes membres sont faibles, et mes os endoloris. Je me sens prise de nausée, de délire, incapable de me tenir droite. Je n'arrête pas d'essayer de parler, mais les mots restent collés à ma langue. Je transpire et je grelotte soudain, et me sens si mal que des taches occultent ma vision.

Warner tente de me faire franchir la porte.

– Il faut vraiment que tu manges davantage, me dit-il.

J'ai les yeux béants, la bouche béante, le corps béant des milliers de cavités qui le perforent.

Mon cœur doit saigner sur ma poitrine.

Je baisse les yeux et ne comprends pas pourquoi aucune goutte de sang ne macule ma robe, pourquoi cette douleur dans mon cœur semble si réelle.

– Tu l'as tué, lui dis-je enfin dans un murmure. Tu viens de le tuer…

– Tu es très observatrice.

– Pourquoi tu l'as *tué*, pourquoi vouloir le *tuer*, comment tu as pu *faire* une chose pareille… ?

– Garde les yeux ouverts, Juliette. C'est pas le moment de t'endormir.

J'agrippe sa chemise. Je l'arrête avant qu'il n'entre dans le bâtiment. Une rafale de vent me cingle le visage et je reprends soudain le contrôle de tous mes sens. Je le pousse violemment, lui plaque le dos contre la porte.

– Tu me dégoûtes. (Je plante mon regard dans ses yeux froids et cristallins.) Tu me *dégoûtes*…

Il me retourne et inverse les rôles en me clouant dos à la porte. Il attrape mon visage dans ses mains gantées et m'oblige à le regarder en face. Ces mêmes mains qui viennent de tuer un homme.

Je suis prise au piège.

Paralysée.

Légèrement terrifiée.

Son pouce effleure ma joue.

– La vie est un endroit sinistre, murmure-t-il. Parfois, tu dois apprendre à tirer le premier.

Warner me suit dans ma chambre.

– Tu devrais sans doute dormir, me dit-il. (C'est la première fois qu'il me parle depuis qu'on a quitté la terrasse.) Je vais te faire porter de quoi manger, mais également m'assurer qu'on ne vienne pas te déranger.

– Où est Adam ? ~~Est-il en sécurité ? En bonne santé ? Vas-tu lui faire du mal ?~~

Warner tressaille, puis se ressaisit.

– Pourquoi tu t'en inquiètes ?

~~Je m'inquiète pour Adam Kent depuis le CE2.~~

– Il n'est pas censé me surveiller ? Parce qu'il n'est pas là. Ça veut dire que tu vas le tuer, lui aussi ?

Je me sens idiote. Je me sens courageuse parce que je me sens idiote. Mes paroles tombent de ma bouche sans parachute.

– Je tue uniquement les gens si j'y suis obligé.

– Quelle générosité !

– J'en ai davantage que la plupart.

J'éclate d'un rire triste que je ne partage qu'avec moi-même.

– Tu peux avoir le reste de la journée pour toi. Notre véritable travail ne commence que demain. Adam te conduira à moi. (Il soutient mon regard. Réprime un sourire.) Dans l'intervalle, tâche de ne tuer personne.

– Toi et moi, lui dis-je en sentant la rage affluer dans mes veines, toi et moi, on n'est pas pareils…

– Tu ne le penses pas vraiment.

– Tu crois pouvoir comparer ma… ma *maladie*… à ta folie…

– *Maladie* ? réplique-t-il en s'avançant d'un bond, comme en proie à une ardeur soudaine. (Je lutte pour tenir bon.) Tu possèdes un don ! Une faculté extraordinaire que tu ne te donnes pas la peine de comprendre ! Ton *potentiel*…

– Je n'ai aucun potentiel !

– Tu te trompes, lâche-t-il dans un regard noir.

Je ne vois pas comment le décrire autrement. Je pourrais presque affirmer qu'il me déteste à cet instant précis. Il me déteste parce que je me déteste.

– C'est toi l'assassin, après tout. Alors tu dois avoir raison.

Son sourire s'entrelace de dynamite.

– Va te coucher.

– Va au diable.

Il contracte la mâchoire. Rejoint la porte.

– J'y travaille.

19

L'obscurité m'étrangle.

Mes rêves sont sanguinolents et le sang envahit ma tête, et je ne peux plus dormir. Les seuls rêves qui m'aient jamais apaisée ont disparu et j'ignore comment les retrouver. J'ignore comment retrouver l'oiseau blanc. J'ignore si je le verrai voler un jour. Tout ce que je sais, c'est qu'à présent, quand je ferme les yeux, je ne vois rien d'autre que la destruction. Fletcher se fait abattre encore et encore, et Jenkins meurt dans mes bras, et Warner tire une balle dans la tête d'Adam. Et le vent chantonne devant ma fenêtre, mais c'est une plainte stridente et éraillée, et je n'ai pas le courage de lui dire d'arrêter.

Je suis frigorifiée dans mes vêtements.

Sous mon dos, le lit est rempli de brisures de nuages et de neige fraîchement tombée ; c'est trop doux, trop confortable. Ça me rappelle quand j'ai dormi dans la chambre de Warner et ça m'est insupportable. J'ai peur de me glisser sous ces couvertures.

Je ne peux m'empêcher de me demander si Adam va bien, s'il va revenir un jour, si Warner va continuer à le faire souffrir chaque fois que je désobéirai. Je ne devrais vraiment pas m'inquiéter autant.

Le message d'Adam dans mon carnet fait peut-être simplement partie du plan de Warner destiné à me rendre folle.

Je me glisse par terre et vérifie si mon poing renferme toujours le bout de papier froissé auquel je m'accroche depuis deux jours. C'est le seul espoir qui me reste et je ne sais même pas s'il est réel.

Je n'ai plus guère de choix.

– Qu'est-ce que tu fais là ?

J'étouffe un cri et roule sur le côté en manquant percuter Adam, allongé par terre auprès de moi. Je ne l'avais même pas vu.

– Juliette ?

Il ne bouge pas d'un centimètre. Son regard est rivé sur moi. Calme, imperturbable ; les eaux d'un fleuve nocturne coulent dans ses yeux. J'aimerais y noyer mes larmes.

Je ne sais pas pourquoi je lui dis la vérité.

– Je n'arrivais pas à dormir là-haut.

Il ne m'interroge pas. Il se relève, camoufle un gémissement en toussotant, et je me souviens à quel point il a souffert. Je me demande quel genre de douleur il endure. Je ne lui pose pas de question quand il s'empare d'un oreiller. Il le pose par terre.

– Allonge-toi, se contente-t-il de me dire. (Mais il me le dit avec douceur.)

~~Toute la journée, chaque jour toujours, voilà ce que je veux qu'il me dise.~~

Ce ne sont que deux mots et je ne sais pas pourquoi je rougis. Je m'allonge en dépit des sirènes qui me vrillent le sang et je pose la tête sur l'oreiller. Il étend la couverture sur mon corps. Je le laisse faire. J'observe ses bras qui se courbent et fléchissent dans l'ombre de la nuit, le miroitement de la lune qui filtre à travers la fenêtre et illumine sa silhouette. Il s'allonge par terre et ne laisse qu'un faible espace entre nous. Il n'a pas besoin de couverture. Il n'utilise aucun oreiller. Il dort toujours torse nu et j'ai découvert que j'ignorais comment respirer. J'ai réalisé que je ne vais sans doute jamais expirer en sa présence.

– Tu n'as plus besoin de crier, murmure-t-il.

J'exhale tous les soupirs de mon corps.

Je referme mes doigts sur l'éventualité de tenir la main d'Adam et je dors du sommeil le plus profond de toute mon existence.

Mes yeux sont 2 fenêtres entrouvertes par le chaos de ce monde.

Un vent frais surprend ma peau, et je m'assois, chasse le sommeil en me frottant les paupières et m'aperçois qu'Adam n'est plus auprès de moi. Je bats des paupières et remonte sur le lit, où je remets l'oreiller et la couverture en place.

Je jette un regard sur la porte et me demande ce qui m'attend de l'autre côté.

Je jette un regard sur la fenêtre et me demande si je verrai un jour passer un oiseau à tire-d'aile.

Je jette un regard sur la pendule murale et me demande ce que signifie vivre de nouveau au rythme des chiffres. Je me demande ce que signifie 6 h 30 dans cet immeuble.

Je décide de me laver le visage. L'idée d'entrer dans la salle de bains m'émoustille et j'en ai un peu honte.

J'ouvre la porte et surprends le reflet d'Adam dans le miroir. Il s'empresse de rabaisser son tee-shirt avant que je ne puisse capter tous les détails, mais j'en perçois assez pour voir ce que je n'ai pu voir dans le noir.

Son torse est couvert d'ecchymoses.

Mes jambes flageolent. Je ne sais pas comment l'aider. J'aimerais pouvoir l'aider.

– Désolé, dit-il aussitôt. J'ignorais que tu étais réveillée.

Il tire sur son tee-shirt comme s'il n'était pas assez long pour faire comme si j'étais aveugle.

Je hoche la tête sans raison. Je contemple le carrelage sous mes pieds. Je ne sais pas quoi dire.

– Juliette. (Sa voix étreint les lettres de mon nom avec une telle douceur que je meurs 5 fois dans la seconde. Son visage trahit une multitude d'émotions. Il secoue la tête.) Désolé, répète-t-il d'une voix si paisible que je suis sûre de l'avoir imaginée. C'est pas… (Il serre la mâchoire et se passe une main nerveuse dans les cheveux.) Tout ça… c'est pas…

J'ouvre la paume en lui montrant le bout de papier froissé de tous les possibles.

– Je sais.

Le soulagement envahit son visage et ses yeux représentent soudain la seule assurance dont j'aurai jamais besoin. Adam ne m'a pas trahie. J'ignore tout du pourquoi du comment, mais je sais qu'il est de mon côté.

Il se tient toujours là devant moi et ne veut pas me voir mourir.

Je m'avance et referme la porte.

J'ouvre la bouche pour parler.

– Non !

Je reste bouche bée.

– Attends, souffle-t-il d'une main.

Ses lèvres remuent, mais aucun son ne s'en échappe. Je comprends qu'en l'absence de caméras, il risque d'y avoir des micros installés dans la pièce. Adam regarde alentour, ici et là, partout.

Ses yeux cessent de fureter.

La douche est constituée de quatre panneaux de verre dépoli et il fait coulisser celui de la porte, avant même que j'aie la moindre idée de ce qui se passe. Il ouvre le robinet à fond et le rugissement de l'eau résonne dans toute la pièce en étouffant le reste. La buée se répand déjà sur le miroir et, juste au moment où je crois deviner son plan, il me prend dans ses bras et me hisse sous la douche.

La vapeur engloutit mes hurlements qui se muent en halètements.

L'eau chaude forme des flaques dans mes vêtements. Elle crépite sur mes cheveux et déferle le long de mon cou, mais je ne sens plus que ses mains qui entourent ma taille. Je veux crier pour toutes sortes de mauvaises raisons.

Ses yeux me clouent sur place. Son ardeur embrase mes os. L'eau ruisselle sur son visage lisse et ses mains me plaquent contre le mur.

Ses lèvres lèvres lèvres lèvres lèvres lèvres ses lèvres

Mes paupières luttent pour ne pas ciller

Mes jambes ont conquis le droit de trembler

Ma peau est en feu à tous les endroits où il ne me touche pas.

Ses lèvres sont si proches de mon oreille que je suis de l'eau et rien d'autre et tout à la fois, et je me liquéfie en un désir si violent qu'il me brûle quand je l'avale.

– Je peux te toucher, me dit-il, tandis que je me demande pourquoi des colibris virevoltent dans mon cœur. Je ne l'ai pas compris avant l'autre soir, murmure-t-il.

Je suis trop ivre pour absorber quoi que soit, hormis son corps qui vacille si près du mien.

– Juliette…

Son corps s'approche encore et je réalise que tout m'échappe. Mes yeux s'ouvrent d'un coup comme sa langue humecte sa lèvre inférieure l'espace d'une courte seconde et la vie explose dans mon cerveau.

Je suffoque. Je suffoque. Je suffoque.

– Qu'est-ce que tu *fais*…

– Juliette, *s'il te plaît*… (Sa voix transpire l'angoisse et il jette un regard derrière lui comme s'il n'était pas sûr qu'on soit seuls.) L'autre soir…

Ses lèvres se scellent. Il ferme les paupières une demi-seconde et je m'émerveille des gouttes d'eau chaude prises au piège de ses cils, telles des perles forgées par la douleur. Ses doigts remontent le long de mon corps comme s'il luttait pour les garder en place, comme s'il luttait pour ne pas me toucher partout, partout, partout, et ses yeux lapent le mètre soixante de ma silhouette, et je suis tellement, je suis tellement, je suis tellement…

Captive.

– J'ai enfin compris, me glisse-t-il à l'oreille. Je sais… Je sais pourquoi Warner te veut.

Le bout de ses doigts me fait l'effet d'une décharge électrique mortelle comme je n'en ai jamais connu auparavant. ~~Que j'ai toujours voulu connaître.~~

– Alors pourquoi t'es là ? je murmure, brisée, à l'agonie dans ses bras. Pourquoi… ? (J'essaie de respirer. 1 fois. 2 fois.) Pourquoi tu me touches ?

– Parce que je peux le *faire*. (Il esquisse l'ombre d'un sourire et je me sens presque pousser des ailes.) Je l'ai déjà fait.

– Quoi ? dis-je en battant des paupières, en revenant soudain à la réalité. Comment ça ?

– Cette première nuit dans la cellule, soupire-t-il. (Il baisse les yeux.) Tu criais dans ton sommeil.

J'attends.

J'attends.

J'attends une éternité.

– J'ai touché ton visage. (Ses paroles épousent la forme de mon oreille.) Ta main. J'ai effleuré ton bras sur toute sa longueur… (Il s'écarte, et ses yeux s'attardent sur mes épaules, descendent sur mon coude, se posent sur mon poignet. L'incrédulité me pétrifie.) Je ne savais pas comment te réveiller. Tu ne voulais pas te réveiller. Alors je me suis assis contre le mur et je t'ai observée. J'ai attendu que tu cesses de hurler.

– C'est… pas… possible.

Je ne peux pas en prononcer davantage.

Mais ses mains se muent en bras autour de ma taille, ses lèvres se muent en joue contre ma joue, et son corps épouse le mien, sa peau me touche, me touche, me touche, et il ne crie pas, il ne meurt pas, il ne me fuit pas, et je suis en sanglots.

Je m'étrangle

Je tremble, je frissonne, j'explose en larmes

Et il me tient dans ses bras comme personne ne m'a jamais tenue auparavant.

Comme s'il me désirait.

– Je vais te faire sortir d'ici, dit-il.

Et sa bouche effleure mes cheveux, et ses mains cheminent sur mes bras, et je me penche en arrière, et il me regarde dans les yeux, et je dois rêver.

– Pourquoi... Pourquoi est-ce que tu... je...

Je secoue la tête et je tremble de partout, parce que ça ne peut pas être possible. Ça ne peut pas être réel.

Ses yeux sont doux, son sourire me détend, et j'aimerais connaître la saveur de ses lèvres. J'aimerais avoir le courage de le toucher.

– Il faut que j'y aille, dit-il. Tu dois être habillée et en bas à 8 heures.

Je me noie dans ses yeux et ne sais pas quoi dire.

Il retire son tee-shirt et je ne sais pas où regarder.

Je m'accroche au panneau de verre, ferme les yeux, et mes paupières s'agitent quand quelque chose virevolte trop près. Ses doigts sont à un battement de cils de mon visage, et je dégouline, je me consume, je fonds déjà.

– T'es pas obligée de regarder ailleurs, dit-il, avec un sourire en coin de la taille de Jupiter.

Je jette un coup d'œil sur ses traits, sur le sourire en coin que je veux savourer, la couleur de ses yeux que j'utiliserais pour peindre mille et un tableaux. Je suis la ligne de sa mâchoire le long de son cou, jusqu'à sa clavicule ; je mémorise les monts et les vallons du paysage sculpté de ses bras, la perfection de son torse. L'oiseau sur sa poitrine.

L'oiseau sur sa poitrine.

Un tatouage.

Un oiseau blanc, avec des fils dorés comme une crête sur sa tête. Il vole.

– Adam… (J'essaie de lui parler.) Adam… (Ma voix s'étrangle.) Adam…

J'essaie tant de fois, mais en vain.

J'essaie de retrouver ses yeux et je réalise alors qu'il me regardait l'examiner. Les fragments de son visage s'imbriquent et forment des lignes d'émotion si intenses que je me demande quelle image je dois lui renvoyer. Il porte deux doigts sous mon menton, remonte à peine mon visage, et je suis une pile électrique plongée dans l'eau.

– Je vais trouver un moyen de te parler, dit-il.

Ses mains m'attirent à lui et mon visage se plaque contre sa poitrine, et le monde devient soudain plus éclatant, plus grand, plus beau. Le monde signifie soudain quelque chose pour moi, l'existence éventuelle d'une humanité signifie quelque chose pour moi, tout l'univers se fige et tourne dans l'autre sens, et je suis l'oiseau.

Je suis l'oiseau et je prends mon envol.

20

Il est 8 heures du matin, et je porte une robe de la couleur des forêts détruites et des vieilles boîtes de conserve.

La taille est plus ajustée que tout ce que j'ai jamais porté, la coupe contemporaine et géométrique, presque déstructurée ; la matière est rigide, épaisse, mais bizarrement ne m'empêche pas de respirer. Je contemple mes jambes et m'étonne d'en posséder deux.

Je me sens plus nue que je ne l'ai jamais été dans ma vie.

Pendant 17 ans, je me suis escrimée à recouvrir ma moindre parcelle de peau nue et Warner me force à enlever les couches de tissu. Je ne peux que supposer qu'il le fait exprès. Mon corps est une fleur carnivore, une plante vénéneuse, un pistolet chargé avec des millions de détentes sur lesquelles il est plus que jamais prêt à appuyer.

Touche-moi et tu en subiras les conséquences. Cette règle n'a jamais connu la moindre exception.

Sauf pour Adam.

Il m'a laissée sous la douche trempée jusqu'aux os et dégoulinante d'un torrent de larmes brûlantes. Je l'ai regardé à travers la vitre embuée, tandis qu'il se séchait et enfilait son uniforme.

Je l'ai regardé s'en aller en catimini, tout en me demandant pourquoi, pourquoi, pourquoi.

Pourquoi peut-il me toucher ?

Pourquoi voudrait-il m'aider ?

~~Est-ce qu'il se souvient de moi ?~~

Ma peau est encore brûlante.

Mes os sont recouverts des plis et replis étroits de cette robe étrange, dont seule la fermeture à glissière empêche mon corps de s'effondrer. Ça, et la perspective de quelque chose dont j'ai ~~toujours~~ jamais osé rêver.

Mes lèvres resteront à jamais scellées sur les secrets de ce matin, mais mon cœur déborde tellement d'assurance, d'émerveillement, de quiétude et d'une infinité de probabilités qu'il est sur le point d'exploser.

Et je me demande s'il ne va pas déchirer la robe.

L'espoir m'enlace, me tient dans ses bras, en chassant mes larmes et en me disant qu'aujourd'hui, demain, dans deux jours j'irai très bien, et ça m'exalte tellement que j'ose en effet y croire.

Je suis assise dans une pièce bleue.

Les murs sont tapissés d'une toile de la couleur d'un ciel d'été idyllique, le plancher recouvert d'une moquette de cinq centimètres d'épaisseur ; toute la pièce est vide, à l'exception de deux fauteuils en velours découpés dans un morceau de voûte céleste. Chaque nuance de bleu évoque une ecchymose, une erreur sublime, le souvenir de ce qu'ils ont fait à Adam ~~à cause de moi.~~

Je suis assise toute seule dans un fauteuil en velours, au cœur d'une pièce bleue, et je porte une robe façonnée d'olives. Le poids du calepin dans ma poche me donne l'impression de tenir une boule de bowling en équilibre sur mon genou.

– Tu es ravissante.

Warner entre en trombe, comme s'il déplaçait l'air pour gagner sa vie. Personne ne l'accompagne.

Mes yeux lorgnent sans le vouloir mes tennis et je me demande si j'ai enfreint une règle quelconque en laissant dans mon armoire les chaussures à talons vertigineux, dont je suis sûre qu'elles ne sont pas faites pour être portées. Je redresse la tête et il se tient debout devant moi.

– Le vert te va à merveille, commente-t-il dans un sourire niais. Il fait vraiment ressortir la couleur de tes yeux.

– De quelle couleur sont mes yeux ? je demande au mur.

Il s'esclaffe.

– Tu veux rire.

– T'as quel âge ?

Il ne rit plus.

– Ça t'intéresse ?

– Je suis curieuse.

Il s'assoit dans le fauteuil voisin.

– Je ne répondrai pas à ta question si tu ne me regardes pas quand je te parle.

– Tu veux que je torture des gens contre ma volonté. Tu veux que je sois une arme dans la guerre que tu mènes. Tu veux que je devienne un monstre à ton service. (Je m'interromps.) Te regarder me donne la nausée.

– Tu es bien plus têtue que je ne l'aurais cru.

– Je porte ta robe. J'ai mangé ta nourriture. Je suis là.

Je lève les yeux vers lui et il me fixe déjà. La puissance de son regard me désarçonne un bref instant.

– Tu n'as rien fait de tout ça pour moi, dit-il posément.

Je manque éclater de rire.

– Pourquoi je le ferais ?

Ses yeux luttent contre ses lèvres pour avoir le droit de s'exprimer. Je détourne les miens.

– Qu'est-ce qu'on fabrique dans cette pièce ?

– Ah. (Il prend une profonde inspiration.) Petit déjeuner. Ensuite, je te donne ton emploi du temps.

Il presse un bouton sur l'accoudoir du fauteuil et presque aussitôt des hommes et des femmes, qui ne sont manifestement pas des militaires, apportent chariots et plateaux. Leur visage est dur, marqué et trop mince pour refléter la santé.

Ça me fend le cœur dans la seconde.

– D'habitude, je mange seul, poursuit Warner. (Sa voix est une stalactite qui transperce la chair de mes souvenirs.) Mais je me suis dit que toi et moi pourrions faire plus ample connaissance. Surtout qu'on va passer beaucoup de temps ensemble.

Les ~~domestiques~~ ~~bonnes~~ gens-qui-ne-sont-pas-des-soldats s'en vont et Warner m'offre quelque chose sur un plateau.

– J'ai pas faim.

– T'as pas le choix.

Je relève les yeux et constate qu'il est très, très sérieux.

– Tu n'as pas le droit de te laisser crever de faim. Tu ne manges pas assez et j'ai besoin que tu sois en forme. Tu n'as pas le droit de te suicider. Tu n'as pas le droit de te faire du mal. Tu m'es très précieuse.

– Je suis pas ton *jouet,* dis-je en lui crachant presque au visage.

Il lâche son assiette sur le chariot et je suis étonnée qu'elle ne se brise pas. Warner s'éclaircit la voix et il se pourrait même que je sois réellement effrayée.

– Ça serait tellement plus facile si tu voulais simplement coopérer, reprend-il en détachant chaque mot.

5, 5, 5, 5, 5 battements de cœur.

– Tu répugnes tout le monde, ajoute-t-il, un rictus amusé sur les lèvres. Tous ceux que tu as connus t'ont détestée. T'ont fuie. T'ont abandonnée. Tes propres parents ont baissé les bras et *volontairement* confié ton existence aux bons soins des autorités. Ils tenaient tellement à se débarrasser de toi, à ce que tu deviennes le problème d'autrui, à se convaincre que l'abomination qu'ils avaient élevée n'était pas en réalité leur enfant.

Une centaine de mains viennent de me gifler en pleine figure.

– Et pourtant… (Il s'esclaffe ouvertement à présent.) Tu insistes pour faire de moi le méchant. (Il croise mon regard.) J'essaie de *t'aider*. Je t'offre une occasion que personne ne t'offrira jamais. Je suis prêt à te traiter en égale. Je suis prêt à t'offrir tout ce que tu as toujours voulu et, par-dessus le marché, je peux te donner le pouvoir. Je peux les faire souffrir pour ce qu'ils t'ont fait. (Il se penche juste assez.) Je peux changer ta vie.

Il se trompe, il a tout faux. C'est encore plus délirant qu'un arc-en-ciel à l'envers.

Mais tout ce qu'il dit est vrai.

– Ne sois pas aussi pressée de me haïr, enchaîne-t-il. Il se pourrait que tu te surprennes à profiter de la situation bien plus que tu ne le crois. Heureusement pour toi, je suis disposé à faire preuve de patience. (Il sourit à belles dents. Se cale dans le fauteuil.) Mais je ne vais quand même pas me plaindre de ton affolante beauté.

Je dégouline de rouge sur la moquette.

C'est un menteur et un être humain horrible, horrible, horrible, et j'ignore si ça me touche parce qu'il a raison ou parce qu'il a tellement tort, ou parce que j'en crève, d'un semblant de reconnaissance dans ce monde. Personne ne m'a jamais dit des trucs pareils.

Ça me donne envie de me regarder dans le miroir.

– Toi et moi ne sommes pas aussi différents que tu pourrais l'espérer.

Son sourire est si arrogant que j'ai envie de le déformer d'un coup de poing.

– Toi et moi ne sommes pas aussi semblables que tu pourrais l'espérer.

Il rayonne tellement que je ne sais pas trop comment réagir.

– J'en ai 19, au fait.

– Pardon ?

– J'ai 19 ans, clarifie-t-il. Je suis un spécimen drôlement impressionnant pour mon âge, je sais.

Je prends ma cuiller et la plonge dans la substance comestible de mon assiette. Je ne sais même plus à quoi ressemble vraiment la nourriture.

– Je n'ai aucun respect pour toi.

– Tu changeras d'avis, réplique-t-il, désinvolte. Maintenant, dépêche-toi de manger. On a beaucoup de travail.

21

Tuer le temps n'est pas aussi difficile que ça en a l'air.

Je peux me tirer une centaine de chiffres dans la poitrine et regarder saigner les virgules décimales dans le creux de ma main. Je peux arracher les chiffres d'une pendule et observer les aiguilles faire tic, tic, tic, jusqu'à leur dernier tac avant que je m'endorme. Je peux suffoquer quelques secondes simplement en retenant mon souffle. J'ai tué des minutes pendant des heures et personne n'a l'air de s'en inquiéter.

Une semaine s'est écoulée depuis que j'ai parlé à Adam.

Je me suis tournée vers lui une fois. J'ai ouvert la bouche juste une fois, mais n'ai jamais eu l'occasion de dire un truc avant que Warner ne m'intercepte.

– Tu n'es pas autorisée à parler aux soldats. Si tu as des questions, tu peux *me* trouver. Tant que tu es là, je suis la seule personne dont tu dois te soucier.

Possessif n'est pas un mot assez fort pour définir Warner.

Il m'escorte partout. Me parle trop. Mon emploi du temps consiste en des réunions avec Warner, à manger avec Warner et à écouter Warner. S'il est occupé, on m'envoie dans ma chambre. S'il est libre, il me retrouve.

Il me parle des livres qu'ils ont détruits. Des objets qu'ils se préparent à brûler. Des idées qu'il a pour un monde nouveau et de la manière dont je pourrai grandement l'aider dès que je serai prête. Dès que j'aurai compris à quel point je veux *tout ça*, à quel point je le veux *lui*, à quel point je veux cette nouvelle vie pleine de gloire et de pouvoir. Il attend que j'exploite mon *potentiel*. Il me dit à quel point je devrais lui être reconnaissante pour sa patience. Sa gentillesse. Sa volonté de comprendre que cette transition doit être difficile pour moi.

Je ne peux pas regarder Adam. Je ne peux pas lui parler. Il dort dans ma chambre, mais je ne le vois jamais. Il respire tout près de moi, mais n'ouvre pas les lèvres pour s'adresser à moi. Il ne me suit pas dans la salle de bains. Il ne me laisse pas de messages secrets dans mon carnet.

Je commence à me demander si je n'ai pas imaginé tout ce qu'il m'a confié.

J'ai besoin de savoir si quelque chose a changé. J'ai besoin de savoir si je suis cinglée de m'accrocher à cet espoir qui est né dans mon cœur et j'ai besoin de savoir ce que signifiait le message d'Adam.

Mais chaque jour qu'il me traite en étrangère est un jour où je doute un peu plus de moi-même.

J'ai besoin de lui parler, mais je ne peux pas.

Parce que Warner me surveille désormais.

Les caméras surveillent tout.

– Je veux que tu retires les caméras de ma chambre.

Warner cesse de mastiquer la bouffe-saloperie-petit-déj-bouillie absurde qu'il a dans la bouche. Il avale soigneusement avant de se caler dans le fauteuil pour me regarder droit dans les yeux.

– Pas question.

– Si tu me traites en prisonnière, je vais agir comme telle. J'aime pas être surveillée.

– On ne peut pas te faire confiance quand tu es livrée à toi-même, réplique-t-il en reprenant sa cuiller.

Je proteste :

– Je ne peux pas respirer sans qu'on me surveille sur écran. Il y a des gardes postés tous les deux mètres dans les couloirs. Je n'ai même pas accès à ma propre chambre. Les caméras ne vont pas changer grand-chose.

Un amusement bizarre anime ses lèvres.

– Tu n'es pas franchement stable, tu sais. Tu risques de tuer quelqu'un.

– Non, dis-je en serrant les poings. Non… je ne le ferai pas… J'ai pas tué Jenkins…

– Je ne te parle pas de Jenkins.

Son sourire crache de l'acide qui s'infiltre dans ma peau.

Il ne va pas cesser de m'observer. De me sourire. De me torturer avec son regard.

C'est moi qui crie en silence dans mon poing fermé.

– C'était un accident.

Les mots dégringolent de ma bouche si vite et si tranquillement que je ne sais pas au juste si je les ai prononcés, si je suis toujours assise là, ou si j'ai de nouveau 14 ans, encore et encore, et je hurle, je meurs, et je plonge dans le lac aux souvenirs que je ne pourrai jamais, jamais, jamais, jamais, jamais…

Je ne pourrai apparemment jamais oublier.

Je la revois au supermarché. Elle était debout, les jambes croisées aux chevilles, et tenait son enfant en laisse, mais elle pensait – il pensait que c'était un sac à dos. Elle le jugeait trop-bête-trop-jeune-trop-immature pour comprendre que la corde qui le reliait à son poignet était un dispositif conçu pour le piéger dans le cercle indifférent de son auto-apitoiement. Elle est trop jeune pour avoir un gosse, pour avoir ces responsabilités, pour être engloutie par un enfant avec des besoins qui ne s'adaptent pas aux siens. Sa vie est si incroyablement difficile à supporter, elle va tellement dans tous les sens, elle est trop extravagante pour que sa progéniture en laisse puisse comprendre.

Les enfants ne sont pas idiots, voilà ce que j'avais envie de dire à cette femme.

Je voulais lui dire que si le petit hurlait pour la septième fois, il ne cherchait pas à tout prix à lui empoisonner la vie, et elle n'avait pas à l'enguirlander pour la quatorzième fois en lui disant : « T'es qu'un vilain garnement, un enfant gâté, tu me gênes, ne m'oblige pas à répéter à papa que tu n'as pas été gentil. » Je ne voulais pas regarder, mais je n'ai pas pu m'en empêcher. Il avait son visage d'enfant de trois ans tout plissé de douleur. Ses petites mains essayaient de défaire les liens qu'elle avait sanglés autour de sa poitrine, et elle tirait si fort qu'il est tombé et s'est mis à pleurer, et elle lui a dit que c'était bien fait pour lui.

Je voulais lui demander pourquoi elle se comportait comme ça.

Je voulais lui poser des tas de questions, mais je ne l'ai pas fait parce qu'on ne parle plus aux gens, parce que dire quelque chose serait plus étrange que de ne rien dire à un inconnu. Il est tombé et s'est tortillé dans tous les sens, jusqu'à ce que mon visage se décompose et que je lâche tout ce que j'avais dans les mains.

« Je suis désolée », c'est ce que je n'ai jamais dit à son fils.

J'ai cru que mes mains l'aidaient
J'ai cru que mon cœur l'aidait
J'ai cru tellement de choses
Je n'ai jamais
jamais
jamais
jamais
jamais pensé
Tu as tué un petit garçon.

Mille et un souvenirs me clouent à mon fauteuil en velours, et je suis hantée par l'horreur que mes mains nues ont créée, et je me souviens de chaque instant où on ne veut pas de moi pour de bonnes raisons.

Mes mains peuvent tuer les gens. Mes mains peuvent tout détruire.

On ne devrait pas m'autoriser à vivre.

– Je veux… dis-je en m'étranglant, en luttant pour avaler le poing logé dans ma gorge. Je veux que tu me débarrasses des caméras. Tu m'en débarrasses, ou je mourrai en luttant contre toi pour que justice soit rendue.

– Enfin ! s'écrie Warner qui se lève et joint les mains comme pour se féliciter. Je me demandais quand tu finirais par te réveiller ! J'attendais ce feu qui, je le sais, doit te ronger un peu plus chaque jour. Tu es remplie de haine, non ? de colère ? de rage ? Ça te démange de faire *quelque chose* ? De devenir *quelqu'un* ?

– Non.

– Bien sûr que si. Tu es comme moi, c'est tout.

– Je te déteste encore plus que tu ne le comprendras jamais.

– On va former une excellente équipe.

– On n'est *rien*. Tu n'es rien pour moi…

– Je sais ce que tu veux. (Il se penche, baisse la voix.) Je sais ce que ton petit cœur désire ardemment depuis toujours. Je peux t'offrir la reconnaissance à laquelle tu aspires. Je peux être ton *ami*.

Je me fige. Balbutie. N'arrive plus à m'exprimer.

– Je sais *tout* sur toi, ma chérie. (Il sourit jusqu'aux oreilles.) Ça fait très longtemps que je t'attends. J'ai attendu des lustres que tu sois prête. Je ne vais pas te laisser partir aussi facilement.

– Je ne veux pas devenir un monstre.

Ma phrase est peut-être plus destinée à moi-même qu'à lui.

– Ne lutte pas contre ce pour quoi tu es venue au monde. (Il me saisit par les épaules.) Ne laisse plus les autres te dire ce qui est bien ou mal. Affirme-toi ! Tu trembles de peur quand tu pourrais conquérir le monde. Tu as tellement plus de pouvoir que tu n'en as conscience, et pour ne rien te cacher (il secoue la tête)… ça me fascine.

Je riposte :

– Je ne suis pas ton *phénomène de foire*. Pas question de me *donner en spectacle* pour toi.

Il resserre son emprise sur mes bras et je ne peux lui échapper. Il se penche dangereusement, tout près de mon visage.

Et j'ignore pourquoi, mais je suffoque.

– Je n'ai pas peur de toi, ma chérie, dit-il d'une voix douce. Je suis complètement sous le charme.

– Soit tu me débarrasses des caméras, soit je les trouve et les fracasse l'une après l'autre.

Je mens. Je mens comme un arracheur de dents, mais je suis en colère, désespérée et horrifiée. Warner veut me transformer en un animal qui s'en prend aux faibles. Aux innocents.

S'il veut que je me batte pour lui, il devra d'abord se battre contre moi.

Un sourire illumine peu à peu son visage. Ses doigts gantés effleurent ma joue et redressent ma tête, quand je tressaille en m'écartant.

– Tu es à croquer quand tu te mets en colère.

– Dommage que je sois empoisonnée.

Je vibre d'écœurement de la tête aux pieds.

– Un détail qui rend le jeu d'autant plus excitant.

– T'es un malade, un grand *malade*...

Il éclate de rire et lâche mon menton seulement pour dresser l'inventaire des différentes parties de mon corps. Son regard trace une ligne paresseuse le long de ma silhouette et j'éprouve l'envie soudaine de lui éclater la rate.

– Si je te débarrasse de tes caméras, qu'est-ce que tu feras pour moi ?

Ses yeux sont malveillants.

– Rien.

Il secoue la tête.

– Ça ne va pas coller. Il se peut que j'approuve ta proposition si tu acceptes ma condition.

Je serre la mâchoire.

– Qu'est-ce que tu veux ?

Il sourit de plus belle.

– C'est une question dangereuse.

Je clarifie, impatiente :

– Quelle est ta *condition* ?

– Touche-moi.

– Quoi ?

Je m'étrangle si fort que ça résonne aux quatre coins de la pièce.

– Je veux savoir exactement de quoi tu es capable.

Sa voix est posée, ses sourcils arqués, tendus.

J'explose :

– Pas question de recommencer ! T'as vu ce que tu m'as fait faire à Jenkins…

– On s'en tape, de Jenkins ! crache-t-il. Je veux que tu *me* touches… Je veux éprouver moi-même cette sensation…

– Non… (Je secoue la tête si fort que j'en ai le tournis.) Non. Jamais. T'es cinglé… je ne le ferai pas…

– Mais si, bien sûr.

– Je ne le ferai PAS…

– Tu vas devoir… *travailler*… à un moment ou un autre, insiste-t-il en faisant un effort pour modérer sa voix. Même si tu devais renoncer à ma condition, tu es ici pour une raison précise, Juliette. J'ai convaincu mon père que tu serais un atout pour le Rétablissement. Que tu serais capable de maîtriser tous les rebelles qu'on…

– Tu veux dire *torturer*…

– Oui, admet-il en souriant. Pardonne-moi, je veux dire torturer. Tu seras capable de nous aider à torturer tous ceux qu'on capture. (Il s'interrompt.) Infliger de la douleur, tu vois, se révèle une méthode incroyablement efficace pour obtenir des informations de qui que ce soit. Et avec toi ? (Il lorgne mes mains.) Eh bien, ça ne coûte pas grand-chose. C'est rapide et ça produit l'effet escompté. (Son sourire s'élargit.) Et tant qu'on te gardera en vie, tu pourras nous être utile, pour quelques décennies au moins.

On a beaucoup de chance que tu ne fonctionnes pas sur piles.

– Tu… tu…

– Tu devrais me remercier. Je t'ai sauvée de ce trou rempli de malades qu'on appelle « asile »… Je t'ai mise en position de force. Je t'ai donné tout ce dont tu pouvais avoir besoin pour être à l'aise. (Il pose son regard sur moi.) Maintenant, j'aimerais que tu te concentres. Que tu renonces à tes espoirs de mener la même vie que les autres. Tu n'es *pas* normale. Tu ne l'as jamais été et ne le seras jamais. Adopte la personnalité de celle que tu *es* vraiment.

– Je… Je suis pas… je suis pas…

– Une meurtrière ?

– NON.

– Un instrument de torture ?

– ARRÊTE !

– Tu te mens à toi-même.

Je suis prête à le détruire.

Il incline la tête et réprime un sourire.

– Toute ta vie, tu as frisé la folie, pas vrai ? Tant de gens t'ont traitée de cinglée que tu t'es mise à le croire, en fait. Tu te demandais s'ils n'avaient pas raison. Tu te demandais si tu pouvais te corriger. Tu pensais que si tu pouvais juste t'appliquer un peu plus, en devenant meilleure, plus intelligente, plus gentille, tu pensais que le monde changerait d'opinion à ton sujet. Tu t'es rendue responsable de tout.

Je m'étrangle.

Ma lèvre inférieure se met à trembler sans ma permission. J'arrive à peine à contrôler la tension dans ma mâchoire.

~~Pas question de lui dire qu'il a raison.~~

– Tu as refoulé toute ta rage et ta rancœur parce tu voulais qu'on t'aime, reprend-il d'un ton grave. Peut-être que je te comprends, Juliette. Peut-être que tu devrais me faire confiance. Peut-être que tu devrais admettre que ça fait trop longtemps que tu essaies d'être celle que tu n'es pas. Et de toute manière, quoi que tu fasses, ces salopards n'étaient jamais contents. Jamais satisfaits. Ils n'en avaient rien à foutre, pas vrai ?

Il me dévisage et, l'espace d'un instant, semble presque humain. L'espace d'un instant, j'ai envie de le croire. L'espace d'un instant, j'ai envie de m'asseoir par terre et de déverser l'océan de larmes qui me serre la gorge.

– Il est temps que tu arrêtes de faire semblant, me dit-il d'une voix si suave. Juliette… (Il me prend le visage dans ses mains gantées avec une douceur si inattendue…) Tu n'es plus obligée d'être gentille. Tu peux tous les détruire. Tu peux les liquider et posséder le monde entier et…

Une locomotive à vapeur me percute de plein fouet.

– Je ne veux détruire personne, lui dis-je. Je ne veux pas *faire du mal* aux gens…

– Mais ils le *méritent* ! (Il s'écarte, subitement contrarié.) Comment ne pas avoir envie de réagir ? Comment ne pas avoir envie de *riposter…* ?

Je me lève lentement, soudain tremblante de colère, et j'espère que mes jambes ne vont pas se dérober sous moi.

– Parce qu'on n'a pas voulu de moi, parce qu'on m'a délaissée et… et *mise au rebut…* (Ma voix monte dans les aigus au fil des mots, tandis que mes émotions se déchaînent et hurlent à travers mes poumons en feu.) D'après toi, je n'ai pas de cœur ? D'après toi, je *n'éprouve* rien ? D'après toi, puisque je peux infliger la douleur, je devrais faire souffrir ? Tu es exactement comme les autres. Tu penses que je suis un monstre, comme les autres. Tu ne me comprends pas du tout...

– Juliette...

– Non.

J'ai pas envie de ça.

J'ai pas envie de cette existence.

Je ne veux rien être pour quiconque, sauf pour moi-même. Je veux décider de mes propres choix et je n'ai jamais voulu être un monstre. Mes paroles s'écoulent lentement, posément :

– J'attache bien plus d'importance que toi à la vie humaine, Warner.

Il ouvre la bouche pour s'exprimer, puis se ravise. Ses lèvres s'étirent d'étonnement. Il éclate de rire en secouant la tête.

Et me sourit.

– Quoi ? je lui demande avant...

– Tu viens de prononcer mon nom. (Son sourire s'épanouit.) C'est la première fois que tu t'adresses directement à moi. Ça doit signifier que je progresse avec toi.

– Je t'ai seulement dit que je...

Il me coupe :

– Je ne me fais pas de souci pour tes cas de conscience. Tu gagnes juste du temps parce que tu es dans le déni. Ne t'inquiète pas. Tu t'en remettras. Je peux encore attendre un peu.

– Je ne suis pas dans le *déni*...

– Bien sûr que si. Tu ne le sais pas encore, Juliette, mais tu es une mauvaise fille, dit-il en s'agrippant le cœur. Tout ce que j'aime.

Cette conversion devient impossible.

– Il y a un soldat qui *vit* dans ma chambre. (Je respire fort.) Si tu veux de moi ici, il faut que tu me débarrasses des caméras.

Les yeux de Warner s'assombrissent un instant.

– Où *est* ton soldat, d'ailleurs ?

– J'en sais rien. (Pourvu que je ne rougisse pas.) C'est toi qui l'as assigné à ma surveillance.

– Oui. (Il a l'air pensif.) J'aime bien te regarder te trémousser. Il te met mal à l'aise, pas vrai ?

Je repense aux mains d'Adam sur mon corps, à ses lèvres si proches des miennes, à l'odeur de sa peau ruisselante sous le déferlement d'eau fumante qui nous trempe tous les deux jusqu'aux os, et tout à coup mon cœur se transforme en deux poings qui martèlent ma poitrine pour s'en échapper.

– Oui. (*Bon sang.*) Oui. Il me met très mal à l'aise.

– Tu sais pourquoi je l'ai choisi ? me demande Warner.

Sa question me renverse comme sous l'effet d'un semi-remorque.

Adam a été *choisi.*

Bien sûr ! On n'a pas envoyé un soldat au hasard dans ma cellule. Warner n'agit jamais sans raison. Il doit savoir qu'Adam et moi avons un passé commun. Il se révèle plus cruel et plus calculateur que je ne le croyais.

– Non. (Je reprends mon souffle.) Je ne sais pas pourquoi.

J'expire. Je ne peux pas oublier de respirer.

– Il s'est porté volontaire, dit simplement Warner en me laissant interloquée. Il m'a confié qu'il était allé à l'école avec toi, voilà bien longtemps. Il a dit que tu ne te souviendrais sans doute pas de lui, qu'il avait beaucoup changé depuis cette époque. Bref, il s'est montré très convaincant. (Il marque une pause, le temps de reprendre son souffle.) Il a ajouté que ça l'avait excité d'apprendre qu'on t'avait enfermée.

Warner me regarde enfin.

Mes os sont des glaçons qui s'entrechoquent et me frigorifient jusqu'à la moelle.

– Ça m'intrigue, poursuit-il en penchant la tête. Tu te souviens de lui ?

– Non.

Je mens et ne suis pas certaine d'être encore en vie. J'essaie de démêler le vrai du faux des suppositions, des affirmations, mais les phrases tordues s'entortillent dans ma gorge.

Adam me connaissait quand il est entré dans cette cellule.

Il savait exactement qui j'étais.

Il connaissait déjà mon nom.

Oh

Oh

Oh

Tout ça n'était qu'un piège.

– Est-ce que cette nouvelle te met… en colère ? demande Warner.

J'aimerais coudre ses lèvres qui sourient pour lui donner une mine constamment renfrognée.

Je ne dis rien et, en un sens, c'est pire.

Warner rayonne.

– Je ne lui ai jamais révélé, bien sûr, pour quelle raison tu étais enfermée. Je pensais qu'aucune information supplémentaire ne devait entacher l'expérience de l'asile. Mais il m'a dit que tu avais toujours représenté une menace pour les élèves. Qu'on avait prévenu tout le monde de se tenir à l'écart de toi, même si les autorités n'avaient jamais expliqué pourquoi. Il a avoué qu'il voulait voir de plus près le monstre que tu étais devenue.

Mon cœur se fissure. Mes yeux lancent des éclairs. Je suis tellement en colère, tellement horrifiée, humiliée, dévorée par l'indignation que c'est comme si un incendie se déchaînait en moi… Et mes espoirs anéantis s'envolent en fumée. J'ai envie de briser Warner en lui broyant la colonne vertébrale de mes propres mains. Je veux qu'il sache ce que c'est que blesser, infliger à autrui une agonie insupportable. Je veux qu'il connaisse ma douleur, celle de Jenkins, de Fletcher, et je veux qu'il *souffre.* Parce que Warner a peut-être raison.

Peut-être que certains le méritent.

– Retire ta chemise.

Sous ses grands airs, Warner paraît sincèrement surpris, mais il ne perd pas de temps pour déboutonner sa veste, enlever ses gants, puis la chemise en coton fin qui lui colle à la peau.

Ses yeux brillent avec une ardeur qui me donne la nausée ; il ne masque pas sa curiosité.

Warner laisse tomber ses vêtements par terre et me décoche un regard presque intime. Je dois ravaler la répulsion qui me donne des haut-le-cœur. Son visage parfait. Son corps parfait. Ses yeux aussi durs et sublimes que des pierres précieuses figées dans la glace. Il me répugne. Je veux que son enveloppe charnelle soit en harmonie avec la noirceur détraquée qu'elle contient. Je veux fracasser son cynisme du plat de ma main.

Il s'avance vers moi jusqu'à ce qu'il reste moins de trente centimètres entre nous. Face à sa taille et à sa musculature, je me sens comme une brindille morte.

– Tu es prête ? me demande-t-il, pétri d'arrogance et de folie.

J'envisage de lui briser le cou.

– Si je fais ça, tu me débarrasseras de toutes les caméras de ma chambre. De tous les micros. De tout.

Il s'approche encore. Penche la tête. Fixe mes lèvres, m'examine d'une façon totalement nouvelle.

– Mes promesses ne valent pas grand-chose, trésor, murmure-t-il. L'as-tu déjà oublié ? (Il avance d'encore quelques centimètres. Sa main se pose sur ma taille. Son souffle est doux et chaud sur mon cou.) Je suis un menteur hors pair.

Cent kilos de bon sens s'abattent alors sur moi et me font prendre conscience de ma sottise. Je ne devrais pas faire ça. Je ne devrais passer aucun marché avec lui. Je ne devrais pas envisager de le torturer. Mon Dieu, j'ai perdu la tête. Je serre les poings le long de mon corps et tremble comme une feuille. Je trouve à peine la force de parler.

– Tu peux aller au diable.

Je défaille.

Je trébuche en arrière contre le mur et m'écroule comme une masse inutile, au comble du désespoir. Je songe à Adam et mon cœur chancelle.

Je ne peux plus rester là.

Je fuis vers la porte à deux battants et l'ouvre à la volée, avant que Warner ne puisse m'arrêter. Mais c'est Adam qui m'intercepte à la place. Il se tient juste à l'extérieur. Il attend. Me surveille partout où je vais.

Je me demande s'il a tout entendu, et mes yeux fixent le sol, le visage décomposé, le cœur en miettes dans ma main. Bien sûr qu'il a tout entendu. Bien sûr qu'il sait maintenant que je suis une meurtrière. Un monstre. Une âme inutile dans un corps vénéneux.

Warner avait tout prévu.

Et je suis debout entre les deux. Warner torse nu. Adam qui regarde son arme.

– Soldat, dit Warner, ramène-la dans sa chambre et désactive toutes les caméras. Elle peut déjeuner seule si elle le souhaite, mais je l'attends pour dîner.

Adam bat des paupières une fois de trop.

– Bien, chef.

– Juliette ?

Je me fige. Je suis de dos et ne me retourne pas.

– Je compte sur toi pour respecter tes engagements dans notre accord.

22

Je mets 5 ans pour regagner l'ascenseur. 15 de plus pour monter dans les étages. Un million d'années se sont écoulées quand j'entre dans ma chambre. Adam est tranquille, silencieux, parfaitement sûr de lui et mécanique dans ses gestes. Rien dans ses yeux, ses membres, les mouvements de son corps n'indique qu'il connaît ne serait-ce que mon nom.

Je le regarde se déplacer rapidement, soigneusement, avec agilité dans la pièce, tandis qu'il déniche les petits appareils censés surveiller mon comportement et les désactive un à un. Si quiconque demande pourquoi mes caméras ne fonctionnent plus, Adam n'aura pas d'ennuis. L'ordre émane de Warner, ce qui le rend officiel.

Ce qui m'offre la possibilité d'avoir un peu d'intimité.

Je croyais que j'en aurais besoin.

Je suis trop idiote.

Adam n'est pas le garçon dont je me souviens.

J'étais au CE2.

Je venais d'arriver en ville, après ~~m'être fait virer~~ qu'on m'eut demandé de quitter mon ancienne école. Mes parents déménageaient sans arrêt ; ils fuyaient toujours les désastres que j'occasionnais, les jeux d'enfants que j'avais gâchés, les amitiés que je n'avais jamais. Personne ne voulait parler de mon « problème », mais le mystère entourant mon existence ne faisait qu'empirer la situation. Livrée à elle-même, l'imagination humaine peut faire des ravages. Je n'entendais que des bribes de leurs murmures.

– Monstre !

– T'es au courant de ce qu'elle a *fait*... ?

– ... virée de son ancienne école...

– Cinglée !

– Elle a une espèce de maladie...

Personne ne me parlait. Tout le monde me dévisageait. J'étais assez jeune pour que ça me fasse encore pleurer. Je déjeunais seule près d'une clôture grillagée et ne me regardais jamais dans un miroir. Je n'ai jamais voulu voir le visage de celle que tout le monde détestait tant. Les filles me donnaient des coups de pied, puis partaient en courant. Les garçons me lançaient des pierres. J'en garde encore des cicatrices quelque part.

J'observais le monde à travers ce grillage. Je regardais les voitures et les parents déposer leurs gosses, et tous ces moments que je ne vivrais jamais. C'était avant que les maladies ne deviennent si courantes que la mort faisait naturellement partie des conversations. Avant qu'on ne remarque que les nuages avaient une drôle de couleur, que tous les animaux mouraient ou étaient infectés, avant qu'on ne réalise que tout le monde allait mourir de faim, et rapidement. Ça remonte à l'époque où on pensait que nos problèmes avaient une solution. Adam était alors le garçon qui venait en cours à pied. Adam était le garçon qui s'asseyait trois rangées devant moi. Ses vêtements étaient pires que les miens. Ses déjeuners, inexistants. Je ne l'ai jamais vu manger.

Un matin, il est venu à l'école en voiture.

Je le sais, parce que j'ai vu qu'on le poussait hors du véhicule. Son père était ivre, il braillait et agitait les poings pour je ne sais quelle raison. Adam se tenait immobile et fixait le sol comme s'il attendait quelque chose, s'armant de courage contre l'inévitable. J'ai regardé ce père cogner son fils de huit ans en pleine figure. J'ai regardé Adam tomber et je suis restée là sans bouger, pendant qu'il recevait des coups de pied dans le ventre.

– Tout ça, c'est ta faute ! *Ta* faute, espèce de petit merdeux bon à rien !

Son père a hurlé encore et encore, jusqu'à ce que je vomisse sur place dans un carré de pissenlits.

Adam n'a pas pleuré. Il est resté recroquevillé à terre jusqu'à ce que son père abandonne et s'en aille au volant de sa voiture. C'est seulement lorsqu'il a été sûr que tout le monde était parti qu'Adam a éclaté en sanglots, son petit visage souillé de terre, ses bras enserrant son ventre couvert de bleus. Impossible de détourner les yeux.

Impossible de chasser ce bruit, cette scène de ma tête.

C'est alors que j'ai commencé à prêter attention à Adam Kent.

– Juliette.

Je reprends mon souffle avec peine. J'aimerais que mes mains ne tremblent pas. J'aimerais n'avoir pas d'yeux.

– Juliette, répète-t-il d'une voix plus douce, cette fois.

Mon corps passe dans une moulinette et je me transforme en purée. Mes os glacés se languissent, se languissent, se languissent de la chaleur dc son corps.

Je ne vais pas me retourner.

– Tu as toujours su qui j'étais, dis-je dans un murmure.

Il reste muet, et soudain je meurs d'envie de voir ses yeux. J'ai soudain besoin de voir ses yeux. Je me tourne face à lui malgré tout, pour découvrir qu'il contemple ses mains.

– Je suis désolé.

Voilà tout ce qu'il me dit.

Je m'adosse au mur et ferme les paupières. Tout ça n'était qu'une comédie. Voler mon lit. Me demander mon nom. Me poser des questions sur ma famille. Il jouait son rôle pour Warner. Pour les gardiens. Pour tous ceux qui regardaient. Je ne sais même plus quoi en penser.

J'ai besoin de le verbaliser. J'ai besoin de sortir ça de mon corps. J'ai besoin de rouvrir mes blessures et de saigner de nouveau devant lui.

– C'est vrai, lui dis-je. À propos du petit garçon. (Ma voix chevrote encore plus que je ne l'aurais cru.) J'ai fait ça, c'est vrai.

Il se tait encore pendant une éternité.

– J'ai jamais compris à l'époque. Quand j'en ai entendu parler la première fois. C'est seulement maintenant que je réalise ce qui a dû se passer.

– Quoi ? dis-je, effarée.

– J'ai jamais trouvé ça logique, explique-t-il, tandis que chacun de ses mots me fait l'effet d'un coup de pied dans les tripes. (Il lève la tête et a l'air encore plus angoissé que je ne l'ai jamais souhaité.) Quand j'ai appris l'histoire. On l'a tous su. Toute l'école...

– C'était un accident, dis-je en m'étranglant, en oubliant de ne pas craquer. Il… il est tombé… et j'essayais de l'aider… et j'ai juste… j'ai pas… je croyais…

– Je sais.

– Quoi ?

Je suffoque tellement que j'ai l'impression d'avoir englouti la pièce entière.

– Je te crois, me dit-il.

– Quoi… pourquoi ?

Mes paupières papillonnent pour refouler mes larmes, mes mains paniquent, mon cœur se remplit d'un espoir trouble.

Il se mord la lèvre. Détourne le regard. Marche vers le mur. Ouvre et ferme la bouche plusieurs fois avant que les mots ne s'en échappent à flots.

– Parce que je te *connaissais*, Juliette… je… Bon sang… voilà quoi, je… (Il porte la main à ses lèvres, l'abaisse sur son cou. Puis se masse le front, ferme les yeux, comprime ses lèvres, les rouvre.) C'était le jour où j'allais te parler. (Un sourire étrange. Un rire étrange. Il se passe une main dans les cheveux. Regarde le plafond. Me tourne le dos.) J'allais enfin te parler. J'allais enfin te parler et je… (Il secoue la tête comme un fou et lâche encore ce rire douloureux.) Bon sang, tu ne te souviens pas de moi.

Des centaines de milliers de secondes s'écoulent et je ne peux m'empêcher de mourir.

J'ai envie de rire, de pleurer, de hurler, de fuir, et impossible de décider par quoi commencer.

Je lui avoue.

– Bien sûr que je me souviens de toi. (Ma voix est un murmure étranglé. Je ferme les yeux en plissant fort les paupières.) ~~Je me souviens de toi chaque jour toujours à chaque instant fracassé de ma vie.~~ Tu étais le seul à me regarder comme un être humain.

Il ne m'a jamais parlé à l'époque. Il ne m'a jamais dit un seul mot, mais c'était le seul qui osait s'asseoir tout près de mon grillage. Le seul qui me défendait, qui se battait pour moi, le seul qui collait un coup de poing à celui qui me lançait des cailloux. Je ne savais même pas comment le remercier.

Pour moi qui n'ai jamais eu d'ami, il était celui qui s'en approchait le plus.

J'ouvre les yeux et il se tient juste devant moi.

Sa mâchoire est aussi tendue que ses yeux, aussi tendue que ses poings, aussi tendue que les muscles de ses bras.

– Tu l'as toujours su ?

En quelques mots chuchotés, il a de nouveau explosé mes défenses, descellé mes lèvres et chaviré mon cœur.

Je sens à peine les larmes couler sur mon visage.

– Adam. (J'essaie de rire et ma voix trébuche sur un sanglot étranglé.) Je reconnaîtrais tes yeux partout dans le monde.

Et c'est fini.

Cette fois, il n'y a plus de retenue.

Cette fois, je suis dans ses bras, contre le mur, je tremble de partout et il se montre si gentil, si doux, m'effleure comme si j'étais en porcelaine, et j'ai envie de me briser en mille morceaux.

Ses mains courent le long de mon corps, ses yeux courent sur mon visage, galopent avec mon cœur, et moi, je cours le marathon dans ma tête.

Tout s'embrase. Mes joues, mes mains, le creux de mon ventre, et je me noie dans des vagues d'émotion et des torrents de pluie fraîche, et je ne sens plus que la puissance de sa silhouette contre la mienne, et je ne veux plus jamais, jamais, jamais oublier cet instant. Je veux graver Adam dans ma chair et le conserver à jamais.

Il me prend les mains et me presse les paumes sur ses joues, et je sais que je n'ai jamais connu le bonheur de me sentir humaine avant cet instant. Je sais que je pleure encore quand mes paupières palpitent et se ferment.

Je murmure son nom.

Il respire encore plus fort que moi, et soudain ses lèvres se posent sur mon cou, et je suffoque, je meurs, je m'accroche à ses bras, tandis qu'il me touche, me touche, me touche, et je suis le tonnerre et la foudre, et je me demande à quel moment je vais me réveiller.

Une fois, deux fois, des centaines de fois, ses lèvres se délectent de ma nuque et je me demande s'il est possible de mourir d'euphorie. Il n'a pas sitôt croisé mon regard qu'il prend mon visage dans ses mains et je rougis de plaisir, de douleur, et parce que tout ça me paraît impossible.

– Ça fait si longtemps que j'ai envie de t'embrasser, me glisse-t-il de sa voix rauque, tremblante au creux de l'oreille.

Je suis paralysée par l'attente, l'espoir, et j'ai si peur qu'il m'embrasse, si peur qu'il ne m'embrasse pas. Je ne quitte plus ses lèvres des yeux et ne réalise qu'on est tout proches l'un de l'autre qu'au moment où on nous sépare.

Trois crissements électroniques distincts résonnent aux quatre coins de la pièce, et le regard d'Adam se perd dans le vague comme si, l'espace d'un instant, il ne comprenait plus où il était. Il bat des paupières. Puis se précipite vers un Interphone dont il presse les boutons idoines. Je remarque qu'il respire toujours aussi fort.

Je tremble de tous mes membres.

– Nom et matricule, exige la voix.

– Kent, Adam. 45B-86659.

Silence.

– Soldat, es-tu au courant du fait que les caméras de ta chambre ont été désactivées ?

– Oui, chef. On m'a donné l'ordre de déconnecter les appareils.

– De qui émane cet ordre ?

– Warner, chef.

Silence. Plus long, cette fois.

– Nous allons vérifier. Toute manipulation du système de sécurité peut entraîner ton renvoi immédiat pour manquement à l'honneur, soldat. J'espère que tu en as conscience.

– Oui, chef.

La connexion s'interrompt.

Adam s'affale contre le mur, pantelant. Je n'en suis pas certaine, mais j'ai cru voir un début de sourire sur ses lèvres. Il ferme les yeux et pousse un long soupir.

Je ne sais pas quoi faire de ce soulagement qui déferle sur moi.

– Viens par ici, me dit-il, paupières toujours closes.

Je m'avance sur la pointe des pieds et il m'attire dans ses bras. Respire l'odeur de mes cheveux et les embrasse, et je n'ai jamais rien éprouvé d'aussi incroyable de toute mon existence. Je ne suis même plus humaine. Je suis bien plus. Le soleil et la lune se confondent, et la terre est sens dessus dessous. J'ai l'impression de pouvoir être exactement qui je veux entre ses bras.

Il me fait oublier le monstre que je peux devenir.

– Juliette, murmure-t-il à mon oreille. Il faut qu'on foute le camp d'ici.

23

J'ai de nouveau 14 ans et je regarde sa nuque dans une petite salle de classe. J'ai 14 ans et je suis amoureuse d'Adam Kent depuis des années. J'ai redoublé de prudence, j'ai été hypersage, hypercoopérative, parce que je n'avais pas envie de quitter l'école et le seul visage ami que j'aie jamais connu. Je l'ai regardé se développer un peu plus chaque jour, devenir un peu plus grand, un peu plus fort, un peu plus résistant, un peu plus tranquille de jour en jour. Il a fini par être trop costaud pour subir les coups de son père, mais personne ne sait vraiment ce qui est arrivé à sa mère. Les élèves l'ont rejeté, l'ont harcelé jusqu'à ce qu'il se mette à riposter, jusqu'à ce que la pression du monde extérieur finisse par le faire craquer.

Mais ses yeux n'ont jamais changé.

C'étaient toujours les mêmes qui me regardaient. Gentils. Compatissants. Voulant à tout prix me comprendre. Mais il ne m'a jamais posé de question. Ne m'a jamais poussée à dire quoi que ce soit. Il veillait juste à se trouver assez près de moi pour éloigner les autres en les effrayant.

Je me disais que ce n'était peut-être pas si mal. Peut-être.

Je me disais qu'il voyait peut-être quelque chose de positif en moi. Peut-être que je n'étais pas aussi horrible que tout le monde le disait. Ça faisait des années que je n'avais touché personne. Je n'osais pas m'approcher des gens. Je ne pouvais pas prendre ce risque.

Jusqu'au jour où je l'ai fait et j'ai tout gâché.

J'ai tué un petit garçon dans un supermarché, simplement en l'aidant à se remettre debout. En l'attrapant par ses petites mains. Je ne comprenais pas pourquoi il hurlait. C'était la première fois que je touchais quelqu'un depuis tellement longtemps, et je ne comprenais pas ce qui m'arrivait. Les rares fois où j'avais posé les mains sur quelqu'un, je les avais toujours retirées. J'avais reculé dès que je m'étais rappelé que je n'étais pas censée toucher quiconque. Sitôt que je l'avais entendu pousser son premier cri.

Le petit garçon, c'était différent.

Je voulais l'aider. J'ai éprouvé une colère soudaine envers sa mère qui méprisait ses pleurs. Son manque de compassion en tant que parent m'avait anéantie ~~et me rappelait trop ma propre mère.~~ Je voulais simplement aider ce petit. Je voulais qu'il sache que quelqu'un d'autre l'écoutait… que quelqu'un d'autre tenait à lui. Je n'ai pas saisi pourquoi c'était si bizarre et exaltant de le toucher. J'ignorais que je lui ôtais son souffle de vie et je ne comprenais pas pourquoi il était devenu tout flasque et tranquille dans mes bras. Je pensais que tout ce pouvoir et cette énergie positive qui m'envahissaient signifiaient peut-être que j'étais guérie de mon horrible maladie. Des tas d'idées idiotes m'ont traversé l'esprit et j'ai tout gâché.

J'ai cru lui venir en aide.

J'ai passé les trois années suivantes de ma vie dans les hôpitaux, les cabinets d'avocats, les centres de détention pour mineurs, et enduré l'absorption de médicaments et les électrochocs. Rien n'a marché. Rien ne m'a aidée. À part me tuer, m'enfermer dans une institution restait l'unique solution. L'unique moyen de protéger le public de la terreur qu'inspirait Juliette.

Jusqu'à ce qu'il entre dans ma cellule, je n'avais pas revu Adam Kent depuis trois ans.

Et il a l'air différent, en effet. Plus coriace, plus grand, plus dur, plus affûté, tatoué. Il est musclé, mature, paisible et rapide. Un peu comme s'il ne pouvait pas se permettre d'être mou, lent ou décontracté. Il ne peut pas se permettre d'être autre chose que du muscle, de la force et de l'efficacité. Les traits de son visage sont lisses, précis, sculptés par des années de vie à la dure, l'entraînement et les efforts pour survivre.

Ce n'est plus un petit garçon. Il n'a plus peur. C'est un soldat.

Mais il n'est pas si différent. Il possède toujours les yeux bleus les plus surprenants que j'aie jamais vus. Sombres, profonds et ardents. Je me suis toujours demandé à quoi ressemblerait le monde, vu au travers d'aussi sublimes lentilles. Je me demandais si la couleur de nos yeux signifiait que l'on voyait le monde autrement. S'il en résultait que le monde nous voyait autrement.

J'aurais dû me douter immédiatement que c'était lui quand il est apparu dans ma cellule.

Une partie de moi le savait. Mais j'avais tellement essayé de refouler les souvenirs de mon passé que j'ai refusé de croire que ça pouvait être possible. Parce qu'une partie de moi ne voulait pas se rappeler. Une partie de moi avait trop peur d'espérer. Une partie de moi ignorait si cela changerait quoi que ce soit de savoir que c'était lui, en fin de compte.

Je me demande souvent à quoi je dois ressembler.

Je me demande si je suis l'ombre criblée de trous de la personne que j'étais avant. Cela fait trois ans que je ne me suis pas regardée dans un miroir. J'ai trop peur de ce que j'y verrais.

Quelqu'un frappe à la porte.

Ma frayeur me catapulte à l'autre bout de la pièce. Adam croise mon regard avant d'aller ouvrir et je décide de battre en retraite dans un coin.

Je tends l'oreille, mais ne capte que des voix étouffées, des murmures, et quelqu'un qui se racle la gorge. Je ne sais pas quoi faire.

– Je descends dans une minute, déclare Adam un peu trop fort.

Je comprends qu'il essaie de couper court à la conversation.

– Allez, mon pote… Je veux juste la voir…

– 'tain, c'est pas un phénomène de foire, Kenji ! Barre-toi !

– Attends… dis-moi juste si elle met le feu à des trucs rien qu'avec ses yeux, réplique Kenji dans un éclat de rire.

Je tressaille et m'effondre à terre derrière le lit. Je me recroqueville et je tente de ne pas entendre le reste.

Je défaille.

Adam soupire. Je l'imagine en train de se frotter le front.

– Dégage, Kenji.

Son camarade a bien du mal à réprimer son rire.

– 'tain, faut te prendre avec des pincettes maintenant, hein ? Depuis que tu traînes avec une fille, t'as changé, mec…

Adam lui rétorque quelque chose que je n'entends pas.

La porte se referme en claquant.

Je jette un coup d'œil depuis ma cachette. Adam a l'air gêné.

Mes joues rosissent. J'examine l'entrelacement délicat des fibres de la moquette sous mes pieds. J'effleure la toile tendue sur le mur et attends qu'Adam reprenne la parole. Je me lève pour regarder par la fenêtre et ne vois que le décor lugubre d'une ville décimée. Je pose le front contre la vitre.

Des cubes métalliques s'agglutinent au loin : des complexes d'habitation où les civils tentent de s'abriter du froid sur plusieurs niveaux. Une mère tient la main d'un petit enfant. Des soldats sont postés au-dessus d'eux, immobiles comme des statues, fusil à la main, prêts à tirer. Des tas et des tas et des tas d'ordures, de dangereux bouts de ferraille scintillent par terre. Des arbres solitaires ondulent dans la brise.

Les mains d'Adam se glissent autour de ma taille.

Ses lèvres effleurent mon oreille, et il ne dit rien, mais je fonds comme neige au soleil jusqu'à ce que je me transforme en congère dégoulinant le long de son corps. Je veux dévorer chaque minute du moment présent.

J'autorise mes yeux à se fermer à la réalité ambiante de l'autre côté de ma fenêtre. Juste pour quelques instants.

Adam prend une profonde inspiration et m'attire encore plus près. J'épouse la forme de sa silhouette ; ses mains encerclent ma taille et sa joue se colle à ma tête.

– C'est fabuleux de te toucher.

J'essaie de rire, mais je crois que j'ai oublié comment on fait.

– Voilà des paroles que je n'aurais jamais cru entendre.

Adam me retourne, si bien que je suis face à lui, et soudain je le regarde sans le regarder, un million de flammes lapent mon corps et un million d'autres m'avalent. Il me dévisage comme il ne l'a encore jamais fait. Je veux baigner mon âme dans le bleu infini de ses yeux.

Il se penche jusqu'à ce que son front repose sur le mien et nos lèvres ne sont pas encore assez proches. Il murmure :

– Ça va ?

Et j'ai envie d'embrasser chaque sublime battement de son cœur.

Ça va ? Deux mots, une question que personne ne me pose jamais.

– Je veux sortir d'ici.

C'est tout ce qui me vient à l'esprit.

Il me serre contre sa poitrine et je suis éblouie par la puissance, la splendeur, le miracle d'un geste aussi simple. Un mètre quatre-vingts de force à l'état brut contre moi.

Tous les papillons du monde ont émigré dans mon ventre.

– Juliette…

Je me penche en arrière pour voir son visage.

– Tu comptes sérieusement t'en aller ? me demande-t-il. (Ses doigts glissent sur ma joue. Il ramène une mèche de cheveux rebelle derrière mon oreille.) Tu es consciente des risques ?

Je reprends mon souffle. Je sais que le seul véritable risque n'est autre que la mort.

– Oui.

Il hoche la tête. Baisse les yeux, la voix.

– Les troupes sont mobilisées pour une espèce d'assaut. Il y a eu pas mal de problèmes créés par des groupes jusqu'ici en sommeil, et notre boulot consiste à étouffer la résistance. Je pense qu'ils veulent que cette attaque soit leur dernière, ajoute-t-il tranquillement. Il y a un truc important qui se prépare et je ne suis pas sûr de savoir quoi, pas encore. Mais dans tous les cas, on doit se tenir prêts à partir dès qu'eux le seront.

Je suis paralysée.

– Qu'est-ce que tu veux dire ?

– Quand les troupes seront sur le point de se déployer, toi et moi, on devra être prêts à fuir. C'est la seule solution qui nous laissera le temps de disparaître. Tout le monde sera trop focalisé sur l'attaque, ça nous permettra de filer avant qu'ils ne remarquent notre absence ou qu'ils puissent rassembler assez de monde pour se lancer à notre recherche.

– Mais… tu veux dire que… tu viendras avec moi… ? Tu ferais ça pour moi ?

Il esquisse un petit sourire. Amusé.

Ses lèvres se contractent nerveusement comme s'il réprimait une envie de rire. Ses yeux s'adoucissent en observant les miens.

– Il existe très peu de choses que je ne ferais pas pour toi.

Je prends une profonde inspiration et ferme les paupières, tandis que mes doigts virevoltent sur sa poitrine ;

j'imagine l'oiseau traverser sa peau à tire-d'aile et lui pose la seule question qui m'effraie plus que la précédente :

– Pourquoi ?

– Comment ça, « pourquoi » ?

Il recule.

– Pourquoi, Adam ? Pourquoi tu te soucies de moi ? Pourquoi tu veux m'aider ? Je ne comprends pas… Je ne sais pas pourquoi tu serais prêt à risquer ta vie pour…

Mais ses bras ceinturent de nouveau ma taille et il m'attire tout près de lui, et ses lèvres effleurent mon oreille, et il prononce mon nom une fois, deux fois, et j'ignorais que je pouvais m'embraser aussi vite. Sa bouche sourit contre ma peau.

– Et toi, non ?

Je ne sais plus rien, voilà ce que je lui dirais si je savais seulement encore comment parler.

Il rit un peu et s'écarte. Prend ma main et la contemple.

– Tu te rappelles en CM1, dit-il, quand Molly Carter s'est inscrite trop tard pour la sortie scolaire ? Toutes les cases étaient remplies et elle pleurait devant le bus parce qu'elle voulait y aller.

Il n'attend pas ma réponse.

– Je me souviens que t'es descendue du bus. Tu lui as proposé ta place et elle ne t'a même pas dit merci. Je t'ai regardée, debout sur le trottoir, et on a démarré.

Je n'arrive plus à respirer.

– Et en CM2, tu te rappelles ? La semaine où les parents de Dana ont failli divorcer ? Elle est venue chaque jour à l'école sans son déjeuner. Et tu lui as proposé le tien. (Il s'interrompt.) Dès que la semaine a été finie, elle s'est remise à t'ignorer.

Je ne respire toujours pas.

– En 5e, Shelly Morrison s'est fait piquer en train de copier sur toi pendant l'interro de maths. Elle n'arrêtait pas de brailler que si elle ratait le test, son père la tuerait. T'as dit au prof que c'était toi qui avais copié sur elle. T'as eu un zéro à l'interro et une semaine de retenue. (Il lève la tête, mais ne me regarde pas.) Après, t'as eu des bleus sur les bras pendant au moins un mois. Je me suis toujours demandé d'où ils provenaient.

Mon cœur bat trop vite. Dangereusement vite. Je serre les poings pour empêcher mes doigts de trembler. Je contracte la mâchoire et chasse toute émotion de mon visage, mais j'ai beau essayer, impossible de ralentir mes palpitations.

– Un million de fois, reprend-il d'une voix si calme à présent. Je t'ai vue faire ce genre de choses un million de fois. Mais tu n'as jamais dit un mot, sauf si on t'y obligeait. (Il rit à nouveau d'un rire sonore, pesant, cette fois. Il fixe un point dans l'espace, par-delà mon épaule.) Tu ne demandais jamais rien à personne. (Il croise enfin mon regard.) Mais personne ne t'a jamais laissé ta chance.

J'ai du mal à reprendre mon souffle. J'cssaie de détourner les yeux, mais il prend mon visage dans ses mains.

Il murmure :

– Tu ne peux pas t'imaginer toutes les fois où j'ai pensé à toi. Combien de fois j'ai rêvé… (Il s'étrangle presque et enchaîne.) Combien de fois j'ai rêvé de me retrouver tout près de toi. (Il s'apprête à se passer la main dans les cheveux, mais se ravise. Baisse les yeux. Les relève.) Bon sang, Juliette, je te suivrais n'importe où. Tu représentes la seule chose de bien qui reste encore en ce monde.

Je me supplie de ne pas éclater en sanglots et j'ignore si ça marche. Je suis brisée en mille morceaux qui se ressoudent aussitôt, et je rougis de partout, et je trouve à peine la force de croiser son regard.

Ses doigts trouvent mon menton. Le redressent.

– Il nous reste trois semaines à tout casser, dit-il avec une douceur extrême. Je ne pense pas qu'ils puissent contrôler plus longtemps les émeutiers.

J'acquiesce. Je bats des paupières. Je pose mon visage contre sa poitrine et fais mine de ne pas pleurer.

3 semaines.

24

2 semaines s'écoulent.

2 semaines de robes, de douches et de repas que j'aimerais balancer en travers de la pièce. 2 semaines de Warner qui sourit et effleure ma taille, qui rit et me guide, la main posée au creux de mon dos, en veillant à ce que je sois à mon avantage quand je marche à son côté. Il me prend pour son trophée. Son arme secrète.

Je dois réprimer l'envie de lui broyer les phalanges dans le béton.

Mais je lui offre 2 semaines de coopération, parce que dans 8 jours on sera partis.

Espérons-le.

Mais surtout, j'ai découvert que je ne détestais pas Warner autant que je le croyais.

Je le plains.

Il trouve une espèce d'étrange réconfort en ma compagnie ; il pense que je peux m'identifier à lui et à ses idées tordues, à son éducation cruelle, à son père à la fois exigeant et absent.

Mais il ne dit jamais un mot au sujet de sa mère.

Adam affirme que personne ne sait quoi que ce soit sur la mère de Warner, que personne n'en a jamais parlé et que personne n'a la moindre idée de qui elle est. Il dit qu'on sait seulement que Warner est le produit d'une éducation impitoyable et d'un désir farouche et calculé de pouvoir. Il déteste les enfants heureux, les parents heureux et leur vie heureuse.

Je pense que Warner croit que je comprends. Que je le comprends.

C'est vrai. Et c'est faux aussi.

Parce qu'on n'est pas les mêmes.

Moi, je veux devenir meilleure.

Adam et moi passons peu de temps ensemble, hormis la nuit. Et même la nuit, c'est limité. Warner me surveille de plus près chaque jour ; la désactivation des caméras n'a fait que le rendre plus méfiant. Il débarque toujours à l'improviste dans ma chambre, me fait faire des visites inutiles du bâtiment, ne parle que de ses projets et de ses projets pour faire d'autres projets, et de la manière dont on va ensemble conquérir le monde. Je ne fais pas semblant de m'intéresser.

Peut-être que c'est moi qui aggrave la situation.

– Je n'en reviens pas que Warner ait pu accepter de te débarrasser de tes caméras, me confie Adam un soir.

– Il est fou. Il n'est pas cohérent. Il est malade, mais d'une manière que je ne comprendrai jamais.

Adam soupire.

– Il est obsédé par toi.

– Quoi ?

Je manque me briser le cou en sursautant.

– Il ne parle que de toi. (Adam se tait un moment, la mâchoire trop tendue.) J'entendais parler de toi avant même que tu n'arrives ici. C'est pourquoi je me suis impliqué dans le projet… pourquoi je me suis porté volontaire pour t'approcher. Warner a passé des mois à réunir des infos sur toi : adresses, dossiers médicaux, antécédents perso, rapports familiaux, extraits de naissance, analyses de sang. L'armée entière parlait de son nouveau projet ; tout le monde savait qu'il cherchait la fille qui avait tué un petit garçon dans un supermarché. Une fille du nom de Juliette.

Je retiens mon souffle.

Adam secoue la tête.

– Je savais que c'était toi. Ça ne pouvait être que toi. J'ai demandé à Warner si je pouvais l'aider ; je lui ai dit que j'étais allé en cours avec toi, que j'avais eu vent de l'histoire du gamin, que je t'avais vue en chair et en os. (Adam éclate d'un rire atroce.) Warner était tout excité. Il a pensé que ça rendrait l'expérience d'autant plus intéressante, ajoute-t-il, écœuré. Et j'ai compris alors qu'il te voulait pour je ne sais quel projet tordu… (Adam hésite. Détourne les yeux. Se passe une main dans les cheveux.) J'ai compris qu'il fallait que j'agisse. Je me suis dit que je pouvais toujours essayer de t'aider. Mais maintenant, ça n'a fait qu'empirer. Warner n'arrête pas de parler de tout ce dont tu es capable, de la valeur que tu représentes et qui vient couronner ses efforts, et de l'enthousiasme que ta présence suscite en lui. Tout le monde commence à s'en rendre compte. Warner est implacable… il n'a aucune pitié pour qui que ce soit. Il adore le pouvoir, le plaisir de détruire les gens. Mais il commence à craquer, Juliette. Il a tellement envie… que tu le *rejoignes*. Et malgré toutes ses menaces, il ne veut pas te forcer. Il veut que ça vienne de toi. Que tu le *choisisses*, en un sens. (Adam baisse les yeux, reprend une courte respiration.) Il est en train de se ramollir. Et chaque fois que je vois sa tête, je suis toujours à deux doigts de faire une bêtise. J'aimerais lui fracasser la mâchoire.

Certes. Warner est en train de se ramollir.

Il reste parano. Encore qu'il a de bonnes raisons de l'être. Mais il est à la fois patient et impatient avec moi. Il s'emballe et s'agite tout le temps. Un vrai paradoxe ambulant.

Il désactive les caméras de ma chambre, mais, certains soirs, il ordonne à Adam de dormir devant ma porte pour s'assurer que je ne m'enfuis pas. Il dit que je peux déjeuner seule, mais finit toujours pas m'envoyer chercher. Les rares heures qu'Adam et moi aurions pu passer ensemble, on nous les a volées, mais les nuits encore plus rares où Adam a eu l'autorisation de dormir dans ma chambre, je me suis débrouillée pour les passer blottie dans ses bras.

On dort tous les deux par terre à présent, enlacés pour se tenir chaud malgré la couverture sur nos corps. Chaque fois qu'il me touche, c'est comme un embrasement et une décharge d'électricité qui m'irradie de manière stupéfiante. Le genre de sensation que j'aimerais conserver au creux de la main.

Adam me tient au courant des dernières nouvelles, des rumeurs que colportent les autres soldats. Il m'explique qu'il existe plusieurs QG à travers ce qu'il reste du pays. Que le père de Warner se trouve au Capitole et qu'il a confié à son fils la responsabilité de tout ce secteur. Il me dit que Warner déteste son père mais adore le pouvoir. La destruction. La dévastation. Il me caresse les cheveux, me raconte des tas de choses et me serre tout contre lui comme s'il craignait de me voir disparaître. Il dépeint des gens et des endroits jusqu'à ce que je m'endorme, jusqu'à ce que je sois shootée de rêves pour fuir un monde où je ne trouve ni refuge, ni quiétude, ni liberté, hormis le réconfort de sa voix dans mon oreille. Le sommeil est la seule chose que j'attends avec impatience ces temps-ci. Je me souviens à peine pourquoi je criais en dormant.

Mais la situation devient trop confortable et je commence à paniquer.

– Enfile-ça, me dit Warner.

Le petit déjeuner dans la pièce bleue est devenu une routine. Je mange et ne demande pas d'où proviennent les aliments, si oui ou non les ouvriers sont payés pour ce qu'ils font, comment cet immeuble parvient à subvenir aux besoins d'autant de personnes, en consommant autant d'eau ou autant d'électricité. J'attends mon heure désormais. Je coopère.

Warner ne m'a plus redemandé de le toucher et je ne le lui ai pas proposé.

– Pour quoi faire ? dis-je en lorgnant les minces vêtements qu'il me tend, une pointe de nervosité dans le ventre.

Il esquisse un lent sourire sournois.

– Pour un test d'aptitude, répond-il en m'attrapant le poignet pour coller les affaires dans ma main. Je vais me tourner, juste pour cette fois.

Je suis trop tendue pour qu'il me répugne.

Mes mains tremblent comme je me change pour enfiler la tenue qui se révèle être un mini-débardeur et un short encore plus minuscule. Je suis pratiquement nue. Je convulse presque de frayeur à l'idée de ce que ça pourrait signifier. Je m'éclaircis à peine la voix et Warner fait volte-face.

Il met un temps fou avant de reprendre la parole, tellement son regard est occupé à se promener sur le paysage de mon corps. J'ai envie d'arracher la moquette pour la coudre sur ma peau. Il sourit et me tend la main.

Je suis en granit, en calcaire et en verre dépoli. Je ne bouge pas.

Il baisse la main. Il incline la tête.

– Suis-moi.

Warner ouvre la porte. Adam se tient sur le palier. Il est devenu si doué pour masquer ses émotions que c'est à peine si je devine la stupéfaction qui transparaît sur ses traits. Seule la tension sur son front et ses tempes le trahit. Il sait qu'il se passe un truc bizarre. En fait, il tourne la tête pour digérer mon apparence. Il bat des paupières.

– Chef ?

– Reste ici, soldat. Je me charge de la suite.

Adam ne répond pas, ne répond pas, ne répond pas…

– Bien, chef, dit-il d'une voix soudain rauque.

Je sens ses yeux sur moi quand je tourne les talons dans le couloir.

Warner m'emmène dans un nouvel endroit. On traverse des corridors que je n'ai jamais vus, de plus en plus sombres, de plus en plus lugubres. Je me rends compte qu'on descend.

Dans un sous-sol.

On franchit une, deux, quatre portes métalliques. Il y a des soldats partout, leurs yeux partout, leurs yeux me jaugeant avec un mélange de frayeur et d'un truc auquel je préfère ne pas penser. J'ai pris conscience qu'il y avait très peu de femmes dans cet immeuble.

S'il devait exister un endroit où je me féliciterais d'être intouchable, ce serait celui-là.

C'est la seule raison qui me met à l'abri des yeux de prédateur de centaines d'hommes solitaires. C'est la seule raison pour laquelle Adam reste avec moi... Parce que Warner le considère comme une silhouette en carton, un brave petit soldat parmi tant d'autres. Il pense qu'Adam est une machine bien huilée pour exécuter les ordres et satisfaire aux exigences. Il pense qu'Adam est un souvenir de mon passé et il s'en sert pour me mettre mal à l'aise. Il n'imaginerait jamais qu'Adam puisse poser ne serait-ce qu'un doigt sur moi.

Personne n'y songerait. Tous ceux que je croise sont absolument pétrifiés.

L'obscurité ambiante me fait penser à une toile noire lacérée de coups de couteau à la lame émoussée, qui laissent filtrer des rais de lumière. Ça me rappelle trop mon ancienne cellule. Tout mon corps frémit à l'idée de ce qui m'attend.

Je suis entourée de fusils.

– Vas-y... entre, dit Warner.

Je me retrouve propulsée dans une salle vide qui sent vaguement le moisi. Quelqu'un appuie sur l'interrupteur, et des néons s'allument pour me révéler des murs jaune pâle et un sol de la couleur de l'herbe calcinée. La porte se referme en claquant dans mon dos.

Il n'y a rien d'autre que des toiles d'araignées et un énorme miroir dans cette pièce. La glace mesure la moitié du mur. D'instinct, je sais que Warner et ses complices doivent m'observer. Sauf que j'ignore pourquoi.

Il y a des secrets partout.

Il n'y a de réponses nulle part.

Des cliquetis-grincements-craquements agitent l'espace dans lequel je me trouve. Le sol se met à gronder. Le plafond tremble comme s'il allait s'effondrer. Des pointes métalliques surgissent soudain de toutes parts, disséminées dans la pièce, crevant la moindre surface à des hauteurs différentes. Toutes les deux ou trois secondes, elles apparaissent pour disparaître aussitôt dans une secousse épouvantable, transperçant l'atmosphère comme des aiguilles géantes.

Je réalise que je me tiens au cœur d'une chambre de torture.

Du larsen siffle dans des haut-parleurs qui grésillent, plus anciens que mon cœur à l'agonie. Je suis comme un cheval de course qui galope vers une fausse ligne d'arrivée, en soufflant fort pour le bénéfice d'un parieur.

– Tu es prête ? résonne la voix amplifiée de Warner aux quatre coins de la pièce.

– Je suis censée être prête pour quoi ?

Je hurle dans l'espace vide, certaine qu'on peut m'entendre. ~~Je suis calme. Je suis calme. Je suis calme.~~ Je suis pétrifiée.

– On avait passé un accord, tu te souviens ? me répond la pièce.

– Qu'est-ce que…

– J'ai désactivé tes caméras. Maintenant, à ton tour d'honorer le contrat.

– Je ne te toucherai pas !

Je hurle en tournant sur moi-même, terrifiée, horrifiée, craignant de m'évanouir à tout instant.

– Aucun problème, dit-il. Je t'envoie mon remplaçant.

La porte s'ouvre en grinçant et un bambin qui marche à peine entre dans la pièce, juste vêtu d'une couche-culotte. Il a les yeux bandés, tremble de peur, le corps parcouru de sanglots.

Une épingle crève toute mon existence pour la réduire à néant.

– Si tu ne le sauves pas, crachote la voix de Warner dans la pièce, nous non plus.

Cet enfant.

Il doit avoir une mère, un père, quelqu'un qui l'aime, cet enfant, cet enfant, cet enfant qui s'avance d'un pas mal assuré, terrorisé. Une stalagmite de métal peut le transpercer d'une seconde à l'autre.

Pour le sauver, c'est simple : je dois le soulever de terre, trouver un coin où il sera hors de danger et le tenir dans les bras jusqu'à ce que l'expérience s'achève.

Sauf qu'il y a un problème.

Si je le touche, il risque de mourir.

25

Warner sait que je n'ai pas le choix. Il veut me pousser dans un autre cas de figure où il pourra juger de l'ampleur de mes capacités, et il n'a aucun problème à torturer un enfant innocent en vue d'obtenir exactement ce qu'il souhaite.

Pour l'heure, je n'ai pas d'autre choix.

Je dois courir le risque, avant que ce petit garçon n'avance dans la mauvaise direction.

Je m'empresse donc de mémoriser tous les pièges potentiels de la pièce et j'esquive, contourne d'un bond, évite de justesse les pointes de fer jusqu'à ce que je sois le plus près possible du petit.

Haletante, je reprends mon souffle comme je peux et me concentre sur les membres tremblants du bébé devant moi, tout en espérant ne pas me tromper. Je suis sur le point de retirer mon débardeur afin de m'en servir comme d'une barrière entre nous, lorsque je sens une légère vibration dans le sol. La trépidation qui précède l'épouvante. Je sais que je dispose d'une demi-seconde avant que les pointes ne jaillissent et d'encore moins pour réagir.

J'arrache le petit du sol et le prends dans mes bras.

Ses cris me transpercent comme sous la mitraille, une balle par seconde. Il me griffe les bras, la poitrine, me donne des coups de pied de toutes ses forces, hurle à l'agonie jusqu'à ce que la douleur le paralyse. Il s'affaiblit dans mes bras et je suis en lambeaux ; mes yeux, mes os, mes veines, tout est démoli, tout se retourne contre moi pour me torturer à jamais avec le souvenir des horreurs dont je suis responsable.

La souffrance et la force transpirent de son corps pour s'insinuer dans le mien, en faisant convulser ses membres avant de déferler en moi jusqu'à ce que je manque le lâcher. ~~J'ai l'impression de revivre un cauchemar que j'ai mis trois ans à tenter d'oublier.~~

– Absolument fascinant, soupire Warner dans les haut-parleurs. (Et je comprends que j'avais deviné juste. Il doit m'observer à travers une glace sans tain.) Formidable, ma chérie. Je suis grandement impressionné.

Et moi, trop désespérée pour prêter attention à Warner.

J'ignore combien de temps va durer ce jeu malsain et je dois réduire la surface de ma peau en contact avec ce tout petit corps.

Ma tenue étriquée prend tout son sens à présent.

Je déplace l'enfant dans mes bras et me débrouille pour le tenir par sa couche-culotte. Je le soulève avec la paume de main. J'ai la folie d'espérer que je n'ai pas pu le toucher assez longtemps pour lui causer de graves lésions.

Il hoquette une fois, son corps tressaille et reprend vie.

Je pourrais sangloter de bonheur.

Mais les hurlements reprennent, non plus des cris de douleur, mais de frayeur. Il veut à tout prix se détacher de moi et commence à m'échapper, mon poignet se brisant presque sous l'effort. Je n'ose pas lui retirer son bandeau.

Je préfère encore mourir plutôt que de le laisser découvrir ce lieu, mon visage.

Je serre si fort la mâchoire que j'ai peur de me casser les dents. Si je le repose, il va se mettre à courir. Et s'il se met à courir, il est perdu. Il faut que je tienne bon.

Le rugissement d'un vieux mécanisme poussif ranime mon cœur. Les pointes de fer rentrent dans le sol, une par une, jusqu'à ce qu'elles aient toutes disparu. La pièce est de nouveau inoffensive, à tel point que je crains d'avoir imaginé le danger. Je repose le petit garçon par terre et me mords la lèvre pour étouffer la douleur qui enfle dans mon poignet.

L'enfant se met à courir et heurte par mégarde mes jambes nues.

Il hurle et tressaille, puis tombe et se recroqueville en boule, et sanglote jusqu'à ce que j'envisage de me détruire, de débarrasser ce monde de ma personne. Les larmes coulent à flots sur mon visage, et tout ce dont j'ai envie, c'est de tendre la main vers lui et l'aider, le serrer fort contre moi, embrasser ses sublimes petites joues et lui dire que je m'occuperai toujours de lui, qu'on va s'enfuir ensemble, que je jouerai avec lui et lui lirai des histoires le soir, et je sais que je ne peux pas. Je sais que je ne le ferai jamais. Je sais que ça ne sera jamais possible.

Tout à coup, le monde se brouille sous mes yeux.

Je suis la proie d'une rage si intense, d'une colère si puissante que je décolle presque du sol. Je bouillonne d'une haine aveugle et de dégoût. Je ne comprends même pas comment j'arrive à marcher dans la minute qui suit. Je ne comprends pas mes mains et ce qu'elles font ou comment elles ont décidé de foncer, doigts écartés, vers la vitre. Je sais seulement que je veux sentir le cou de Warner se briser entre elles. Je veux qu'il connaisse la même terreur que celle qu'il vient d'infliger à cet enfant. Je veux le regarder mourir. Je veux le regarder implorer ma pitié.

Je pulvérise les murs de béton.

Je fracasse le verre de mes dix doigts.

Je tiens à présent une poignée de gravats et un bout de tissu en agrippant le cou de Warner, et cinquante fusils sont braqués sur ma tête. L'air empeste le ciment et le soufre ; les éclats de verre dégringolent dans une symphonie déchirante de cœurs en miettes.

J'écrase Warner contre la pierre rouillée.

– Je vous *interdis* de lui tirer dessus, ordonne Warner, poussif, à ses gardes.

Je n'ai pas encore touché sa peau, mais, aussi bizarre que ça puisse paraître, je crois que je pourrais lui broyer les côtes si je poussais juste un peu plus fort.

– Je devrais te tuer.

Ma voix s'entrecoupe d'inspirations profondes et d'expirations effrénées.

– Tu… s'étrangle-t-il. Tu viens… de traverser le béton à mains nues…

Je bats des paupières. Je n'ose pas le regarder. Mais sans avoir besoin de me retourner, je sais qu'il ne peut pas mentir. J'ai dû traverser le mur. Mon esprit n'est qu'un labyrinthe d'invraisemblances.

L'espace d'un instant, je perds ma concentration.

Les fusils

clic

clic

clic.

Chaque seconde est chargée.

– Si quelqu'un parmi vous la blesse, je l'abattrai personnellement ! aboie Warner.

– Mais, chef…

– REPOS, SOLDAT…

La rage a disparu. La colère subitement incontrôlable s'en est allée. Mon esprit a déjà cédé à l'incrédulité. La confusion. Je n'ai aucune idée de ce que j'ai fait. À l'évidence, je ne sais pas ce dont je suis capable, parce j'ignorais que je pouvais détruire quoi que ce soit, et je suis soudain si terrifiée, si terrifiée, si terrifiée par mes propres mains. Je recule en trébuchant, sonnée, et surprends le regard de Warner qui me dévore, ses yeux émeraude étincelant d'une fascination juvénile. Il tremble presque d'excitation.

Un serpent a envahi ma gorge et je ne peux l'avaler.

Je soutiens le regard de Warner.

– Si jamais tu me places encore dans ce genre de situation, je te *tue*. Et ça me fera vraiment plaisir.

Je ne sais même pas si je mens.

26

Adam me trouve recroquevillée en boule sous la douche.

Je pleure depuis si longtemps que l'eau qui coule se compose de mes larmes. Mes vêtements mouillés, des loques, me collent à la peau. J'ai envie de les dissoudre dans l'eau. J'ai envie de me noyer dans l'ignorance. J'ai envie d'être stupide, idiote, muette, totalement dépourvue de neurones. J'ai envie de me couper les membres. J'ai envie de me débarrasser de cette peau qui peut tuer, de ces mains qui détruisent et de ce corps que je n'arrive même pas à comprendre.

Tout se désagrège.

– Juliette…

Il appuie la main contre la vitre. Je l'entends à peine.

Comme je ne réagis pas, il ouvre la porte de la douche. Il est mitraillé de gouttes de pluie rebelles et retire ses bottes d'un coup de pied, avant de tomber à genoux sur le carrelage. Il tend la main pour me toucher les bras et la sensation ne fait qu'accentuer mon désir de mourir. Il soupire et je me relève juste assez pour redresser ma tête. Ses mains retiennent mon visage et ses yeux me cherchent, m'explorent jusqu'à ce que je détourne le regard.

– Je sais ce qui s'est passé, dit-il avec douceur.

Ma gorge est un reptile recouvert d'écailles.

– Quelqu'un devrait simplement me tuer, dis-je d'une voix rauque qui se brise sur chaque mot.

Les bras d'Adam m'entourent jusqu'à ce qu'il me soulève totalement ; mes jambes flageolent et on est tous les deux debout. Il entre dans la douche et referme la porte en la faisant coulisser derrière lui.

Je suffoque.

Il me plaque contre le mur et je ne vois plus que son tee-shirt blanc trempé, l'eau qui dégouline sur son visage, ses yeux ouverts sur un monde auquel je meurs d'envie d'appartenir.

– C'était pas ta faute, murmure-t-il.

– Mais c'est ce que *je suis*, dis-je d'une voix entrecoupée.

– Non. Warner a tout faux, réplique Adam. Il veut que tu deviennes celle que tu n'es pas et tu ne peux pas le laisser te briser. Ne le laisse pas entrer dans ton cerveau. Il *veut* que tu te considères comme un monstre. Que tu penses que tu n'as pas d'autre choix que de le rejoindre. Que tu ne seras jamais capable de mener une vie normale…

– Mais je ne mènerai jamais une vie normale, dis-je en étouffant un hoquet. Jamais… je ne…

Adam secoue la tête.

– Mais si. Je ferai tout pour que ça ne t'arrive pas. On va te sortir de là.

– Co… comment tu peux t'intéresser à quelqu'un… comme moi ?

Je respire à peine, à la fois pétrifiée et agitée, et fascinée par ses lèvres, dont j'examine la forme en comptant les gouttes qui dégringolent sur les creux et les courbes de sa bouche.

– Parce que je suis amoureux de toi.

J'avale mon estomac. Mes yeux tentent de déchiffrer son visage, mais je suis une pile électrique qui vrombit et lance des éclairs, je brûle, je gèle et mon cœur palpite par intermittence. Je tremble entre ses bras et mes lèvres s'entrouvrent sans raison.

Sa bouche se fond en un sourire. Je n'ai plus de squelette.

Je tourbillonne de délire.

Son nez effleure le mien, ses lèvres sont à un souffle des miennes, ses yeux me dévorent déjà et je suis une flaque d'eau sans bras ni jambes. Je respire son odeur de tous côtés ; je sens chaque point de contact entre son corps et le mien. Ses mains sur ma taille, sur mes hanches, ses jambes qui épousent les miennes, sa poitrine qui me domine par sa force, son corps façonné de pierres de désir.

La saveur de ses paroles se prélasse sur mes lèvres.

– Vraiment… ? dis-je dans un murmure incrédule, un effort conscient de croire à ce qui n'est jamais arrivé.

Je rougis de la tête aux pieds, débordant de non-dits.

Il me regarde avec une telle intensité que je manque me briser en deux.

– Oh… Juliette…

Et il m'embrasse.

Une fois, deux fois, jusqu'à ce que j'y prenne goût et que je réalise que je n'en aurai jamais assez. Il me caresse partout, le dos, les bras, et soudain m'embrasse plus fort, plus profond, avec une fièvre et une urgence que je n'ai jamais connues. Il s'interrompt uniquement pour enfouir ses lèvres au creux de mon cou, de ma nuque, sur mon menton, mes joues. Je suffoque et je fonds sous ses mains, et l'on est ivres d'eau, de beauté, de la joie intense d'un instant que je n'aurais jamais cru possible.

Il s'écarte dans un gémissement étouffé et je veux qu'il retire son tee-shirt.

J'ai besoin de voir l'oiseau. J'ai besoin de lui parler de l'oiseau.

Mes doigts tirent sur mes vêtements trempés et ses yeux s'écarquillent l'espace d'une seconde avant qu'il n'arrache lui-même le tissu. Il saisit mes mains et lève mes bras au-dessus de moi pour me clouer au mur, en m'embrassant jusqu'à ce que je sois certaine de rêver, en dévorant mes lèvres avec les siennes, qui ont le goût suave de la pluie et du musc, et je suis à deux doigts d'exploser.

Mes genoux s'entrechoquent et mon cœur bat si fort que je ne comprends pas pourquoi il bat encore. Les baisers d'Adam chassent la souffrance, la douleur, la haine de soi, le manque d'assurance, l'espoir démoli d'un avenir que j'ai toujours imaginé impossible. Il m'embrase et son feu anéantit la torture des jeux de Warner, l'angoisse qui empoisonne chacune de mes journées. La force de nos deux corps pourrait faire voler en éclats ces murs de verre.

Elle y parvient presque.

L'espace d'un instant, on se dévisage simplement, tous deux haletants, jusqu'à ce que mes joues s'empourprent, jusqu'à ce qu'il ferme les yeux et reprenne son souffle avec peine et que je pose la main sur sa poitrine. J'ose alors tracer les contours de l'oiseau qui s'envole sur sa peau, j'ose promener les doigts sur son ventre.

– Tu es mon oiseau, lui dis-je. Tu es mon oiseau et tu vas m'aider à prendre mon envol.

Adam est parti, quand je sors de la douche.

Il a essoré ses vêtements, s'est séché et m'a laissée me changer en toute intimité. Une intimité à laquelle je ne suis plus vraiment sûre de tenir. Je porte deux doigts à mes lèvres et le goûte partout.

Mais lorsque j'entre dans la chambre, il n'est nulle part. Il devait rejoindre son unité au rez-de-chaussée.

Je contemple les vêtements dans mon armoire.

Je choisis toujours une robe avec des poches, sinon j'ignore où glisser mon carnet. Il ne contient aucune info compromettante et le seul bout de papier avec l'écriture d'Adam a été détruit depuis et jeté dans les toilettes, mais j'aime bien garder mon calepin à portée de main. Il représente tellement plus que quelques mots griffonnés. C'est un petit témoignage de ma résistance.

Je l'enfonce dans une poche et décide que je suis enfin prête à m'affronter. J'inspire un grand coup, écarte les mèches de cheveux mouillés de mes yeux et reviens à pas feutrés dans la salle de bains. La vapeur de la douche a opacifié le miroir. Je tends une main timide pour dégager un petit cercle dans la buée. Juste ce qu'il faut.

Un visage effrayé me regarde.

J'effleure mes joues et étudie mon reflet, l'image d'une fille qui m'est à la fois étrangère et familière. Mon visage se révèle plus mince, plus pâle, mes pommettes plus hautes que dans mon souvenir, mes sourcils perchés au-dessus de deux yeux écarquillés ni bleus ni verts, mais quelque part entre les deux. J'ai la peau toute rouge à cause de la chaleur et d'un truc qui s'appelle Adam. Mes lèvres sont trop roses. Mes dents, étrangement droites. Mon doigt suit la longueur de mon nez, dessine la forme de mon menton quand je surprends un mouvement du coin de l'œil.

– Tu es si belle, me dit-il.

Je suis rose, rouge et bordeaux en même temps. Je baisse la tête et m'écarte de la glace en trébuchant, juste avant qu'il ne me rattrape entre ses bras.

– J'avais oublié mon propre visage, dis-je dans un murmure.

– Surtout n'oublie pas qui tu *es*, dit-il.

– Je ne le sais même pas.

– Bien sûr que si. (Il me relève la tête.) Moi, je le sais.

J'admire la force de sa mâchoire, ses yeux, son corps. J'essaie de comprendre la confiance qu'il a en celle qu'il pense que je suis et je réalise que son réconfort est la seule chose qui m'empêche de plonger dans ma propre folie. Il a toujours cru en moi. Même sans faire de bruit, sans dire un mot, il s'est battu pour moi. Toujours.

Il est mon seul ami.

Je prends sa main et la porte à mes lèvres. Je lui avoue :

– Je t'aime depuis toujours.

Le soleil se lève, se pose et brille sur son visage, et Adam sourit presque et croise à peine mon regard. Ses muscles se détendent, ses épaules trouvent la paix dans une nouvelle forme d'émerveillement et il soupire. Il touche ma joue, touche mes lèvres, touche la pointe de mon menton, et je bats des paupières, et il m'embrasse, m'attire dans ses bras et me soulève, et je ne sais trop comment on se retrouve enlacés sur le lit et je suis shootée par l'émotion, shootée par chaque moment de tendresse. Ses doigts frôlent mon épaule, descendent le long de ma silhouette, se posent sur mes hanches. Il m'attire tout contre lui, chuchote mon nom, embrasse ma gorge et bataille avec le tissu un peu raide de ma robe. Ses mains tremblent de manière imperceptible, ses yeux débordent de sentiments, son cœur palpite de douleur et d'affection, et je veux vivre là, dans ses bras, dans ses yeux pour le restant de mes jours.

Je glisse les mains sous sa chemise et il étouffe un gémissement qui se transforme en baiser qui a besoin de moi et me veut et doit m'avoir si fort que ça évoque la plus violente des tortures. Je sens son poids en moi, sur moi, mille et une sensations pour chaque terminaison nerveuse de mon corps, et sa main droite est sous mon cou et la gauche m'attire contre lui, et ses lèvres font glisser ma robe et je ne comprends pas pourquoi j'ai encore besoin d'être habillée, et je suis un nuage chargé de larmes, le tonnerre et la foudre, et je peux exploser à n'importe quel moment. Bonheur, bonheur, bonheur, martèle mon cœur.

Je ne me rappelle plus ce que signifie respirer.

Je n'ai jamais
jamais
jamais
su
ce que signifiait *toucher*.

Une alarme fait soudain vibrer les murs.

Ça bipe et ça hurle dans la pièce, et Adam se raidit, s'écarte ; son visage se décompose.

CODE SEPT ! CODE SEPT ! Tous les soldats doivent se présenter sur-le-champ au Quadrant. CODE SEPT ! CODE SEPT ! Tous les soldats doivent se présenter sur-le-champ au Quadrant. CODE SEPT ! CODE SEPT ! Tous les soldat doivent se présenter…

Adam est déjà debout et m'aide à me lever, et la voix beugle toujours des ordres dans le circuit de haut-parleurs intégré à l'immeuble.

– Il y a une brèche dans la sécurité, chevrote-t-il tandis que ses yeux hésitent entre moi et la porte. Bon sang, je ne peux pas te laisser là…

– Vas-y. Faut que tu files… Ne t'inquiète pas pour moi…

Des bruits de pas envahissent les couloirs et les soldats braillent si fort que je les entends à travers les murs. Adam est toujours de service. Il doit s'activer. Il doit sauver les apparences jusqu'à ce qu'on s'en aille. Je le sais.

Il m'attire contre lui.

– C'est pas une blague, Juliette… Je ne sais pas ce qui se passe au juste… ça pourrait être n'importe quoi…

Un cliquetis métallique. Un interrupteur mécanique. La porte s'ouvre en coulissant, et Adam et moi nous séparons d'un bond de trois mètres.

Adam se rue vers la sortie comme Warner entre dans la chambre. Tous deux se figent.

– Je suis quasi certain que cette alarme s'est déclenchée depuis au moins une minute, soldat.

– Oui, chef. Je ne savais pas trop quoi faire de la fille.

Il s'est soudain ressaisi. C'est une parfaite statue. Il m'adresse un signe de tête sans conviction, mais je sais qu'il est juste un peu trop tendu au niveau des épaules. Qu'il respire juste un peu trop vite.

– Tu as de la chance. Je suis venu prendre la relève. Tu peux aller te présenter à ton commandant.

– Bien, chef.

Adam le salue, pivote sur un talon et file dans le couloir. J'espère que Warner n'a pas remarqué son hésitation.

Warner se tourne vers moi avec un sourire si décontracté et désinvolte que je commence à me demander si c'est vraiment la panique dans l'immeuble. Il examine mon visage. Mes cheveux. Remarque les draps froissés derrière moi et j'ai l'impression d'avoir avalé une araignée.

– Tu as fait une petite sieste ?

– J'arrivais pas à dormir, hier soir.

– Tu as déchiré ta robe.

– Qu'est-ce que tu fais là ?

Il faut qu'il arrête de me fixer comme ça, qu'il arrête d'absorber le moindre détail de mon existence.

– Si tu n'aimes pas la robe, tu peux toujours en choisir une autre, tu sais. C'est moi-même qui les ai choisies.

– Pas de problème. La robe, ça va. (Je jette un coup d'œil sur la pendule sans raison apparente. Il est déjà 16 h 30.) Pourquoi ne pas me dire ce qui se passe ?

Il est trop près. Il se tient trop près et il me regarde, et mes poumons n'arrivent pas à se gonfler.

– Tu devrais vraiment te changer.

– J'ai pas envie.

J'ignore pourquoi je suis aussi nerveuse. Pourquoi il me rend si nerveuse. Pourquoi l'espace entre nous se rétrécit trop vite.

Il glisse un doigt dans l'accroc sous la taille basse de ma robe et je ravale un hurlement.

– C'est moche, dit-il.

– Ça va…

Il tire si fort que le tissu se déchire en deux et crée une fente le long de ma jambe.

– C'est un peu mieux.

– Qu'est-ce que tu *fais*…

Ses mains remontent sur ma taille et bloquent mes bras, et je sais que je dois me défendre, mais je suis clouée sur place et j'ai envie de hurler, mais ma voix est brisée, brisée, brisée. Je respire le désespoir par saccades.

– J'ai une question, reprend-il.

J'essaie de lui donner un coup de pied dans cette robe pourrie et il me plaque contre le mur, le poids de son corps m'empêchant de bouger, chaque centimètre de sa peau recouvert de tissu, une couche protectrice qui nous sépare.

– J'ai dit que j'avais une question, Juliette.

Sa main se faufile si vite dans ma poche que je ne réalise qu'après coup ce qu'il vient de faire. Je halète, je tremble contre le mur et je tente de me ressaisir.

– Je suis curieux, dit-il. C'est quoi, *ça* ?

Il tient mon carnet entre deux doigts.

J'hallucine.

Cette robe est trop serrée pour dissimuler la forme du calepin et j'étais trop occupée à regarder mon visage pour vérifier ma tenue dans la glace. ~~Tout ça, c'est ma faute, ma faute, ma faute,~~ Ma faute. Je n'en reviens pas. Tout ça, c'est ma faute. J'aurais dû être plus vigilante.

Je ne dis rien.

Il penche la tête.

– Je ne me rappelle pas t'avoir donné un carnet. D'ailleurs, je ne me rappelle pas non plus t'avoir accordé le droit de posséder quoi que ce soit.

– Je l'ai apporté avec moi, dis-je en m'étranglant.

– Maintenant, tu mens.

Je panique :

– Qu'est-ce que tu veux de moi ?

– C'est une question idiote, Juliette.

La porte métallique coulisse en douceur. Quelqu'un vient de l'ouvrir.

Clic !

– Lâche-la avant que je te tire une balle dans le crâne.

27

Les yeux de Warner se ferment très lentement. Il recule tout aussi lentement. Ses lèvres se contractent en un sourire menaçant.

– Kent.

Les mains d'Adam ne tremblent pas ; le canon de son arme est collé sur l'arrière du crâne de Warner.

– Tu vas nous faire sortir d'ici.

Warner éclate de rire. Il ouvre les yeux et sort un pistolet de sa poche intérieure pour aussitôt le pointer sur mon front.

– Je la tue là, tout de suite.

– T'es pas bête à ce point, réplique Adam.

– Si elle bouge ne serait-ce que d'un millimètre, je l'abats. Et je te réduis en miettes.

Adam réagit aussitôt en le frappant à la tête d'un coup de crosse de son pistolet. L'arme de Warner tire dans le vide, et Adam lui attrape le bras et lui tord le poignet jusqu'à ce qu'il lâche prise. Je récupère l'arme de la main qui fléchit et le frappe en pleine figure avec la crosse. Je suis épatée par mes propres réflexes. Je n'ai jamais tenu un pistolet auparavant, mais j'imagine qu'il y a un début à tout.

Je le pointe sur les yeux de Warner.

– Ne me sous-estime pas.

– *Merde* alors ! lâche Adam qui ne cache pas sa surprise.

Warner rigole en se raclant la gorge, se reprend et essaie de sourire en essuyant son nez qui pisse le sang.

– Je ne t'ai jamais sous-estimée, me dit-il. Jamais.

Adam secoue la tête moins d'une seconde avant que son visage ne se fende en un énorme sourire. Il me regarde d'un air radieux tout en appuyant le pistolet encore plus fort contre le crâne de Warner.

– Sortons d'ici.

J'attrape les deux sacs fourre-tout rangés dans l'armoire et j'en lance un à Adam. Ça fait déjà une semaine qu'on a préparé nos affaires. S'il veut filer plus tôt que prévu, je ne vais pas m'en plaindre.

Warner a de la chance qu'on ait pitié de lui.

Mais nous, on a de la chance que tout le bâtiment soit évacué. Il ne peut compter sur personne.

Warner s'éclaircit la voix. Il me regarde droit dans les yeux en reprenant la parole.

– Je peux t'assurer, soldat, que ton triomphe sera de courte durée. Autant me tuer maintenant, car dès que je te retrouverai, j'aurai un plaisir immense à détruire chaque partie de ton corps. Si tu crois pouvoir t'en tirer comme ça, tu es vraiment pathétique.

– Je ne suis pas ton soldat, rétorque Adam, le visage de marbre. Je ne l'ai jamais été. Tu étais tellement absorbé par tes propres fantasmes que tu n'as pas vu les dangers qui te menaçaient juste sous ton nez.

J'ajoute :

– On ne peut pas te tuer tout de suite. Tu dois d'abord nous faire sortir d'ici.

– Tu commets une erreur monumentale, Juliette, me dit Warner d'une voix qui s'adoucit. Tu es en train de gâcher tout ton avenir. (Il soupire.) Qu'est-ce qui te permet de croire que tu peux lui faire confiance ?

Je lance un regard à Adam. À ce garçon qui m'a toujours défendue, même quand il n'avait rien à y gagner. Je secoue la tête pour garder les idées claires. Je me force à me rappeler que Warner est un menteur. Un cinglé. Un assassin psychopathe. Il n'essaierait jamais de m'aider.

Je réfléchis.

– Partons avant qu'il ne soit trop tard, dis-je à Adam. Il tente juste de nous retarder jusqu'au retour des soldats.

– Il n'en a rien à foutre de toi ! explose Warner. (Je tressaille sous la violence soudaine de sa voix.) Il veut juste se tirer d'ici et il *se sert* de toi ! (Warner s'avance.) Moi, je pourrais t'aimer, Juliette… je te traiterais comme une *reine…*

Adam lui bloque alors la tête avec le bras et pointe l'arme sur sa tempe.

– Manifestement, tu ne comprends pas ce qui se passe, dit-il d'une voix très calme.

– Alors éclaire ma lanterne, soldat, réplique Warner une lueur menaçante dans les yeux. Explique-moi ce qui m'échappe.

J'interviens :

– Adam…

Il croise mon regard. Acquiesce. Se tourne vers Warner.

– À toi de jouer, dit-il en lui serrant le cou un peu plus fort. Fais-nous sortir d'ici *tout de suite.*

– Faudrait d'abord me tuer pour qu'elle puisse franchir cette porte. (Warner remue la mâchoire et crache du sang par terre.) Toi, je te tuerais avec plaisir, dit-il à Adam. Mais Juliette est la seule dont j'aurai toujours envie.

– Je ne suis pas une chose qui t'appartient et dont tu as *envie.*

Je respire trop fort. J'ai hâte de sortir d'ici. Ça me rend folle de l'entendre parler, mais même si j'adorerais lui fracasser la tête, je sais bien qu'une fois inconscient il ne nous servirait à rien.

– Tu pourrais m'aimer, tu sais. (Il esquisse un sourire étrange.) On deviendrait invincibles. On changerait le monde. Je pourrais te rendre heureuse.

J'ai l'impression qu'Adam va lui briser le cou. Son visage est si tendu, si furieux. Je ne l'ai jamais vu comme ça.

– T'as rien à lui offrir, espèce de malade.

Warner ferme les yeux une seconde.

– Juliette. Ne sois pas si pressée. Réfléchis bien avant de prendre une décision. Reste avec moi. Je serai patient. Je te laisserai le temps de t'adapter. Je prendrai soin de toi...

– T'es un malade mental. (Mes mains tremblent, mais je braque de nouveau le pistolet sur son visage. Il faut que je le chasse de mon esprit. Il faut que je me remémore ce qu'il m'a fait.) Tu veux que je devienne un *monstre* à ton service...

– Je veux que tu sois à la hauteur de ton potentiel !

– Laisse-moi partir, dis-je posément. J'ai pas envie de devenir ta créature. J'ai pas envie de faire du mal aux gens.

– Les gens t'ont déjà fait du mal à *toi*, riposte-t-il. Ce sont les autres qui t'ont placée ici. Si t'es ici, c'est à cause d'eux ! Tu crois que si tu t'en vas, ils seront prêts à t'accepter ? Tu crois pouvoir t'enfuir et vivre une vie normale ? Personne ne s'intéressera à toi. Personne ne voudra s'approcher de toi… Tu seras une paria comme tu l'as toujours été ! Rien n'a changé ! Ta place est auprès de moi !

– Sa place est auprès de *moi,* réplique Adam d'une voix qui pourrait trancher de l'acier.

Warner tressaille. Pour la première fois, il semble enfin comprendre ce qui me paraissait évident. Il écarquille des yeux horrifiés, incrédules, et me dévisage avec un regain de frayeur.

– Non… (Il lâche un petit rire dément.) Juliette. S'il te plaît. S'il te plaît. Ne me dis pas qu'il t'a mis ces idées romanesques dans la tête. Je t'en prie, ne me dis pas que ses grandes déclarations bidon t'ont fait craquer…

Adam lui flanque un coup de genou dans le dos. On entend un craquement d'os étouffé, tandis que Warner tombe à terre, le souffle coupé. Adam l'a complètement vaincu. J'ai presque envie de pousser des cris de joie.

Mais je suis trop angoissée. J'ai trop de mal à croire à ce qui se passe. Je suis trop anxieuse pour avoir confiance en mes propres décisions. Il faut que je me ressaisisse.

– Adam…

– Je *t'aime,* me dit-il. (Ses yeux sont aussi fervents que dans mon souvenir, ses paroles aussi pressantes qu'elles doivent l'être.) Ne le laisse pas t'embrouiller…

– Tu *l'aimes* ? réplique Warner en crachant presque. Tu ne sais même pas…

– Adam.

La pièce se brouille sous mes yeux. Je regarde par la fenêtre. Je me tourne à nouveau vers lui.

Il me regarde, éberlué.

– Tu veux *sauter* par la fenêtre ?

Je hoche la tête.

– Mais on est au 15e étage…

– Qu'est-ce qu'on peut faire d'autre s'il refuse de coopérer ? (Je regarde Warner. Penche la tête.) Il n'y a pas de Code Sept, si ?

Les lèvres de Warner se crispent. Il ne dit rien.

– Pourquoi tu ferais ça ? lui dis-je. Pourquoi lancer une fausse alerte ?

– Pourquoi ne pas le demander au soldat dont tu t'es entichée ? riposte Warner, dégoûté. Pourquoi ne pas te demander pour quelle raison tu es prête à confier ta vie à quelqu'un qui ne fait même pas la différence entre une menace réelle et une menace imaginaire ?

Adam étouffe un juron.

Je croise son regard et il me lance son arme.

Il secoue la tête. Jure encore. Ouvre et ferme le poing.

– C'était juste un exercice.

Warner rit de bon cœur.

Adam lorgne la porte, la pendule, mon visage.

– On n'a pas beaucoup de temps.

Je tiens l'arme de Warner dans la main gauche et celle d'Adam dans la droite, et je braque les deux sur Warner, en faisant de mon mieux pour ignorer ses yeux qui veulent me transpercer. De sa main libre, Adam cherche un truc dans ses poches. Il en sort une paire d'attaches autobloquantes en plastique, pousse Warner sur le dos, juste avant de lui ligoter les membres. Ses bottes et ses gants sont éparpillés sur la moquette. Adam garde un pied appuyé sur l'estomac de Warner.

– Une multitude d'alarmes vont se déclencher à la minute où on sautera par cette fenêtre, me dit Adam. On va devoir courir, alors autant ne pas risquer de se casser une jambe. On ne peut pas sauter.

– Qu'est-ce qu'on fait alors ?

Il se passe une main dans les cheveux, se mordille la lèvre… et, l'espace d'un délire de quelques secondes, je crève d'envie d'y goûter. Je me force à me concentrer.

– J'ai une corde, dit-il. On va devoir descendre en rappel. Et en vitesse.

Il se met au travail et sort une corde enroulée sur elle-même et pourvue d'un petit grappin à une extrémité. Je lui ai demandé un millier de fois à quoi elle pourrait bien lui servir et pourquoi il l'emportait dans son sac. Il m'a répondu qu'une corde était toujours utile. Maintenant, j'ai presque envie de rire.

Il se tourne vers moi.

– Je vais descendre le premier afin de pouvoir t'attraper de l'autre côté…

Warner rigole fort, trop fort.

– Tu ne peux pas l'*attraper*, pauvre imbécile ! (Il gigote dans ses entraves en plastique.) Elle n'a pratiquement rien sur le dos. Elle va te tuer et se tuer elle-même en tombant !

Mes yeux passent de Warner à Adam. Fini de jouer aux petits jeux de Warner. Ma décision est prise.

– Vas-y. Je serai juste derrière toi.

Warner a l'air hagard, dérouté.

– Qu'est-ce que tu fais ?

Je l'ignore.

– Attends…

Je l'ignore.

– Juliette.

Je l'ignore.

– Juliette ! (Sa voix est plus tendue, plus stridente, teintée de colère, de terreur, de déni et de trahison. La prise de conscience est une nouvelle pièce du puzzle de son esprit en vrac.) Il peut te *toucher* ?

Adam enveloppe son poing dans le drap de lit.

– Juliette, réponds-moi, bordel !

Warner se contorsionne sur la moquette et je ne l'aurais jamais cru aussi désaxé. Il a le regard fou, incrédule, horrifié.

– Il t'a *touchée* ?

Je ne comprends pas pourquoi les murs sont soudain au plafond. Tout bascule sur le côté.

– Juliette…

Adam brise la vitre d'un seul coup de poing et aussitôt l'hystérie envahit la pièce comme jamais je n'ai entendu une alarme sonner. La chambre tremble sous mes pieds, une cavalcade résonne dans les couloirs et je sais qu'il nous reste environ une minute avant d'être découverts.

Adam jette la corde par la fenêtre et sangle son baluchon sur son dos.

– Lance-moi ton sac ! me crie-t-il, mais je l'entends à peine.

J'obéis et il le récupère juste avant de se glisser par la fenêtre. Je cours le rejoindre.

Warner essaie de m'attraper une jambe.

Ses tentatives ratées me font presque trébucher, mais je me débrouille pour arriver à la fenêtre sans perdre trop de temps. Un coup d'œil sur la porte. Mon cœur s'affole. Le vacarme des soldats qui galopent et braillent dans les couloirs s'amplifie et se rapproche de plus en plus.

– Dépêche-toi ! me crie Adam.

– Juliette, *je t'en prie…*

Warner tente encore de m'attraper et je suffoque tellement que je l'entends presque, malgré les sirènes qui me fracassent le tympan. ~~Je ne vais pas le regarder. Je ne vais pas le regarder. Je ne vais pas le regarder.~~

Je balance une jambe de l'autre côté de la fenêtre et j'empoigne la corde. Avec la peau nue, la descente va être insoutenable. Les deux jambes sont passées. Mes mains sont bien en place. Adam m'appelle en contrebas et j'ignore à quel niveau il est. Warner hurle mon nom et je lève malgré tout la tête.

Ses yeux verts traversent la vitre et me transpercent.

J'inspire un grand coup et espère que je ne vais pas mourir.

J'inspire un grand coup et je descends peu à peu le long de la corde.

J'inspire un grand coup et j'espère que Warner ne se rend pas compte de ce qui vient de se passer.

J'espère qu'il ne sait pas qu'il vient de me toucher la jambe.

Et que rien ne s'est produit.

28

Je suis en feu.

Le frottement de la corde sur mes jambes provoque un tel échauffement que je m'étonne qu'il n'y ait pas de fumée. L'hystérie collective qui s'est emparée de l'immeuble me laboure les cinq sens et fait pleuvoir le danger autour de nous. Adam me hurle de sauter et promet de me rattraper. J'ai trop honte pour admettre que j'ai peur de la chute.

Je n'ai jamais eu l'occasion de prendre mes propres décisions.

Les soldats affluent déjà dans ce qui était ma chambre ; ils crient, s'affolent, sont sans doute estomaqués de découvrir Warner dans une posture aussi minable. On l'a neutralisé un peu trop facilement. Ça m'inquiète.

Je me dis qu'on a dû se tromper quelque part.

Quelques soldats passent la tête par la fenêtre brisée et j'ai hâte de glisser jusqu'en bas, mais ils s'activent pour décrocher le grappin. Je me prépare déjà à la sensation nauséeuse de la chute libre pour me rendre compte qu'ils n'essaient pas de me lâcher, mais de me remonter dans la chambre.

Warner a dû leur donner des ordres.

Je jette un regard sur Adam au-dessous et finis par céder à ses appels. Je plisse très fort les yeux et lâche la corde.

Pour tomber tout droit dans ses bras ouverts.

On s'écroule à terre, le souffle coupé, mais on récupère assez vite. Adam m'attrape la main et on se met à courir.

Devant nous, une sorte de terrain vague s'étend à perte de vue. Bitume éclaté, chaussée défoncée, chemins de terre, arbres nus, plantes à l'agonie, une ville jaunie abandonnée aux éléments, noyée par les feuilles mortes qui crissent sous nos pieds. Les complexes d'habitation civils sont petits, rabougris, regroupés un peu n'importe comment, et Adam veille à ce qu'on les évite au maximum. Les haut-parleurs œuvrent déjà contre nous. Une voix féminine suave et mécanique couvre le vacarme des sirènes :

Le couvre-feu est déclaré. Chacun doit immédiatement rentrer chez soi. On nous a signalé des rebelles en fuite. Ils sont armés et prêts à tirer. Le couvre-feu est déclaré. Chacun doit immédiatement rentrer chez soi. On nous a signalé des rebelles en fuite. Ils sont armés et prêts à ti…

J'ai des points de côté, la peau tendue, la bouche sèche, je crève de soif. J'ignore la distance qu'on a parcourue. Tout ce dont j'ai conscience, c'est le bruit des bottes qui martèlent la chaussée, le gémissement des pneus des véhicules qui surgissent des unités de stockage souterrain, le hurlement des alarmes dans notre sillage.

Je me retourne et vois des gens qui hurlent et courent se mettre à l'abri, tandis qu'on évite les soldats qui se précipitent sur les habitations et tambourinent aux portes pour voir si on ne s'est pas réfugiés à l'intérieur. Adam m'éloigne de la civilisation et m'entraîne vers des artères désertes datant d'une décennie ; de vieux magasins et restaurants, des ruelles étroites et des terrains de jeu à l'abandon. Le secteur non réglementé de nos vies passées est strictement interdit d'accès. C'est un no man's land. Tout est fermé. Cassé, rouillé, sans vie. Personne n'a le droit de s'y aventurer. Pas même les soldats.

Et on fonce dans ces rues en tâchant de rester à l'abri des regards.

Le soleil glisse dans le ciel et trébuche vers le bord de la terre. La nuit ne va pas tarder à tomber et je n'ai aucune idée de l'endroit où on se trouve. Je n'aurais jamais cru qu'autant de choses puissent se passer aussi vite en un même jour. J'espérais juste survivre, mais sans savoir où tout cela pourrait nous mener. Ça ne m'est jamais venu à l'esprit de demander à Adam où on irait.

On file dans un millier de directions. On oblique d'un seul coup, on va tout droit pendant quelques mètres pour finalement reprendre un chemin opposé. *A priori*, j'imagine qu'Adam tente de brouiller les pistes et de distraire nos poursuivants au maximum. Je ne peux rien faire d'autre que d'essayer de garder l'allure.

Et j'échoue.

Adam est un soldat aguerri. Bâti pour ce genre de situation. Il sait comment fuir, passer inaperçu, se déplacer sans faire de bruit dans n'importe quel espace. Moi, en revanche, je suis une fille fracassée qui n'a pas utilisé ses muscles depuis trop longtemps. J'ai les poumons en feu, qui peinent pour inspirer l'oxygène, et épuisés à force d'expirer du dioxyde de carbone.

Je suffoque tellement qu'Adam est soudain obligé de m'entraîner dans une ruelle. Il respire un peu plus fort que d'habitude, mais moi, je passe mon temps à m'étrangler sur la faiblesse de mon corps tout mou.

Adam prend mon visage dans ses mains et tente de capter mon attention.

– Je veux que tu respires comme moi, OK ?

Je halète un peu plus.

– Concentre-toi, Juliette. (Son regard est décidé. D'une patience infinie. Il n'a pas l'air d'avoir peur et j'envie son sang-froid.) Calme ton cœur, dit-il. Respire exactement comme moi.

Il prend alors trois courtes inspirations, retient son souffle quelques secondes, puis exhale un long soupir. J'essaie de l'imiter. Je ne suis pas très douée.

– OK. Je veux que tu continues à respirer comme...

Il s'interrompt. Lance des regards furtifs ici et là dans la ruelle abandonnée. Je sais qu'on doit déguerpir.

Des coups de feu déchirent l'atmosphère. Je ne m'étais jamais rendu compte de leur vacarme et des répercussions sur tous mes os. Un frisson me glace le sang et je comprends aussitôt qu'ils ne cherchent pas à me tuer. Ils veulent la peau d'Adam.

Une nouvelle angoisse m'engloutit. Pas question qu'ils lui fassent du mal.

Pas pour moi.

Mais Adam n'a pas le temps de me laisser recouvrer mon souffle et mes esprits. Il me porte dans ses bras et file en diagonale dans une autre ruelle.

Et on cavale.

Et je respire.

Et il hurle :

– Passe les bras autour de mon cou !

J'arrête de l'étrangler en lâchant son tee-shirt et je suis assez idiote pour être gênée de le prendre par le cou. Il me redresse et je me retrouve plus près de sa poitrine. Il me porte comme si je pesais moins lourd qu'une plume.

Je ferme les yeux et colle ma joue contre son cou.

Ça mitraille quelque part derrière nous. En fonction du bruit, même moi, je peux affirmer qu'ils sont bien trop loin et carrément dans la mauvaise direction. On a dû se montrer plus malins qu'eux. Pour l'instant, du moins. Même leurs voitures n'arrivent pas à nous trouver, parce qu'Adam a évité toutes les artères principales. J'ai l'impression qu'il connaît la ville comme sa poche. Il a l'air de savoir exactement ce qu'il fait… comme s'il avait prévu ça depuis des lustres.

Après avoir inspiré 594 fois exactement, Adam me dépose devant une clôture grillagée. Je vois bien qu'il bataille pour inhaler de l'oxygène, mais il ne halète pas comme moi. Il sait comment réguler sa respiration. Comment stabiliser son pouls, calmer son cœur, garder le contrôle sur ses organes. Il sait comment survivre. J'espère qu'il me l'apprendra.

– Juliette, me dit-il après avoir recouvré plus ou moins son souffle, tu peux sauter par-dessus cette clôture ?

J'ai tellement envie d'être autre chose qu'un poids mort que je prends mon élan et bondis par-dessus la barrière en métal. Mais je fonce sans réfléchir. J'arrache presque ma robe et m'écorche les jambes dans la foulée. Je tressaille sous la douleur cuisante, et le temps de rouvrir les paupières, Adam se tient déjà à mon côté.

Il examine mes jambes et soupire. Pour un peu, il éclaterait de rire. Je me demande à quoi je dois ressembler.

Une échevelée dans sa robe en lambeaux. La fente créée par Warner remonte maintenant jusqu'au haut de ma cuisse.

Je dois ressembler à un animal fou. Ça n'a pas l'air de déranger Adam.

Il a ralenti l'allure, lui aussi. On marche d'un bon pas maintenant, mais on ne fonce plus dans les rues. Je comprends qu'on doit s'approcher d'une espèce d'endroit sûr, mais je ne sais pas trop si je dois poser des questions tout de suite ou les garder pour plus tard. Adam répond à mes pensées silencieuses.

– Ils ne pourront plus me pister par ici, dit-il.

Et l'idée me traverse que tous les soldats doivent avoir sur eux un dispositif de repérage quelconque. D'ailleurs, c'est bizarre qu'on ne m'en ait pas collé un.

On ne devrait pas pouvoir s'échapper aussi facilement.

– Nos émetteurs ne sont plus tangibles, m'explique-t-il.

On tourne à gauche dans une nouvelle ruelle. Le soleil plonge sous l'horizon. Je me demande où on est. À quelle distance on doit se trouver des communautés du Rétablissement pour qu'il n'y ait personne alentour.

– C'est un sérum spécial qu'on nous injecte dans le sang, poursuit Adam, et il est conçu pour détecter les fonctions naturelles de notre corps. Ils pourraient savoir, par exemple, si je suis mort. C'est un excellent moyen de garder une trace des soldats disparus au combat.

Il me lance un regard en coin. Me décoche un petit sourire que j'ai envie d'embrasser.

– Alors comment t'as pu désorienter l'émetteur ?

Il sourit à belles dents et désigne d'un geste ample l'environnement qui nous entoure.

– Tu vois cet endroit ? Il a abrité une centrale nucléaire. Un jour, tout le bazar a explosé.

Je roule des yeux comme des billes.

– Ça s'est passé quand ?

– Il y a cinq ans environ. Ils se sont dépêchés de tout nettoyer. Ils l'ont dissimulé aux médias et à la population. Personne ne sait réellement ce qui s'est passé ici. Mais les radiations sont mortelles. (Il marque une pause.) Elles ont déjà tué, d'ailleurs.

Il s'arrête de marcher.

– Je suis déjà venu dans le coin un millier de fois et je n'ai pas été irradié. Warner avait l'habitude de m'envoyer prendre des échantillons du sol. Il voulait en étudier les effets. (Adam se passe une main dans les cheveux.) Je pense qu'il espérait se servir des substances toxiques pour fabriquer une espèce de poison. La première fois que je suis venu ici, Warner a cru que je mourrais. L'émetteur est lié à tous nos principaux systèmes informatiques… une alerte se déclenche chaque fois qu'un soldat se perd. Warner savait qu'il y avait un risque à m'envoyer ici et je ne pense pas qu'il aurait été étonné d'apprendre ma mort. Il a été bien plus surpris de me voir revenir, en revanche. (Adam hausse les épaules, comme si son éventuel décès n'était qu'un détail insignifiant.) Il y a quelque chose dans les produits chimiques présents ici qui neutralisent la composition moléculaire du système de repérage. Donc, théoriquement, en ce moment, tout le monde me croit mort…

– Warner ne va pas se douter que tu pourrais te trouver ici ?

– Peut-être. (Il plisse les yeux dans la lumière déclinante. Nos ombres sont longues et immobiles.) Ou alors on a pu m'abattre d'un coup de feu. Quoi qu'il en soit, ça nous fait gagner du temps.

Il me prend la main et me sourit, quand soudain une idée me traverse l'esprit.

– Et *moi* ? Est-ce que ces radiations peuvent me tuer ?

J'espère que ma voix n'est pas aussi nerveuse que moi. Je n'ai jamais autant voulu rester en vie de toute mon existence. Je ne veux pas tout perdre aussi vite.

– Oh... non, répond-il en secouant la tête. Désolé, j'ai oublié de te le dire... L'une des raisons pour lesquelles Warner voulait que je prélève ces échantillons, c'est parce que tu étais immunisée, toi aussi. Il t'étudiait. Il a dit qu'il avait trouvé cette info dans tes dossiers médicaux. Que tu avais subi des batteries de tests...

– Mais personne n'a jamais...

– ... Sans doute à ton insu, et même si tes tests sont revenus positifs, tu étais entièrement intacte sur le plan biologique. Pour l'essentiel, rien ne cloche chez toi.

Pour l'essentiel, rien ne cloche chez toi.

La remarque sonne tellement faux que j'éclate de rire. Je tente de réprimer mon incrédulité.

– Il n'y a rien qui cloche chez moi ? C'est une blague, hein ?

Adam me fixe si longtemps que je me mets à rougir. Il me relève le menton jusqu'à ce que mes yeux croisent les siens. Bleus, bleus, bleus, qui me transpercent. Sa voix est grave, posée.

– Je crois que je ne t'ai jamais entendue rire.

Il a atrocement raison. Tant et si bien que j'ignore comment réagir si ce n'est en lui disant la vérité. Mon sourire se fige en une ligne droite.

– Le rire, c'est la vie, dis-je dans un haussement d'épaules qui se voudrait désinvolte. Jusqu'ici, je n'étais pas vraiment en vie.

Il ne m'a pas quittée des yeux. Je suis clouée sur place par la seule force de l'attraction qu'il exerce sur moi. Je sens presque son cœur battre contre ma peau. Je sens presque ses lèvres respirer contre ma poitrine. Je sens presque sa saveur sur ma langue.

Il reprend son souffle, pantelant, et m'attire contre lui. M'embrasse le front.

– Allons chez moi, murmure-t-il.

29

Chez moi.

Chez moi ?

Qu'est-ce qu'il veut dire par là ?

J'ouvre la bouche pour poser la question et il m'offre son sourire malicieux en guise de réponse. Je suis gênée, excitée, angoissée, pressée d'en savoir plus. Mon estomac tambourine au rythme des battements de mon cœur. Je bourdonne pratiquement comme une mini-centrale électrique.

Chaque pas m'éloigne un peu plus de l'asile, de Warner, de l'inanité de l'existence que j'ai toujours connue. Chaque pas est *volontaire.* Pour la première fois de ma vie j'avance parce que je le *veux,* parce que je suis pleine d'espoir, d'amour, et toute cette merveille me rend euphorique, parce que je veux savoir ce que c'est que *vivre.* Je pourrais bondir pour attraper la brise et vivre à jamais à tire-d'aile.

J'ai l'impression de marcher sur les nuages.

Adam m'entraîne dans un hangar abandonné aux abords de ce terrain vague, où une végétation sauvage a déployé ses tentacules fous en forme de vilains buissons pleins d'épines et sans doute vénéneux. Je me demande si c'est là où Adam a prévu de nous installer. J'avance dans cet espace sombre et je plisse les yeux. Les contours d'une silhouette se dessinent.

Il y a une voiture à l'intérieur.

J'écarquille grand les yeux.

Pas une simple voiture. Un tank.

Adam ne peut pratiquement plus contrôler son impatience. Il guette ma réaction et semble ravi de mon étonnement. Ses paroles jaillissent pêle-mêle d'entre ses lèvres.

– J'ai fait croire à Warner que j'étais tombé en panne avec l'un des tanks que j'ai amenés ici, m'explique-t-il. Comme ces engins sont conçus pour marcher à l'électricité, je lui ai dit que l'unité centrale avait grillé au contact des résidus chimiques. Qu'un truc qui traînait dans l'atmosphère l'avait détériorée. Il a ordonné à quelqu'un de venir me récupérer en voiture et m'a dit que je devais laisser le tank sur place. (Adam sourit presque.) Comme Warner m'envoyait ici contre la volonté de son père, il ne voulait pas qu'on découvre qu'il avait bousillé un tank à 500 000 dollars. Le rapport officiel a indiqué que des rebelles avaient détourné l'engin.

– Quelqu'un d'autre n'aurait pas pu venir ici et découvrir le tank ?

Adam ouvre la portière côté passager.

– Les civils restent à l'écart, très loin d'ici, et aucun soldat n'est venu. Personne d'autre ne voulait risquer d'être irradié. (Il penche la tête.) C'est l'une des raisons pour lesquelles Warner m'a fait confiance avec toi. Ça lui plaisait de savoir que j'étais prêt à mourir par *devoir*.

– Il n'a jamais pensé que tu t'éloignerais du droit chemin ?

– Non. Et après ce qui s'est passé avec le sérum de repérage, il n'a aucune raison de douter que des choses bizarres puissent se produire par ici. J'ai moi-même désactivé l'unité électrique du tank, juste au cas où il voudrait vérifier. (Adam désigne le monstrueux véhicule d'un hochement de tête.) Je m'étais dit qu'un jour je serais content de l'avoir sous la main. C'est toujours bien de se tenir prêt.

Prêt. Il s'est toujours tenu prêt. À fuir. À s'échapper.

Je me demande pourquoi.

– Viens par ici, dit-il d'une voix nettement plus douce.

Il me tend les mains dans la pénombre et je fais comme si c'était un heureux hasard quand elles frôlent mes cuisses nues. Je fais comme si ce n'était pas incroyable de le voir batailler avec les accrocs de ma robe pour m'aider à monter dans le tank. Je fais comme si je ne voyais pas la manière dont il me regarde, tandis que le dernier rayon du soleil disparaît à l'horizon.

– Il faut que je prenne soin de tes jambes, reprend-il dans un murmure sur ma peau, propageant une décharge électrique dans mon sang.

L'espace d'un instant, je ne comprends même pas de quoi il parle. D'ailleurs, ça m'est égal. Mes pensées sont tellement délirantes que je m'en étonne moi-même. Je n'ai jamais eu la liberté de toucher quiconque avant lui. En tout cas, personne n'a jamais *voulu* que je pose mes mains sur lui. Adam, c'est entièrement nouveau pour moi.

Je ne veux pas penser à autre chose qu'à le toucher.

– Les éraflures ne sont pas si terribles, poursuit-il en effleurant mes chevilles du bout des doigts. (Je retiens mon souffle.) Mais on devra nettoyer tout ça, au cas où. Parfois, on prend moins de risques en se coupant avec un couteau qu'en s'écorchant avec un bout de métal. Tu ne tiens pas à ce que ça s'infecte ?

Il redresse la tête. Sa main est maintenant sur mon genou.

J'acquiesce sans savoir pourquoi. Je me demande si je tremble autant à l'extérieur qu'à l'intérieur. J'espère qu'il fait trop sombre pour qu'Adam voie à quel point je rougis, combien c'est gênant qu'il ne puisse pas me toucher le genou sans me rendre complètement folle. Faut que je dise un truc :

– On devrait peut-être pas trop tarder, non ?

– Ouais. (Il prend une grande inspiration et semble revenir à lui.) Ouais. Faut qu'on s'en aille. (Il jette un œil dans la lumière du soir.) On a encore un peu de temps avant qu'ils ne se rendent compte que je suis toujours en vie. Et on doit en profiter.

– Mais une fois qu'on aura quitté cet endroit… est-ce que le dispositif de pistage ne va pas se remettre en route ? Est-ce qu'ils ne vont pas savoir que tu n'es pas mort ?

– Non.

Adam saute au volant, puis tripote le contact. Il n'y a pas de clé, juste un bouton. Je me demande si celui-ci reconnaît l'empreinte du pouce d'Adam pour déclencher le démarrage du véhicule. Le moteur crachote, puis la machine se met à rugir.

– Warner a dû renouveler mon sérum de repérage chaque fois que je suis revenu. Une fois que le truc disparaît ?

Il disparaît ! s'exclame Adam en souriant jusqu'aux oreilles. Alors maintenant, on peut vraiment foutre le camp d'ici.

Je finis par lui demander :

– Mais on va où, au juste ?

Il passe une vitesse avant de répondre.

– Chez moi.

30

– T'as une *maison* ?

Je suis tellement estomaquée que j'en oublie les bonnes manières et lui hurle au visage.

Adam rigole et démarre en quittant le terrain vague. Le tank se révèle incroyablement rapide et discret. Le moteur ronronne paisiblement ; je me demande si c'est pour cette raison que les tanks ne fonctionnent plus à l'essence, mais à l'électricité. En tout cas, on les remarque moins.

– Pas exactement, répond Adam. Mais c'est un peu chez moi, ouais.

J'ai envie et je n'ai pas envie de lui demander, mais ça me démange et je n'oserai jamais. Faut que je lui demande. Je prends mon courage à deux mains.

– Ton père…

– Il est mort depuis un petit bout de temps.

Adam ne sourit plus. Sa voix est tendue et moi seule peux savoir pourquoi. Douleur. Amertume. Colère.

– Oh…

On roule en silence, chacun plongé dans ses pensées. Je n'ose pas l'interroger au sujet de sa mère. Je ne peux que me demander comment il a pu si bien s'en sortir malgré la présence d'un père aussi ignoble. Et pourquoi il a rejoint l'armée s'il la déteste autant. Pour l'heure, je suis trop timide pour poser la question. Je ne veux pas le pousser dans ses retranchements émotionnels.

Dieu sait que j'en ai moi-même des tonnes.

Je regarde par la vitre en plissant les yeux, mais je ne vois pas grand-chose en dehors de ces étendues désolées auxquelles je me suis habituée. Il n'y a aucun civil dans le coin ; on est trop loin des communautés du Rétablissement et des complexes d'habitation. Je remarque un autre char qui patrouille dans le secteur à moins de trente mètres, mais je ne pense pas qu'il nous voie. Adam roule tous feux éteints, sans doute pour attirer le moins possible l'attention. Je me demande comment il arrive à se diriger. La lune est la seule lampe qui éclaire notre route.

Il règne un silence inquiétant.

Pendant quelques instants, je laisse mes pensées vagabonder vers Warner et me demande ce qui doit se passer en ce moment, si des tas de gens sont lancés à ma recherche, jusqu'où il ira pour me récupérer. Il veut Adam mort. Il me veut vivante. Il s'arrêtera uniquement quand je me retrouverai prise au piège, à son côté.

Il ne doit jamais, jamais, jamais savoir que je peux le toucher.

J'imagine déjà ce qu'il ferait s'il avait accès à mon corps.

Je m'étrangle presque en reprenant mon souffle et j'envisage de dire à Adam ce qui s'est passé. Non. Non. Non. Non. Je plisse fort les paupières en me disant que j'ai peut-être mal évalué la situation. C'était confus. J'avais l'esprit ailleurs. Peut-être que j'ai tout imaginé. Oui.

Peut-être que j'ai tout imaginé.

C'est déjà assez étrange de savoir qu'Adam peut poser la main sur moi. La probabilité que deux personnes au monde soient immunisées contre mon toucher me paraît impossible. En fait, plus j'y réfléchis, plus j'ai tendance à croire que j'ai commis une erreur. N'importe quoi a pu effleurer ma jambe. Une partie du drap dont Adam s'est débarrassé après avoir fracassé la vitre. Un oreiller tombé du lit. Ou les gants de Warner qui traînaient par terre. Oui.

Impossible qu'il m'ait touchée, sinon il aurait hurlé de douleur.

Comme tous les autres.

La main d'Adam se glisse en silence dans la mienne et j'attrape ses doigts des deux miennes, comme si je voulais soudain à tout prix m'assurer qu'il est immunisé contre moi. Je meurs d'envie de déguster chaque parcelle de son être, de savourer tous les instants que je n'ai jamais connus auparavant. Il doit y avoir une date d'expiration pour ce phénomène. Une horloge va sonner minuit quelque part. Le carrosse va se transformer en citrouille.

Le risque de le perdre

Le risque de le perdre

Le risque de le perdre, c'est 100 ans de solitude que je me refuse à imaginer. Je refuse que mes bras soient privés de sa chaleur. De son contact. De ses lèvres. Mon Dieu, ses lèvres, sa bouche sur mon cou, son corps qui s'enroule autour du mien, qui me soutient comme pour affirmer que mon existence sur cette Terre sert à quelque chose.

Ma prise de conscience évoque un balancier de la taille de la lune. Il n'arrête pas de me cogner.

– Juliette ?

J'avale la balle de pistolet coincée dans mon gosier.

– Oui ?

– Pourquoi tu pleures… ?

Sa voix est presque aussi douce que sa main lorsqu'il la retire des miennes. Il effleure les larmes qui coulent sur mon visage et j'ai tellement honte que je ne sais pratiquement plus quoi répondre.

– Tu peux me *toucher*, dis-je en le reconnaissant à voix haute pour la première fois, avant que mes paroles ne se noient dans un murmure. Tu peux me toucher. Tu tiens à moi et je ne sais pas pourquoi. Tu es gentil et tu n'es pas obligé de l'être. Ma propre mère ne tenait pas suffisamment à moi pour… pour…

Ma voix se brise et je me tais. Me force à garder mon calme.

Je suis un roc. Une statue. Un geste figé dans le temps. Un bloc de glace ne sent rien du tout.

Adam ne répond pas, ne dit pas un mot avant de quitter la route pour s'engager dans un vieux parking souterrain. Je constate qu'on se retrouve dans un semblant de civilisation, mais on est sous terre et il fait noir comme dans un four. Je ne vois presque rien et me demande une fois de plus comment Adam se débrouille. Mes yeux croisent par hasard l'écran lumineux de son tableau de bord, pour réaliser alors seulement que le tank dispose d'une vision nocturne. *Bien sûr.*

Adam coupe le moteur. Je l'entends soupirer. Je distingue à peine sa silhouette avant de sentir sa main sur ma cuisse, tandis que l'autre remonte le long de mon corps pour trouver mon visage. La chaleur envahit mes membres comme de la lave en fusion. J'ai des fourmis au bout des doigts et des orteils, et je dois réprimer le frisson qui me chavire de haut en bas.

– Juliette, me chuchote-t-il comme je réalise qu'il est tout près de moi et m'étonne de ne pas m'être déjà évaporée dans le néant. Toi et moi, on a toujours fait front contre le monde entier, dit-il. Ça a toujours été comme ça, mais c'est ma faute si j'ai mis si longtemps à agir.

– Non, c'est pas ta faute…

– Mais si. Ça fait des lustres que je suis tombé amoureux de toi. Sauf que je n'ai jamais eu le courage d'agir.

– Parce que j'aurais pu te tuer.

Il lâche un petit rire étouffé.

– Parce que je ne pensais pas te mériter.

Je suis la stupéfaction faite femme.

– Quoi ?

Son nez effleure le mien. Il se penche au creux de mon cou. Enroule une mèche de mes cheveux autour de ses doigts, et je ne peux pas, je ne peux pas, je ne peux pas respirer.

– Tu es si… *douce*, murmure-t-il.

– Mais mes mains…

– N'ont jamais rien fait pour blesser quiconque.

Je suis sur le point de protester, quand il rectifie :

– Pas de manière délibérée.

Il se penche en arrière. Je le vois à peine se frotter la nuque.

– Tu n'as jamais riposté, reprend-il au bout d'un moment. Je me suis toujours demandé pourquoi. Tu ne râlais jamais, ne te mettais jamais en colère, ne disais jamais rien à qui que ce soit, ajoute-t-il. (Et je sais qu'on est de nouveau tous les deux en CE2, CM1, CM2, 6ᵉ, 5ᵉ, 4ᵉ, 3ᵉ…)

Bon sang, t'as dû lire un million de bouquins ! (Je sais qu'il sourit en disant ça. Il marque une pause.) Tu n'embêtais personne, mais t'étais chaque jour une cible mouvante. T'aurais pu te défendre. T'aurais pu faire du mal à tout le monde si tu l'avais voulu.

– Je ne veux faire souffrir personne, dis-je d'une voix à peine audible.

Impossible de chasser de ma tête l'image d'Adam à huit ans. Recroquevillé sur le sol. Fracassé. Abandonné. Qui pleure, le visage dans la terre.

Incroyable, ce que les gens peuvent faire pour le pouvoir.

– C'est pour ça que tu ne deviendras jamais ce que Warner veut que tu sois.

Je fixe un point dans le noir, l'esprit torturé.

– Comment tu peux en être certain ?

Ses lèvres sont si près des miennes.

– Parce que le monde qui t'entoure a encore de l'importance à tes yeux.

J'ai le souffle coupé par ses baisers voraces, fougueux, sans retenue. Ses bras m'enlacent et font basculer mon corps jusqu'à ce que je me retrouve pratiquement allongée, et ça m'est égal. J'ai la tête sur le siège, le corps d'Adam au-dessus du mien, ses mains glissées sous ma robe déchirée pour agripper mes hanches, tandis que mille et une flammes de désir me dévorent et que je respire à peine. Il est un bain de vapeur, un halètement, 5 doigts qui dessinent des histoires sur mon corps en réinventant l'été. Je suis une encombrante boule de nerfs qui s'écrase en lui, contrôlée par le courant électrique qui me traverse. Son odeur a assailli mes 5 sens.

Ses yeux
Ses mains
Sa poitrine
Ses lèvres
chuchotent à mon oreille :
– On est arrivés.

Il respire plus fort que lorsqu'il courait pour échapper à la mort. Je sens son cœur marteler mes côtes. Ses paroles sont un murmure entrecoupé.

– Peut-être qu'on devrait entrer. Ce serait plus sûr.

Mais il ne bouge pas.

Je le comprends à peine. Je me contente d'acquiescer, ma tête s'agitant sur mon cou comme un automate, jusqu'à ce que je me souvienne qu'il ne peut pas me voir. J'essaie de me rappeler comment parler, mais je suis trop captivée par ses doigts qui se promènent sur mes cuisses pour formuler la moindre phrase. Il y a quelque chose dans cette obscurité absolue, dans le simple fait de ne pas voir ce qui se passe, qui me procure un délicieux vertige.

Oui… dis-je dans un souffle.

Il m'aide à me rasseoir, penche son front contre le mien.

– Désolé, dit-il. J'ai beaucoup de mal à m'arrêter.

Sa voix est dangereusement rauque, ses mots picotent ma peau.

J'autorise mes mains à se glisser sous son tee-shirt et je le sens se contracter, retenir son souffle. Je suis les lignes parfaitement sculptées de son corps. Il n'est qu'entrelacs de muscles fins.

– Tu n'es pas obligé, dis-je.

Son cœur bat si vite que nos deux pouls se confondent. La température avoisine les 2 500 °C entre nous. Ses doigts s'insinuent juste sous ma taille et taquinent le petit morceau de tissu qui me garde encore à moitié décente.

– Juliette…

– Adam ?

Je redresse la tête, surprise. Effrayée. Angoissée. Adam cesse de bouger, se fige devant moi. Je ne suis pas sûre qu'il respire. Je regarde alentour… Impossible de trouver un visage correspondant à la voix qui a prononcé son nom. Je commence à paniquer, avant qu'Adam n'ouvre la portière à toute volée et sorte en trombe du véhicule, avant que j'entende à nouveau cette voix.

– Adam… c'est toi ?

Une voix de gamin.

– James !

Le bruit étouffé de deux corps qui se télescopent, deux voix trop heureuses pour être dangereuses.

– J'en reviens pas que c'est vraiment toi ! Enfin… je pensais que c'était toi parce j'ai cru entendre un truc, et au début, je me suis dit que c'était rien, mais j'ai décidé que je ferais mieux d'aller vérifier au cas où, parce que si *c'était* toi et… Attends deux secondes… qu'est-ce que tu fais là ?

– Je suis de retour, répond Adam en riant un peu.

– Vraiment ? réplique James dans les aigus. Pour de bon ?

– Ouais. (Il soupire.) Bon sang, ça fait trop plaisir de te voir !

– Tu m'as manqué, avoue James, soudain plus calme.

Une profonde inspiration.

– Toi aussi, frérot. Toi aussi.

– Hé ! T'as mangé quelque chose ? Benny vient de me porter mon paquet-repas et je pourrais partager avec t…

– James ?

– Ouais ?

– Il y a quelqu'un que j'aimerais te présenter.

J'ai les mains moites. Le cœur coincé dans la gorge. J'entends Adam qui revient vers le tank et je réalise seulement qu'il a glissé la tête à l'intérieur quand il presse un interrupteur. Une veilleuse de secours éclaire l'habitacle. Je bats des paupières et découvre un jeune garçon qui se tient à un mètre cinquante de nous, des cheveux blond cendré, un visage rond et des yeux bleus qui me semblent trop familiers. Lèvres closes, l'air concentré, il me dévisage.

Adam ouvre ma portière. Il m'aide à descendre et parvient à peine à contenir son sourire, tandis que je m'étonne moi-même de ma nervosité. Qu'est-ce qui me rend aussi nerveuse ? À l'évidence, ce garçon est important aux yeux d'Adam. J'ignore pourquoi, mais je sens bien que ce *moment* est important aussi. J'ai tellement peur de tout gâcher. J'essaie d'arranger les plis de ma robe, de la défroisser comme je peux. Je me passe une main dans les cheveux. À quoi bon ?

Ce pauvre gosse va être pétrifié.

Adam m'invite à avancer. James est à peine plus petit que moi, mais son visage trahit sa jeunesse encore intacte, vierge de la plupart des dures réalités de la vie. J'ai envie de savourer toute la beauté de son innocence.

– James, je te présente Juliette.

Adam me lance un regard.

– Juliette, voici mon frère James.

31

Son frère.

J'essaie de chasser ma nervosité. J'essaie de sourire au garçon qui me dévisage et lorgne les bouts de tissu minables qui me recouvrent à peine le corps. Pourquoi j'ignorais qu'Adam avait un frère ? Pourquoi je ne l'ai jamais su ?

James se tourne vers Adam.

– C'est Juliette ?

Je reste plantée là comme une montagne d'inepties. J'oublie encore mes bonnes manières.

– Tu sais qui je suis ?

James se tourne dans ma direction.

– Oh ouais ! Adam parle *beaucoup* de toi.

Je rougis et ne peux m'empêcher de lancer un regard à Adam. Il fixe un point invisible par terre. Il se racle la gorge.

Je me débrouille pour déclarer :

– C'est vraiment sympa de te rencontrer !

James penche la tête.

– Sinon… tu t'habilles toujours comme ça ?

J'aimerais mourir sur place.

– Hé, frérot, intervient Adam, Juliette va rester un petit moment avec nous. Alors, va vérifier si tu n'as pas laissé traîner tes sous-vêtements, OK ?

James a l'air horrifié. Il file dans le noir sans demander son reste.

Le silence qui suit s'éternise tellement que je ne compte plus les secondes qui s'écoulent. J'entends de l'eau qui goutte quelque part au loin.

J'inspire un grand coup. Me mords la lèvre. Je cherche les mots adéquats. Mais sans succès.

– J'ignorais que tu avais un frère.

Adam hésite.

– Ça ne pose pas de problème… si ? On va tous partager le même espace et je…

Je manque m'étrangler.

– Bien sûr que non ! C'est juste que… t'es certain que ça ne pose pas de problème pour *lui*… si je suis là ?

– Il n'y a pas de sous-vêtements qui traînent, annonce James en réapparaissant dans la lumière. (Je me demande d'ailleurs où il s'était esquivé, où se trouve la fameuse maison. Il me regarde.) Tu vas rester avec nous, alors ?

– Ouais, l'interrompt Adam, elle va dormir chez nous quelque temps.

James nous regarde, son frère et moi à tour de rôle, puis revient sur moi. Il me tend la main.

– Ben… c'est cool de faire enfin ta connaissance.

Mon visage se décompose. Mon cœur tambourine dans mes oreilles. Mes genoux sont sur le point de se briser. Impossible de détourner les yeux de sa petite main tendue vers moi.

– *James*, intervient Adam d'un ton un peu sec.

Son frère s'esclaffe.

– C'était juste pour rigoler, dit-il en abaissant la main.

– Quoi ?

Je respire à peine. J'ai le tournis, je ne comprends plus.

– *T'inquiète* pas, reprend James en gloussant toujours. Je vais pas te toucher. Adam m'a parlé de tes pouvoirs magiques, ajoute-t-il en roulant des yeux.

– Adam t'a… il a fait… *quoi* ?

– Hé, on pourrait peut-être se mettre à l'intérieur, suggère Adam en s'éclaircissant la voix un peu trop fort. Je récupère juste nos sacs en vitesse…

À ces mots, il retourne au tank et je me retrouve face à James, qui ne cache pas sa curiosité.

– T'as quel âge ? me demande-t-il.

– Dix-sept ans.

Il hoche la tête.

– C'est ce qu'Adam m'a dit.

Je me hérisse.

– Et qu'est-ce qu'il t'a dit d'autre sur moi ?

– Que t'avais pas de parents non plus. Que t'étais comme nous.

Mon cœur fond. Ma voix s'adoucit.

– Et toi, t'as quel âge ?

– J'aurai onze ans l'an prochain.

Je souris à belles dents.

– T'en as donc dix ?

Il croise les bras. Fronce les sourcils.

– J'en aurai douze dans deux ans.

Je crois que j'adore déjà ce gamin.

La lumière de l'habitacle s'éteint, et nous voilà dans le noir absolu l'espace d'un instant. J'entends un léger cliquetis, puis un halo lumineux apparaît. Adam tient une lampe torche.

– Hé, James ? Pourquoi ne pas nous montrer le chemin ?

– Oui, chef !

Le gosse se plante devant son frère et nous gratifie d'un salut militaire exagéré, puis il déguerpit si vite qu'on ne peut pas le suivre. Malgré moi, je souris jusqu'aux oreilles.

Adam glisse sa main dans la mienne et on avance.

– Ça va ?

Je serre mes doigts entre les siens.

– T'as parlé de mes pouvoirs magiques à ton frère de dix ans ?

Il éclate de rire.

– Je lui ai dit un tas de choses.

– Adam ?

– Ouais ?

– Est-ce ta maison ne sera pas le premier endroit où Warner va te chercher ? Est-ce que ce n'est pas risqué ?

– Normalement, oui. Mais si on s'en tient à l'état civil, je n'ai pas de domicile.

– Et ton frère ?

– Il serait la première cible de Warner. Il est plus en sécurité là où je peux veiller sur lui. Warner sait que j'ai un frère, mais il ignore à quel endroit. Et avant qu'il ne le découvre – et il y arrivera –, on doit se préparer.

– À se battre ?

– À se défendre. Ouais.

Même sous la faible lumière de cet espace inconnu, je vois la détermination qui l'anime. Ça me donne envie de chanter.

Je ferme les yeux.

– Bien.

– Vous en mettez, du temps ! s'écrie James un peu plus loin.

On accélère le pas.

Le parking se situe sous un vieil immeuble de bureaux enfoui dans l'ombre. Une sortie de secours mène directement au rez-de-chaussée.

James est si excité qu'il bondit sur les marches de l'escalier, en gravit plusieurs d'affilée pour les redescendre ensuite, en nous reprochant de traîner. Adam l'attrape par-derrière et le fait décoller du sol en riant :

– Tu vas te casser la figure !

James proteste, mais juste pour la forme. Il est trop content de retrouver son frère.

J'éprouve soudain un pincement au cœur comme sous l'effet d'un lointain souvenir, d'une émotion douce-amère que je n'arrive pas à resituer dans le passé. Bizarrement, j'ai chaud et je me sens frigorifiée.

Adam entre des chiffres sur un Digicode fixé à côté d'une lourde porte métallique. Un petit déclic se produit, suivi d'un bip sonore très bref, et il tourne la poignée.

Je suis ahurie par ce que je découvre à l'intérieur.

32

C'est une grande et somptueuse pièce à vivre. Un épais tapis, des fauteuils confortables, un canapé qui s'étend le long du mur. Des tons de vert, de rouge et d'orange, des lampes aux couleurs chaudes qui éclairent le vaste espace en douceur. Ça ressemble plus à un foyer que tout ce que j'ai jamais vu. Les souvenirs solitaires et froids de mon enfance ne souffrent même pas la comparaison. Je me sens tellement en sécurité tout à coup que ça m'effraie.

– Ça te plaît ?

Adam me décoche un sourire radieux, visiblement amusé par l'expression de mon visage. Je me débrouille pour remonter ma mâchoire qui a dégringolé par terre.

– J'adore ! dis-je à voix haute (ou dans ma tête, je ne sais pas trop).

– C'est Adam qu'a tout fait ! déclare James en bombant le torse avec fierté. Rien que pour moi !

– Je n'ai rien fait de particulier, proteste Adam en gloussant. J'ai juste... nettoyé un peu.

– Tu vis ici tout seul ? je demande à James.

Il fourre les mains dans ses poches et hoche la tête.

– Benny vient souvent, mais je suis seul la plupart du temps. J'ai quand même de la chance !

Adam dépose nos sacs sur le canapé. Il se passe une main dans les cheveux et j'observe les muscles de son dos qui fléchissent et se contractent. Je le regarde se détendre. Je connais la réponse, mais pose quand même la question :

– Pourquoi t'as de la chance ?

– Parce que j'ai de la visite. Aucun des autres gosses n'a de la visite.

– Il y a d'autres enfants ici ?

J'espère ne pas avoir l'air aussi horrifié que je le suis.

James acquiesce si vivement que sa tête tremble comme un hochet.

– Oh ouais ! Dans toute la rue. Tous les gosses sont là. Mais je suis le seul avec ma propre chambre. (Il désigne la pièce d'un geste ample.) Tout ça m'appartient parce qu'Adam a tout préparé pour moi. Mais les autres doivent partager. On a une espèce d'école. Et Benny m'apporte mes paquets-repas. Adam dit que je peux jouer avec les autres enfants, mais je peux pas les amener ici. (Il hausse les épaules.) Ça me dérange pas.

La réalité de ce qu'il raconte me chamboule l'estomac.

Une rue réservée aux enfants orphelins.

Je m'interroge sur les circonstances de la mort de leurs parents. Pas longtemps.

Je dresse l'inventaire de la pièce et remarque un mini-frigo avec un petit four à micro-ondes posé dessus, tous deux nichés dans un coin, tandis que des meubles de rangement sont disposés sur le côté. Adam a apporté un maximum de choses : toutes sortes de boîtes de conserve et d'aliments non périssables. On a tous les deux pris nos affaires de toilette et plusieurs vêtements de rechange. Bref, on a au moins de quoi survivre un petit moment.

James sort du frigo une barquette en papier alu et le glisse dans le four à micro-ondes.

J'essaie de l'en empêcher :

– Attends ! James… ne…

– Quoi ? réplique-t-il, interloqué, les yeux écarquillés.

– Le papier alu… tu ne peux pas… tu ne peux pas mettre du métal dans le micro-ondes…

– C'est quoi, un micro-ondes ?

J'agite mes paupières à m'en donner le vertige.

– Quoi… ?

Il soulève le couvercle de la barquette pour dévoiler une espèce de bouillon cube. Il le montre du doigt, puis désigne le micro-ondes d'un hochement de tête.

– T'inquiète pas, dit-il. Je mets toujours ça dans l'Automat. Il se passe jamais rien.

– Ce truc prend la composition moléculaire des aliments et l'augmente, explique Adam à mon côté. Ça n'ajoute rien sur le plan nutritionnel, mais ça te remplit davantage l'estomac… et plus longtemps.

– Et c'est pas cher ! s'exclame James en remettant la barquette dans l'engin de cuisson.

Je n'en reviens pas de tout ce qui a changé. Les gens sont tellement désespérés qu'ils falsifient la *nourriture.*

J'ai tellement de questions que je vais exploser.

Adam me presse gentiment l'épaule.

– On parlera plus tard, murmure-t-il. Je te le promets.

Mais j'ai l'impression d'être une encyclopédie ambulante avec trop de pages vierges.

James s'endort, la tête posée sur les genoux d'Adam.

Après son repas, le gosse n'a pas cessé de jacasser en me parlant de son *espèce* d'école, de ses *espèces* d'amis et de Benny, la dame d'un certain âge qui s'occupe de lui, parce que : « Je pense qu'elle préfère Adam, mais elle me donne parfois du sucre en douce, alors ça va. » Tout le monde doit respecter le couvre-feu. Seuls les soldats ont la permission de sortir après le coucher du soleil, chacun étant armé et ayant reçu l'ordre de tirer s'il le juge nécessaire.

– Y a des gens qui ont plus de bouffe et de trucs que les autres, a déclaré James. Mais c'est parce que les personnes sont sélectionnées en fonction de ce qu'elles peuvent apporter au Rétablissement, et non parce que ce sont des êtres humains ayant le droit de ne pas mourir de faim.

Mon cœur se brise un peu plus au fil de ses paroles.

– Ça t'embête pas si je parle beaucoup, hein ?

Il s'est mordillé la lèvre en me dévisageant.

– Non, pas du tout.

– Tout le monde dit que je parle beaucoup, a-t-il ajouté dans un haussement d'épaules. Mais qu'est-ce que je suis censé faire, alors que j'ai plein de trucs à dire ?

Adam est intervenu :

– Hé… à ce propos : tu ne dois dire à personne qu'on est là, OK ?

James est resté bouche bée en clignant des yeux. Puis il a planté son regard dans celui de son frère :

– Même pas à Benny ?

– À personne.

L'espace d'un millième de seconde, j'ai vu une lueur de compréhension traverser le regard du petit. Celle d'un gamin de dix ans tout à fait digne de confiance. Il a hoché plusieurs fois la tête.

– OK. Vous êtes jamais venus.

Adam caresse le front de James en lui ramenant des mèches rebelles en arrière. Il contemple le visage endormi de son frère comme s'il tentait de mémoriser chaque détail d'un portrait à l'huile. Je le regarde regarder James.

Je me demande s'il sait qu'il tient mon cœur au creux de sa main. J'exhale un soupir entrecoupé d'un sanglot.

Adam lève la tête et je baisse les yeux. On est tous les deux gênés pour des raisons différentes.

– Je devrais sans doute le mettre au lit, chuchote-t-il sans pour autant faire l'effort de bouger.

James dort très, très, très profondément.

– Tu ne l'as pas vu depuis quand ? dis-je en prenant soin de parler à voix basse.

– Environ six mois. (Une pause.) Mais je lui ai souvent parlé au téléphone. (Petit sourire.) Je lui ai beaucoup parlé de toi.

Je rougis. Compte mes doigts pour m'assurer qu'ils sont tous là.

– Warner ne surveillait pas tes appels ?

– Ouais. Mais Benny a une ligne indétectable et je prenais toujours soin de m'en tenir aux rapports officiels. Quoi qu'il en soit, James te connaît depuis longtemps.

– Vraiment… ?

Il faut à tout prix que je sache ; je m'en veux, mais c'est plus fort que moi. Un millier de papillons s'en donnent à cœur joie dans mon ventre.

Il redresse la tête, détourne les yeux. Croise mon regard. Soupire.

– Juliette, je me suis lancé à ta recherche depuis le jour où tu es partie.

J'ai les yeux exorbités, la mâchoire en vrac sur les genoux.

Je m'étrangle, balbutie.

– Pour… pourquoi… Pourquoi tu… tu tenais autant à moi ?

Il s'adosse au canapé. Se passe une main sur le visage. On change de saison. Des étoiles explosent dans le ciel. Quelqu'un marche sur la Lune.

– Tu sais que je me souviens encore du premier jour où tu t'es pointée à l'école ? (Il lâche un petit rire étouffé, triste.) Peut-être que j'étais trop jeune et peut-être que je ne connaissais pas grand-chose à la vie, mais quelque chose chez toi m'a tout de suite attiré. Comme si j'avais juste envie d'être auprès de toi… Comme si tu avais cette… cette *bonté…* que je n'ai jamais trouvée dans mon existence. Cette douceur que je n'ai jamais connue à la maison. Je voulais juste t'entendre parler. Je voulais que tu me voies, que tu me souries. Chaque jour sans exception, je me promettais de te parler. Je voulais que tu saches. Mais chaque jour, j'avais la trouille. Et un beau jour, t'as disparu. J'avais entendu des rumeurs, mais je n'y croyais pas. Je savais que tu ne ferais jamais de mal à qui que ce soit.

Il baisse les yeux. La terre s'entrouvre et je tombe dans la crevasse.

– Ça a l'air dingue, reprend-il enfin d'un ton si calme. De penser que je tenais autant à toi sans jamais t'avoir parlé. (Il hésite.) Mais je ne pouvais pas m'arrêter de penser à toi. De me demander où tu étais partie. Ce qui t'était arrivé. J'avais peur que tu ne te défendes jamais.

Il se tait ensuite pendant si longtemps que j'ai envie de me mordre la langue.

– Fallait que je te retrouve, murmure-t-il. J'ai demandé partout à un tas de gens, mais personne ne pouvait me répondre. Le monde continuait de s'écrouler. Les choses s'aggravaient et je ne savais pas quoi faire. Je devais m'occuper de James et trouver un moyen de subsister, et j'ignorais si rejoindre l'armée m'aiderait, mais je ne t'ai jamais oubliée. J'espérais toujours, avoue-t-il d'une voix chevrotante, te revoir un beau jour.

Je suis à court de mots. J'ai des lettres plein les poches, mais je suis incapable de les assembler, et je crève tellement d'envie de dire quelque chose que je ne dis rien, et mon cœur va éclater en jaillissant de ma poitrine.

– Juliette… ?

– Tu m'as retrouvée.

5 syllabes. Un murmure de surprise.

– Ça te… perturbe ?

Je lève les yeux et réalise pour la première fois qu'il est nerveux. Inquiet. Il se demande comment je vais réagir à cette révélation. J'ignore si je dois rire, pleurer, ou embrasser chaque centimètre de son corps. Je veux m'endormir au rythme de ses battements de cœur. Je veux savoir qu'il est en vie, qu'il va bien, qu'il respire, qu'il est fort, sain, en bonne santé à tout jamais.

– Tu es la seule personne qui ait jamais tenu à moi.

Mes yeux se noient de larmes et je bats des paupières pour les retenir, et j'ai la gorge en feu, et tout, tout, tout me fait mal. Le poids de la journée entière s'abat sur moi, menace de me fracasser les os. Je veux hurler mon bonheur, ma douleur, ma joie et l'absence de justice. Je veux toucher le cœur de la seule personne qui se soit jamais intéressée à moi.

– Je t'aime, dis-je dans un murmure. Tellement plus que tu ne le sauras jamais.

Ses yeux évoquent un instant, au cœur de la nuit remplie de souvenirs, les seules fenêtres à s'ouvrir sur mon monde. Sa mâchoire se crispe. Sa bouche se crispe. Il relève la tête et essaie de s'éclaircir la voix, et je sais qu'il a besoin de se ressaisir. Je lui dis qu'il devrait sans doute aller coucher James. Il acquiesce. Hisse son frère contre sa poitrine. Se lève et porte James dans le placard de rangement qui est devenu sa chambre.

Je le regarde s'éloigner avec la seule famille qui lui reste, et je sais pourquoi Adam a rejoint l'armée.

Je sais pourquoi il est devenu le souffre-douleur de Warner. Je sais pourquoi il a dû se débrouiller avec l'effroyable réalité de la guerre, pourquoi il tenait tant à s'enfuir le plus tôt possible. Pourquoi il est aussi décidé à rendre coup pour coup.

Son combat dépasse largement ses propres intérêts.

33

– Et si je jetais un coup d'œil sur ces coupures ?

Les mains dans les poches, Adam se tient devant la porte de la chambre de James. Son tee-shirt rouge foncé lui moule le torse. Ses bras sont sculpturaux, décorés de tatouages que je sais désormais reconnaître. Il me surprend à l'observer.

– J'avais pas vraiment le choix, explique-t-il en examinant les bandes noires gravées sur ses avant-bras. Fallait bien qu'on survive. C'est le seul boulot que j'ai pu trouver.

Je le rejoins de l'autre côté de la pièce, effleure les motifs sur sa peau.

– Je comprends, dis-je en hochant la tête.

Il glousse presque, sourit à moitié.

– Quoi ? dis-je en retirant la main.

– Rien. (Il sourit à belles dents. Glisse ses bras autour de ma taille.) J'en reviens toujours pas. T'es vraiment là ! Chez moi !

J'ai de nouveau les joues en feu et je dégringole d'une échelle avec un pinceau dégoulinant de rouge. Les compliments me désarçonnent. Je me mordille la lèvre.

– D'où vient ce tatouage ?

– Ceux-là ? réplique-t-il en regardant de nouveau ses bras.

– Non.

J'attrape son tee-shirt pour le soulever si maladroitement qu'Adam manque perdre l'équilibre. Il trébuche en arrière contre le mur. Je relève le tissu jusqu'au col. Lutte pour ne pas piquer un fard. Je touche sa poitrine. Je touche l'oiseau.

– *Celui-ci,* d'où vient-il ?

– Oh !

Il me regarde, mais je suis soudain distraite par la beauté de son corps, sans parler de son pantalon cargo qu'il porte un peu trop bas sur les hanches. Il a dû retirer sa ceinture. Je me force à relever les yeux. J'autorise mes doigts à descendre sur ses abdos. Il reprend son souffle.

– Je sais pas trop, dit-il. Il se trouve que… en fait, j'arrêtais pas de rêver de cet oiseau blanc. Les oiseaux volaient avant, tu sais.

– Tu rêvais souvent de lui ?

– Ouais. Tout le temps. (Il sourit, soupire en se souvenant.) C'était sympa. Je me sentais bien… plein d'espoir. J'ai voulu m'accrocher à ce souvenir parce que je n'étais pas sûr qu'il durerait. Alors, je l'ai immortalisé.

Je couvre le tatouage de la paume de ma main.

– Moi aussi, je rêvais tout le temps de cet oiseau.

– De *celui-ci* ? s'étonne-t-il en haussant tellement les sourcils qu'ils caressent le ciel.

J'acquiesce en silence.

– Exactement pareil. (J'ai l'impression que le dernier morceau s'imbrique dans le puzzle.) Jusqu'au jour où tu es apparu dans ma cellule. Je n'ai plus rêvé de l'oiseau depuis.

Je l'observe du coin de l'œil.

– Tu plaisantes.

Mais il sait bien que non.

J'abaisse son tee-shirt et pose mon front sur sa poitrine. Je respire son odeur. Il n'hésite pas à m'attirer tout contre lui. Pose le menton sur ma tête, ses mains sur mon dos.

Et on reste là, comme ça, jusqu'à ce que j'oublie ce qu'était le monde sans la chaleur d'Adam.

Adam nettoie mes coupures dans une salle de bains située un peu en retrait. C'est une pièce exiguë avec une cuvette de toilettes, un lavabo, un petit miroir et une douche minuscule. J'adore l'ensemble. Lorsque j'en sors, une fois changée et lavée pour me mettre au lit, Adam m'attend dans le noir. Des couvertures et des oreillers sont disposés à même le sol, et ça m'a l'air paradisiaque. Je suis si épuisée que je pourrais dormir des siècles.

Je me glisse à côté de lui et il me prend dans ses bras. Il fait beaucoup plus frais dans cette pièce et Adam constitue un excellent radiateur. J'enfouis mon visage dans sa poitrine et il me serre fort contre lui. Mes doigts se promènent le long de son dos nu et sentent les muscles se tendre sous leur passage. Je pose la main sur la ceinture de son pantalon. Accroche un doigt dans un passant. Teste la saveur des paroles sur ma langue.

– Je le pensais vraiment, tu sais.

Il respire un peu trop lentement. Son cœur bat un peu trop vite.

– Tu pensais quoi... ?

Alors qu'il sait très bien à quoi je fais allusion.

Je me sens soudain si timide. Si aveugle, si inutilement effrontée. J'ignore tout de cette nouvelle aventure. Je sais seulement que je ne veux pas d'autres mains que les siennes sur mon corps. Pour toujours.

Adam s'allonge et je distingue à peine les contours de son visage, tandis que ses yeux scintillent dans la pénombre. Je contemple ses lèvres en reprenant la parole :

– Je ne t'ai jamais demandé d'arrêter. (Mes doigts s'attardent sur le premier bouton de son pantalon.) Pas une seule fois.

Le souffle court, il me fixe du regard. L'incrédulité le paralyse presque.

Je me penche vers son oreille :

– Touche-moi.

Et il craque.

J'ai le visage entre ses mains, mes lèvres sur ses lèvres, il m'embrasse, je suis son oxygène qu'il meurt d'envie de respirer. Son corps est presque au-dessus du mien, une main dans mes cheveux, l'autre se promenant sur ma silhouette, se glissant sous mon genou pour m'attirer contre lui, encore plus près, plus haut, plus fort. Il couvre ma gorge de baisers, et je suis transportée, parcourue d'étincelles de délice, sur le point de m'enflammer à chaque instant. Je veux plonger en lui, le découvrir avec mes cinq sens, me noyer dans les vagues miraculeuses de mon existence.

Je veux goûter au paysage de son corps.

Il me prend les mains et les plaque contre sa poitrine, guide mes doigts qui descendent le long de son torse, avant que ses lèvres ne rejoignent les miennes encore et encore et encore, dans un délire étourdissant dont je ne veux pas m'échapper. Mais ça ne suffit pas. Ça ne suffit toujours pas. Je veux me fondre en lui, suivre les contours de son corps avec mes lèvres seulement. Mon cœur palpite dans le sang qui afflue dans mes veines, anéantit toute retenue en moi, balaie tout dans une tornade infernale. Adam s'interrompt pour reprendre son souffle et je l'attire de nouveau vers moi ; j'ai mal, je crève d'envie qu'il me touche. Ses mains se glissent sous mon tee-shirt, frôlent ma taille, me caressent comme il n'a jamais osé le faire, et j'ai presque le tee-shirt par-dessus la tête quand une porte s'ouvre en grinçant. On s'immobilise tous les deux.

– Adam… ?

Il parvient à peine à respirer. Il tente de s'abaisser sur l'oreiller à mon côté, mais je sens toujours sa chaleur, son corps, son cœur qui martèle mes oreilles. J'étouffe un millier de cris. Adam relève la tête, juste un peu. Essaie de parler normalement.

– James ?

– Je peux venir dormir ici avec toi ?

Adam se redresse en position assise. Il respire fort, mais a recouvré ses esprits.

– Bien sûr que tu peux. (Silence. Sa voix ralentit, s'adoucit.) T'as fait un mauvais rêve ?

James ne répond pas.

Adam est debout.

J'entends les sanglots étouffés d'un gamin de dix ans, mais discerne à peine les silhouettes d'Adam et de James qui se confondent.

– Je croyais que tu disais que ça allait mieux.

Je l'entends murmurer, mais ses paroles apaisent et n'accusent pas.

James dit quelque chose que je ne comprends pas.

Adam le prend dans ses bras et James me semble soudain tout menu comparé à son aîné. Ils disparaissent dans la chambre, puis en ressortent avec des couvertures. Ce n'est qu'une fois installé confortablement à proximité d'Adam que James cède enfin à l'épuisement. Sa respiration pesante devient l'unique bruit de la pièce.

Adam se tourne vers moi, jusque-là murée dans le silence.

J'ignore ce dont James a été le témoin à un âge aussi précoce. J'ignore ce qu'Adam a dû endurer en le laissant derrière lui. Je ne sais plus comment les gens vivent désormais. Comment ils survivent.

~~J'ignore ce que sont devenus mes parents.~~

Adam me caresse la joue. M'attire dans ses bras.

– Désolé, murmure-t-il.

Et je l'absous d'un baiser.

– Quand ce sera le moment… dis-je.

Sa gorge se serre. Il enfouit la tête au creux de mon cou. Respire. Ses mains s'insinuent sous mon tee-shirt. Remontent le long de mon dos.

Je retiens mon souffle.

– Bientôt…

34

Alors qu'une distance de un mètre cinquante nous séparait de force, Adam et moi, hier soir, je me réveille bizarrement dans ses bras. Sa respiration est douce, régulière, un souffle chaud dans l'air matinal. Je papillonne des paupières dans la lumière du jour et découvre deux grands yeux bleus écarquillés sur le visage d'un gosse de dix ans.

– Comment ça se fait que tu peux le toucher, *lui* ?

James se tient debout au-dessus de nous, les bras croisés, et je retrouve le gamin un peu têtu de la veille. Sa frayeur a disparu et ses larmes ne menacent plus de couler. Comme si rien ne s'était passé cette nuit.

– *Ben alors ?*

Son impatience me surprend.

D'un bond, je m'éloigne si vite du torse nu d'Adam que ça le réveille. Un peu.

Il tend la main vers moi.

– Juliette… ?

– Tu touches une fille !

Adam se redresse si vite qu'il s'emmêle dans les draps et retombe sur les coudes.

– Bon sang, James…

– T'as dormi tout près d'une *fille* !

Adam ouvre et referme la bouche plusieurs fois. Il nous regarde, son frère et moi, à tour de rôle. Ferme les yeux et finit par soupirer. Se passe une main dans sa tignasse du matin.

– Je ne sais pas trop ce que tu veux que je te dise.

– Je croyais que t'avais dit qu'elle pouvait toucher personne, réplique James qui me lance un regard méfiant.

– C'est vrai.

– Sauf toi ?

– Exact. Sauf moi.

~~Et Warner.~~

– Elle peut toucher personne sauf toi.

~~Et Warner.~~

– Exact.

– Mouais, ça m'a l'air drôlement *commode*, rétorque James en plissant les yeux.

Adam éclate de rire.

– Où t'as appris à parler comme ça ?

James fronce les sourcils.

– Benny dit ça tout le temps. Elle dit que mes excuses sont « drôlement commodes », précise-t-il en mimant des guillemets avec les doigts. D'après elle, ça veut dire qu'elle me croit pas. Et moi, je te crois pas.

Adam se met debout. La lumière du matin filtre par les petites fenêtres au moment idéal, sous un angle parfait. Il baigne dans un rayon doré, muscles tendus, pantalon toujours un peu trop bas sur les hanches, et je dois m'efforcer de garder les idées claires. Mon manque de retenue me choque, mais je ne suis pas sûre de savoir contenir ce genre d'émotions. Adam me rend avide de choses que j'ignorais pouvoir posséder.

Je l'observe qui passe un bras autour des épaules de son frère, avant de s'accroupir pour le regarder en face.

– Je peux te parler d'un truc ? En privé ?

– Rien que toi et moi ? demande James en me lorgnant du coin de l'œil.

– Ouais. Rien que toi et moi.

– OK.

Je les regarde disparaître tous les deux dans la chambre de James et me demande ce qu'Adam va lui raconter. Je mets un petit moment à comprendre que James doit se sentir menacé par mon apparition soudaine. Il voit enfin son frère au bout de six mois et celui-ci rentre à la maison avec une fille bizarre aux drôles de pouvoirs magiques. L'idée me fait presque rigoler. Si seulement c'était la magie qui me rendait comme ça...

Je ne souhaite pas que James s'imagine que je veux l'éloigner d'Adam.

Je me glisse sous les couvertures et j'attends. L'air est frais et vif ce matin, et mes pensées me ramènent vers Warner. Il faut que je me rappelle qu'on n'est pas en sécurité. Pas encore, peut-être même jamais. Il faut que je me rappelle de ne jamais me sentir trop à l'aise. Je me redresse. Ramène mes genoux contre ma poitrine et entoure mes jambes de mes bras.

Je me demande si Adam a un plan.

La porte de James s'ouvre en grinçant. Les deux frères sortent, le cadet avant l'aîné. James a les joues un peu rosées et c'est tout juste s'il croise mon regard. Il a l'air gêné et je me demande si Adam l'a puni.

Mon cœur défaille un bref instant.

Adam tapote l'épaule de James d'un geste affectueux.

– Ça va ?

– Je sais ce que c'est qu'une petite amie…

– Je n'ai jamais dit que tu ne savais pas…

– Alors, t'es sa *petite amie* ? me lance James en croisant les bras.

J'ai le gosier bloqué. Je regarde Adam, faute de savoir quoi faire d'autre.

– Hé, tu devrais peut-être te préparer pour l'école, pas vrai ?

Adam ouvre le frigo et en sort une nouvelle barquette en alu qu'il tend à James. Je suppose que c'est son petit déjeuner.

– Je suis pas *obligé* d'y aller, proteste le petit. C'est pas comme une vraie école… Personne est obligé d'y…

– Je veux que tu y ailles, l'interrompt Adam qui se tourne vers lui avec un petit sourire. Ne t'inquiète pas. Je serai ici à ton retour.

James hésite.

– Promis ?

– Ouais. (Nouveau sourire. Il lui fait signe d'approcher.) Viens par ici.

James court vers Adam et s'accroche à lui comme s'il avait peur de voir son frère disparaître. Adam glisse ensuite la barquette en alu dans l'Automat et presse un bouton. Il ébouriffe les cheveux du petit.

– T'as besoin d'une coupe, frérot.

James plisse le nez.

– Ça me plaît comme ça.

– Ils sont un peu longs, non ?

James baisse la voix.

– Je pense que ses cheveux à *elle* sont vraiment longs.

Les deux frères jettent un coup d'œil sur moi et je me transforme en pâte à modeler toute rose. Subitement gênée, j'effleure mes cheveux sans le vouloir. Je baisse la tête. Je n'ai jamais eu aucune raison de me les couper. Je n'ai même jamais eu les outils adéquats. Personne ne m'offre des objets tranchants.

Je hasarde un regard à la dérobée et constate qu'Adam m'observe toujours. James a les yeux rivés sur l'Automat.

– J'aime bien ses cheveux, déclare Adam.

Mais je ne sais pas trop à qui il s'adresse.

Je regarde les deux frères, tandis que l'aîné aide le cadet à se préparer pour l'école. James déborde tellement de vie, d'énergie ; il est si heureux d'avoir son grand frère auprès de lui. Si bien que je me demande à quoi doit ressembler la vie d'un gamin de dix ans pratiquement livré à lui-même. À quoi doit ressembler la vie de tous les gosses qui habitent cette rue.

Ça me démange de me lever et d'aller me changer, mais je ne sais pas trop quoi faire. Je ne veux pas monopoliser la salle de bains au cas où James ou Adam en auraient besoin. Je ne veux pas occuper plus d'espace que je n'en occupe déjà. Cette relation entre les deux frères me paraît si intime, si privilégiée. C'est le genre de lien que je n'ai jamais connu, que je ne connaîtrai jamais. Mais le fait de côtoyer tout cet amour aura permis de ranimer tout ce qui sommeillait en moi pour en faire quelque chose d'humain. Je me *sens* humaine. Comme si je pouvais peut-être faire partie de ce monde. Comme si je n'avais peut-être pas besoin de devenir un monstre. Peut-être que je ne suis pas un monstre.

Peut-être que les choses peuvent changer.

35

James est à l'école, Adam sous la douche, et moi, j'ai les yeux posés sur un bol de céréales qu'Adam m'a préparé pour le petit déjeuner. Ça me semble déplacé de consommer ce genre d'aliment quand James doit avaler cette substance impossible à identifier dans la barquette en alu. Mais Adam affirme que James s'est vu attribuer une certaine ration pour chaque repas et que la loi l'oblige à la manger ; si on le surprend en train de la gaspiller ou de s'en débarrasser, il pourrait être puni. Tous les orphelins sont censés manger la nourriture sous alu qu'ils réchauffent dans leur Automat. James prétend que « c'est pas si mauvais ».

Je frissonne dans l'air frais du matin, me passe une main sur les cheveux encore humides après la douche. Ici, l'eau n'est pas chaude. Même pas tiède. Elle est glacée. L'eau chaude est un luxe.

Quelqu'un tambourine à la porte.

Je me lève d'un bond.
Je fais volte-face.
Je balaie la pièce du regard.

J'ai peur.

Ils nous ont retrouvés, c'est tout ce qui me vient à l'esprit. Mon estomac se noue, mon cœur s'affole, mon sang bouillonne d'angoisse.

Adam est dans la salle de bains.

James à l'école.

~~Moi, totalement sans défense.~~

Je farfouille dans le sac d'Adam jusqu'à ce que je trouve ce que je cherche. Deux pistolets, un pour chaque main. Deux mains, juste au cas où l'un des pistolets ne marcherait pas. Je porte enfin une tenue confortable pour me battre. J'inspire un grand coup et supplie mes mains de ne pas trembler.

Les martèlements s'amplifient.

Je braque les armes sur la porte.

– Juliette... ?

Je virevolte et découvre Adam qui me fixe, puis regarde les pistolets et enfin la porte. Il a les cheveux mouillés. Les yeux exorbités. D'un hochement de tête, il désigne l'arme supplémentaire dans ma main, et je la lui lance sans dire un mot.

– Si c'était Warner, il ne frapperait pas à la porte, dit-il, sans pour autant baisser le pistolet qu'il vient d'attraper au vol.

Je sais qu'il a raison. Warner aurait carrément fait sauter la porte à coups d'explosifs et tué une centaine de gens pour arriver jusqu'à moi. Il n'attendrait sans doute pas que je vienne lui ouvrir. Je me calme un peu, mais ne m'autorise pas à me détendre pour autant.

– D'après toi, ce serait... ?

– Ça pourrait être Benny. Elle a l'habitude de passer voir si James va bien…

– Mais est-ce qu'elle n'est pas censée savoir qu'il est en classe en ce moment ?

– Personne d'autre ne sait où je vis…

Les coups à la porte s'affaiblissent. Ralentissent. On entend une sorte de grognement de douleur.

Nos regards se croisent.

Un dernier coup de poing s'abat sur le panneau. Une chute. Un autre gémissement. Le bruit sourd d'un corps qui s'effondre contre la porte.

Je tressaille.

Adam se passe une main nerveuse dans les cheveux.

– Adam ! s'écrie quelqu'un. (La personne tousse.) S'il te plaît, mec, si t'es là…

Je me fige. La voix me semble vaguement familière.

Adam se raidit dans la seconde, bouche bée, regard éberlué. Il s'approche et pianote le code, puis tourne le verrou. Pointe son arme sur la porte en l'entrebâillant.

– *Kenji ?*

Une respiration poussive. Un gémissement étouffé.

– Putain, mec, pourquoi t'as mis autant de temps ?

– Mais qu'est-ce que *tu fabriques ici,* bon sang ?

Clic. Je vois à peine ce qui se passe dans l'embrasure, mais c'est clair qu'Adam n'est pas ravi d'avoir de la visite.

– Qui t'a envoyé ici ? ajoute-t-il. Qui t'accompagne ?

Kenji lâche encore deux ou trois jurons dans sa barbe.

– Regarde-moi, s'énerve-t-il alors qu'il donne surtout l'impression d'implorer. Tu penses que je suis venu ici pour te tuer ?

Adam marque un temps d'arrêt. Respire. En proie au doute.

– Ça me dérange pas de te coller une balle dans le dos.

– T'inquiète pas, mon pote. J'en ai déjà une, dans le dos. Ou la jambe. Ou ailleurs, putain. Je sais même pas où.

Adam ouvre la porte en grand.

– Lève-toi.

– Ça va, tu peux me traîner à l'intérieur, je m'en tape.

Adam contracte sa mâchoire.

– Je n'ai pas envie d'avoir du sang par terre. Mon frère n'a pas besoin de voir ça.

Kenji se redresse tant bien que mal et entre dans la pièce en titubant. J'avais déjà entendu sa voix, mais jamais vu son visage. Encore que le moment ne soit pas franchement idéal pour une première impression. Il a les yeux gonflés, tuméfiés, violacés, et une énorme entaille sur le côté du front. Sa lèvre est fendue et saigne un peu, son corps est fracassé, ratatiné. Il grimace, se déplace en respirant par à-coups. Ses vêtements sont en lambeaux, son torse uniquement vêtu d'un débardeur laissant apparaître ses bras musclés, couverts de bleus et de coupures. Je n'en reviens pas qu'il ne soit pas frigorifié. Il n'a pas l'air de me voir, mais finit par me remarquer.

Il s'arrête net. Bat des paupières. Esquisse un sourire ridicule que sa douleur transforme en léger rictus.

– Merde alors ! lâche-t-il sans me quitter des yeux. *Merde !* (Il essaie de rigoler.) T'es malade, mon pote…

– La salle de bains, c'est par ici, lui indique Adam, imperturbable.

Kenji s'avance, mais n'arrête pas de se retourner. Je pointe l'arme sur lui. Il éclate de rire, grimace, respire poussivement.

– Tu t'es enfui avec la foldingue, mec ! T'es parti avec la cinglée ! lance-t-il à Adam. Moi qui croyais qu'ils avaient inventé ce truc ! M'enfin, qu'est-ce qui t'a pris ? Qu'est-ce que tu vas faire avec cette psychopathe ? Pas *étonnant* que Warner veuille te voir mort... OH, MON POTE, qu'est-ce qui t'a...

– Elle n'est pas cinglée. Ni sourde, pauvre con !

La porte se referme sur eux en claquant et je perçois à peine les éclats de voix étouffés de leur dispute. J'ai comme l'impression qu'Adam ne souhaite pas que j'entende ce qu'il doit dire à Kenji. Ou alors c'est à cause des hurlements.

Je n'ai aucune idée de ce que fait Adam, mais je suppose qu'il doit retirer une balle du corps de Kenji, et surtout soigner ses autres blessures du mieux qu'il peut. Adam dispose d'une trousse de secours très complète et il est très habile de ses mains. Je me demande s'il a acquis ces compétences à l'armée. Peut-être pour savoir se soigner. Ou soigner son frère. Ce qui semblerait logique.

L'assurance maladie relève du vieux fantasme qu'on a perdu depuis longtemps.

Ça fait près d'une heure que j'ai ce pistolet en main. Ça fait près d'une heure que j'entends Kenji hurler. Et je le sais uniquement parce que je compte les secondes qui s'écoulent. Mais j'ignore l'heure qu'il est. Je crois qu'il y a une pendule dans la chambre de James, mais je n'ai pas envie d'aller là-bas sans permission.

Je contemple l'arme dans ma main, le métal lourd et lisse, et je suis étonnée d'apprécier cette sensation dans ma paume. Comme si le pistolet était un prolongement de mon corps. Il ne m'effraie plus.

J'ai bien plus peur de devoir éventuellement m'en servir.

La porte de la salle de bains s'ouvre et Adam sort. Il a une petite serviette dans les mains. Je me relève. Il me gratifie d'un léger sourire. Il s'approche du mini-frigo et plonge la main dans la partie freezer, encore plus minuscule. Il en sort quelques glaçons et les dépose dans la serviette. Puis disparaît de nouveau dans la salle d'eau.

Je me rassois sur le canapé.

Aujourd'hui, il pleut. Le ciel verse des larmes sur notre sort.

Adam ressort, les mains vides cette fois, toujours seul.

Je me relève.

Il se frotte le front, la nuque. Me retrouve sur le divan.

– Désolé, dit-il.

J'écarquille les yeux.

– Pourquoi ?

– Pour tout, soupire-t-il. À la base, Kenji était un peu comme un ami. Warner l'a fait torturer après notre évasion. Pour obtenir des infos.

Je manque m'étrangler.

– Il affirme qu'il n'a pas dit un mot – il n'avait rien à révéler, en fait –, mais ils l'ont sacrément amoché. J'ignore si ses côtes sont fêlées ou contusionnées, mais j'ai réussi à retirer la balle de sa jambe.

Je lui prends la main et la serre.

– Il s'est fait tirer dessus en s'enfuyant, explique Adam après quelques instants.

Une idée me traverse tout à coup l'esprit. Je panique.

– Le sérum de repérage…

Adam hoche la tête, le regard accablé, désemparé.

– Je pense qu'il doit mal fonctionner, mais je n'ai aucun moyen d'en être sûr. Ce que je sais, en revanche, c'est que s'il émettait correctement, Warner serait déjà là. Mais on ne peut pas courir ce risque. Faut qu'on s'en aille et qu'on se débarrasse de Kenji avant de partir.

Je secoue la tête, partagée entre l'incrédulité et la perplexité.

– Comment il t'a *retrouvé,* d'abord ?

Le visage d'Adam se durcit.

– Il s'est mis à hurler avant que je puisse le lui demander.

– Et James ? dis-je dans un murmure, presque effrayée de poser la question.

Adam se prend la tête dans les mains.

– Dès qu'il rentre à la maison, on file. On peut profiter du temps qui nous reste pour se préparer. (Il croise mon regard.) Je ne peux pas laisser James. Il n'est plus en sécurité ici.

J'effleure sa joue qui s'abandonne volontiers à ma paume. Il ferme les paupières.

– *Espèce de salopard...*

Adam et moi nous écartons d'un seul coup. Je rougis jusqu'aux oreilles. Adam a l'air agacé. Adossé au mur extérieur de la salle de bains, Kenji tient sa poche de glace de fortune collée à son visage. Il nous dévore des yeux.

– Tu peux la *toucher* ? Merde alors ! Je viens de te voir la toucher, mais c'est même pas...

– Il faut que tu t'en ailles, réplique Adam. T'as déjà laissé une trace chimique qui mène tout droit chez moi. On doit filer et tu ne peux pas venir avec nous.

– Holà ! Du calme, riposte Kenji qui s'avance d'un pas chancelant dans le salon et grimace chaque fois qu'il s'appuie sur sa jambe. J'essaie pas de te ralentir, mec. Je connais un endroit. Une planque, en fait. Une planque tout ce qu'il y a de réglo. Je peux vous y emmener. Je peux vous montrer comment y aller. Je connais un gars…

– Arrête tes conneries, s'énerve Adam. Comment tu m'as retrouvé ? Comment tu t'es débrouillé pour te pointer à ma *porte*, Kenji ? J'ai pas confiance en toi…

– J'en sais rien, mec. Je te jure que je me rappelle pas ce qui s'est passé. Au bout d'un moment, je savais plus où je cavalais. J'ai juste franchi des clôtures. J'ai découvert un terrain vague énorme avec un vieux hangar. J'y ai dormi un peu. Je crois que j'ai dû tomber dans les pommes à un moment donné, à cause de la douleur ou du froid – on se gèle *à mort* là-dehors –, et quand je suis revenu à moi, un gars me portait. Il m'a déposé devant chez toi. Il m'a dit d'arrêter d'appeler Adam, parce qu'Adam vivait ici. (Kenji sourit. Essaie de faire un clin d'œil.) J'imagine que j'ai rêvé de toi pendant mon sommeil.

– Attends… Qu'est-ce que tu racontes ? demande Adam en se penchant en avant. Comment ça, un gars t'a porté ? Quel gars ? Comment il s'appelait ? Comment il pouvait savoir *mon* nom ?

– J'en sais rien. Il m'a rien dit, et c'est pas comme si j'avais eu la présence d'esprit de le lui demander. Mais ce mec était *énorme*. Fallait bien qu'il le soit, je veux dire, pour soulever ma carcasse.

– Franchement, tu ne peux quand même pas espérer que je te croie ?

– T'as pas le choix, rétorque Kenji dans un haussement d'épaules.

– Bien sûr que j'ai le choix, déclare Adam en se levant. Je n'ai aucune raison de te faire confiance. Aucune raison de croire un traître mot qui sort de ta bouche.

– Alors qu'est-ce que je foutais là avec une balle dans la jambe ? Pourquoi Warner ne t'a pas encore retrouvé ? Pourquoi je ne suis *pas armé* ?...

– Ça pourrait faire partie de son plan !

– Et tu m'as quand même aidé ! souligne Kenji en osant hausser le ton. Pourquoi tu ne t'es pas contenté de me laisser crever ? Pourquoi tu ne m'as pas abattu ? Pourquoi tu m'as aidé ?

Adam flanche.

– J'en sais rien...

– Bien sûr que tu le *sais*. Tu *sais* que je suis pas là pour foutre mon bordel. J'ai été passé à tabac pour toi...

– Tu ne protégeais aucune information venant de moi.

– 'tain, mec, qu'est-ce que tu veux que je te dise ? Ils étaient sur le point de me tuer. Fallait que je me tire. C'est pas ma faute si un gars inconnu m'a déposé devant ta porte...

– Tu ne comprends pas qu'il ne s'agit pas seulement de moi ? Je me suis défoncé pour trouver une planque pour mon frère, et toi, en une matinée, tu viens foutre en l'air plusieurs *années* de boulot. Qu'est-ce que je suis censé faire maintenant, bon sang ? Prendre la fuite jusqu'à ce que je trouve un moyen de le mettre à l'abri ? Il est trop jeune pour devoir supporter ce genre de...

– On est *tous* trop jeunes pour devoir supporter cette merde, l'interrompt Kenji, le souffle court. Ne te voile pas la face, mon pote. Personne ne devrait être obligé de voir ce qu'on a vu. Personne ne devrait être obligé de se lever le matin pour trouver des cadavres dans son salon, mais c'est la vie, mec. On fait avec et on trouve un moyen de survivre. T'es pas le seul à avoir des problèmes.

Adam s'enfonce dans le canapé, sous le poids des soucis qui pèsent une tonne sur ses épaules. Il se penche en avant, la tête dans ses mains.

Kenji me fixe. Je le fixe à mon tour.

Il sourit à belles dents et s'avance en boitillant.

– Tu sais, t'es drôlement sexy pour une psychopathe !

Clic.

Kenji recule, les mains en l'air. Adam a bondi et lui colle un pistolet sur le front.

– Apprends le respect, avant que je ne te l'enfonce dans le crâne.

– C'était juste pour rigoler...

– Ben voyons.

– 'tain, Adam, décompresse...

J'interviens :

– Elle est où, cette « super-planque » où tu peux nous emmener ? (Je suis debout, l'arme toujours à la main. J'ai rejoint Adam.) À moins que tu ne l'aies inventée ?

Kenji s'anime.

– Non, elle existe. Tout ce qu'il y a de réel. En fait, il se peut que j'aie fait allusion à toi, ou pas. Et il se peut que ça intéresse ou pas le gars qui gère cet endroit de te rencontrer.

– Tu crois que je suis une espèce de phénomène de foire que tu peux montrer à tes amis ?

Pistolet chargé. Prêt à tirer.

Kenji se racle la gorge.

– Pas un phénomène de foire. Juste quelqu'un… d'intéressant.

Je braque mon arme sur son nez.

– Je suis tellement intéressante que je peux te tuer à mains nues.

Une lueur de frayeur à peine perceptible traverse son regard. Il ravale quelques litres d'humilité. Esquisse un vague sourire.

– T'es sûre que t'es pas cinglée ?

– Non, dis-je en penchant la tête. Je n'en suis pas sûre.

Kenji sourit. Me détaille de haut en bas.

– En tout cas, tu sais y faire pour qu'on y croie.

– Je suis à deux doigts de t'éclater la gueule, prévient Adam d'un ton glacial, le corps raidi par la colère, les yeux plissés, inébranlable, sans la moindre trace d'humour. J'ai pas besoin d'une autre raison pour agir.

– Quoi ? rigole Kenji sans se laisser démonter. Ça fait *un bail* que j'ai pas côtoyé une nana d'aussi près, mon pote ! Et cinglée ou pas…

– Tu ne m'intéresses pas.

Kenji se tourne vers moi.

– Bon, je peux pas vraiment t'en vouloir. J'ai une tronche d'enfer là, maintenant. Mais je marque pas longtemps. (Il tente de sourire.) Laisse-moi deux ou trois jours, et tu pourrais peut-être changer d'avis…

Adam lui colle un coup de coude dans la figure et ne s'excuse pas.

36

Le visage en sang, Kenji crache un torrent d'obscénités, puis, finalement à court de jurons, vacille jusqu'à la salle de bains en se tenant le nez.

Adam m'entraîne dans la chambre de James.

– Dis-moi quelque chose. (Il fixe le plafond, reprend son souffle avec peine.) Dis-moi n'importe quoi...

J'essaie d'attirer son regard, je lui attrape les mains... tout en douceur. J'attends que ses yeux se posent sur moi.

– Il ne va rien arriver à James. On va le protéger. Je te le promets.

Son regard trahit une souffrance que je n'ai encore jamais vue chez lui. Il s'apprête à parler. Hésite. Change d'avis un millier de fois jusqu'à ce que ses paroles se mettent à déferler dans le peu d'espace qui nous sépare.

– Il n'est même pas au courant pour notre père. (C'est la première fois qu'il aborde le problème. C'est la première fois qu'il accepte que je sois plus ou moins au courant.) Je n'ai jamais voulu qu'il sache. J'ai inventé des histoires pour lui. Je voulais qu'il ait une chance de devenir *normal.* (Ses lèvres dévoilent des secrets qui cheminent par mes oreilles et s'inscrivent sur ma peau.) Je ne veux pas qu'on le touche. Je ne veux pas le démolir. Je ne peux pas… Bon sang, je ne peux pas laisser faire ça… me confie-t-il, d'une voix étouffée, apaisée.

Je cherche les mots qui conviennent, mais aucun ne sort de ma bouche.

– Ça ne suffira jamais, murmure-t-il. Je n'en fais jamais assez. Il se réveille toujours en hurlant. Il s'endort toujours en pleurant. Il voit toujours des trucs que je ne peux pas contrôler. (Adam bat des paupières un millier de fois.) Tant de gens, Juliette… tant de gens sont…

Je retiens mon souffle.

– … morts.

J'effleure le mot sur ses lèvres et il embrasse mes doigts. Ses yeux ouverts, honnêtes, humbles… évoquent la perfection.

– Je ne sais pas quoi faire, dit-il.

Et c'est un aveu qui lui coûte bien plus que je ne peux le comprendre. La situation lui file entre les doigts et il s'y cramponne désespérément.

– *Dis-moi ce que je dois faire.*

J'entends nos cœurs battre dans le silence de la pièce. J'étudie la forme de ses lèvres, les traits vigoureux de son visage, les cils que n'importe quelle fille rêverait d'avoir, le bleu sombre et profond de ses yeux où j'ai appris à me noyer. Je lui offre le seul choix dont je dispose.

– Le plan de Kenji mérite peut-être qu'on y réfléchisse.

– Tu lui fais confiance ? réplique Adam en s'adossant au mur, l'air surpris.

– Je ne pense pas qu'il mente au sujet de sa planque.

– Je ne sais pas si c'est une bonne idée.

– Pourquoi pas… ?

Quelque chose me dit qu'il ne plaisante pas.

– Je pourrais le tuer avant même qu'on n'arrive là-bas.

Mes lèvres grimacent un sourire triste.

– Il n'y a pas d'autre endroit où on pourrait se cacher, si ?

Le soleil fait le tour de la lune quand il réagit. Il secoue la tête. Une seule fois.

Je serre sa main.

– Alors on doit tenter le coup.

– Qu'est-ce que vous foutez, là-dedans ? braille Kenji de l'autre côté de la porte, sur laquelle il se met à tambouriner. 'tain, mec, je sais bien qu'il n'y *pas d'heure* pour se mettre à poil, mais c'est quand même pas le meilleur moment pour s'envoyer en l'air. À moins que t'aies envie de te faire descendre, je te suggère de te tirer de là. Faut qu'on se prépare à mettre les voiles.

Adam change d'avis :

– Je crois que je pourrais le tuer là, maintenant.

Je prends son visage dans mes mains, me hisse sur la pointe des pieds et l'embrasse. Ses lèvres ont la douceur de deux oreillers tout moelleux.

– Je t'aime.

Il me dévore des yeux, s'attarde sur ma bouche, et sa voix rauque murmure :

– Ah ouais ?

– Absolument.

On est tous les trois prêts à partir avant le retour de James. Adam et moi avons pris le strict nécessaire : nourriture, vêtements et l'argent économisé par Adam. Il n'arrête pas de promener son regard sur le décor ambiant comme s'il ne pouvait se résoudre à le perdre aussi facilement. J'imagine à peine toute l'énergie qu'il a investie dans ce projet, tout le mal qu'il s'est donné pour offrir à son petit frère un foyer. J'ai le cœur en miettes pour lui.

Son copain a l'air d'appartenir à une espèce totalement différente.

Kenji soigne ses nouveaux bleus, mais n'a pas perdu le moral ; il se montre même enthousiaste, pour des raisons qui m'échappent. Il récupère étonnamment vite et déborde d'optimisme. Rien ne le décourage, apparemment, et je ne peux qu'admirer sa détermination. Le hic, c'est qu'il n'arrête pas de me regarder.

– Alors, comment ça se fait que tu peux toucher Adam ? finit-il par me demander.

– J'en sais rien.

– Arrête tes conneries, grogne-t-il.

Je hausse les épaules. Je ne vois pas l'intérêt de le convaincre que j'ignore pourquoi j'ai une telle chance.

– Comment t'as su que tu pouvais le toucher, d'abord ? À travers une expérience un peu tordue ?

J'espère ne pas rougir.

– T'as décidé de nous emmener où, au juste ?

– Pourquoi tu changes de sujet ? (Il sourit jusqu'aux oreilles. J'en suis sûre. Mais je refuse de le regarder.) Peut-être que *moi* aussi, tu peux me toucher... Pourquoi t'essaies pas ?

– Tu n'as certainement pas envie que je te touche.

– Ben peut-être que si.

Il sourit à belles dents, ça ne fait pas l'ombre d'un doute.

– Peut-être que tu devrais la laisser tranquille avant que je te recolle une balle dans la jambe, suggère Adam.

– Excuse-moi, mais est-ce qu'un gars tout seul n'a pas le droit de tenter sa chance, Kent ? Peut-être qu'elle m'intéresse vraiment. Peut-être que tu devrais nous foutre la paix et la laisser s'exprimer.

Adam se passe une main dans les cheveux. Toujours la même main. Toujours dans les cheveux. Il est nerveux. Contrarié. Peut-être même gêné.

– Tu ne m'intéresses toujours pas, dis-je à Kenji d'une voix un peu tendue.

– OK, mais faut pas oublier que *ça*, précise-t-il en désignant son visage défoncé, c'est pas définitif.

– Eh bien, je ne suis définitivement pas intéressée.

Je crève d'envie de lui dire que je ne suis pas disponible. Que j'ai entamé une relation sérieuse. Qu'Adam m'a fait promettre.

Mais ça m'est impossible.

Du reste, je n'ai aucune idée de ce que signifie une relation. J'ignore si le fait de dire « je t'aime » sert de code pour « attachement mutuel exclusif », et j'ignore si Adam était sérieux en me présentant après coup à James comme sa petite amie. Peut-être que c'était une excuse, une couverture, une réponse facile à une question par ailleurs trop compliquée. J'aimerais qu'il dise quelque chose à Kenji. Qu'il lui annonce qu'on est ensemble officiellement, exclusivement.

Mais il ne le fait pas.

Et je ne sais pas pourquoi.

– Je crois que tu devrais attendre que mon visage désenfle avant de te décider, continue Kenji comme si de rien n'était. Ce ne serait que justice. Je suis vraiment beau gosse.

Adam manque de s'étrangler en se raclant la gorge, mais je crois bien qu'il réprime une envie de rire.

– Tu sais, j'aurais juré que c'était cool entre nous dans le temps, déclare Kenji en se tournant vers Adam.

– Je ne me rappelle plus pourquoi.

Kenji se hérisse.

– T'as un truc à me dire ?

– J'ai pas confiance en toi.

– Alors pourquoi je suis toujours là ?

– Parce que j'ai confiance en *elle.*

Kenji se tourne alors vers moi. Me gratifie d'un sourire un peu niais.

– Oh… Et toi, t'as confiance en moi ?

– Tant que tu restes dans ma ligne de mire, dis-je en resserrant mon emprise sur l'arme que j'ai en main.

– Je sais pas pourquoi, dit-il avec son sourire en coin, mais ça me plaît quand tu me menaces.

– Parce que t'es un abruti.

– Naaan… se défend-il en secouant la tête. T'as une voix trop sexy. Du coup, tout ce que tu dis m'excite.

Adam se lève si soudainement qu'il manque renverser la table basse.

Kenji éclate d'un rire poussif à cause de ses blessures.

– 'tain, calme-toi, Kent. Je vous taquine un peu tous les deux. J'aime bien voir Miss Déjantée monter sur ses grands chevaux. (Il me lance un regard en baissant la voix.) Prends-le comme un compliment… Parce que tu sais, ajoute-t-il en me désignant d'un geste vague, le look déjanté, ça te va plutôt bien !

– C'est quoi ton problème, bon sang ? s'énerve Adam.

– Et *toi,* c'est quoi ton problème ? riposte Kenji en croisant les bras, l'air agacé. Tout le monde est tellement coincé, ici !

Adam agrippe le pistolet dans sa main. Marche vers la porte. Revient. Fait les cent pas.

– Et t'inquiète pas pour ton frangin, reprend Kenji. Je suis sûr qu'il va pas tarder.

Adam ne rit pas. Ne s'arrête pas de marcher de long en large. Sa mâchoire se crispe.

– C'est pas mon frère qui m'inquiète. Je me demande seulement si je te tire dessus tout de suite ou plus tard.

– Plus tard, suggère Kenji en s'affalant sur le canapé. T'as encore besoin de moi pour le moment.

Adam veut lui répondre, mais c'est trop tard.

On entend un déclic sur la porte, suivi d'un léger bip, puis elle s'ouvre.

James est de retour.

37

– Je suis content que tu le prennes aussi bien… sincèrement. Mais James, c'est pas comme un jeu de piste, tu sais. On s'enfuit pour échapper à la mort.

– Mais on va le faire *ensemble*, dit James pour la cinquième fois, un sourire radieux illuminant son visage. (Il a presque trop vite accroché avec Kenji, et les voilà tous les deux qui conspirent pour transformer notre situation désespérée en une espèce de super-aventure.) En plus, je peux vous *aider* !

– Non, c'est pas…

– Bien sûr que tu peux…

Adam et Kenji parlent en même temps. Kenji est le premier à répliquer :

– Pourquoi pas ? Dix ans, c'est assez vieux pour donner un coup de main.

– C'est pas à toi d'en décider, tranche Adam, tout en prenant soin de contrôler sa voix. (Je sais qu'il évite de s'énerver pour ménager son frère.) Et puis c'est pas tes oignons.

– Je vais enfin pouvoir venir avec toi ! déclare James sans se démonter. Et je veux être utile.

James a pris la nouvelle avec calme. Il n'a même pas bronché quand son frère lui a expliqué la véritable raison de son retour et pourquoi on était ensemble. Je croyais qu'il allait prendre peur en voyant le visage tuméfié de Kenji, mais bizarrement James n'a pas sourcillé. Je me suis dit qu'il avait dû connaître bien pire.

Adam prend plusieurs inspirations avant de se tourner vers Kenji.

– C'est loin ? lui demande-t-il.

– À pied ? dit Kenji en ayant l'air d'hésiter pour la première fois. Au moins quelques heures. Si on traîne pas trop, on devrait arriver là-bas vers la tombée de la nuit.

– Et si on a une voiture ?

Kenji papillonne des paupières. Sa surprise se transforme en énorme sourire.

– 'tain, Kent, pourquoi tu l'as pas dit plus tôt ?

– Surveille ton langage devant mon frère.

James lève les yeux au ciel.

– J'entends des trucs pires que ça tous les jours. Même Benny dit des gros mots.

– *Benny* ? réplique Adam en arquant les sourcils.

– Ouais.

– Qu'est-ce qu'elle... (Il s'interrompt et se ravise.) Ça ne veut pas dire que c'est bien pour toi d'en entendre sans arrêt.

– J'ai presque onze ans !

– Hé, bonhomme ! intervient Kenji. T'en fais pas. C'est ma faute. Je devrais faire gaffe. Et puis y a une demoiselle dans la pièce, ajoute-t-il en me glissant un clin d'œil.

Je détourne le regard. Promène mes yeux ici et là.

C'est déjà difficile pour moi de quitter cette modeste maison, alors j'ose à peine imaginer ce que doit ressentir Adam. Je pense que James est bien trop excité par les péripéties qui nous attendent pour se rendre compte de ce qui se passe. Pour réellement comprendre qu'il ne reviendra pas ici.

Nous sommes tous des fugitifs qui voulons échapper à la mort.

– Bon alors, quoi ? T'as volé une voiture ? demande Kenji.

– Un tank.

Kenji rit à gorge déployée.

– Joli !...

– Mais un peu trop perceptible en plein jour.

– Ça veut dire quoi « perceptible » ? questionne James.

– Un peu trop... visible, explique Adam dans une grimace.

– *Merde !* lâche Kenji en se levant maladroitement du canapé.

– Je t'ai dit de surveiller ton langage...

– T'as entendu ça ?

– Entendu quoi ?

Les yeux de Kenji partent dans toutes les directions.

– Il y a une autre sortie ?

Adam est déjà debout.

– James...

Le petit rejoint aussitôt son frère. Adam vérifie son arme. Je prends les sacs sur mes épaules. Adam fait de même, mais la porte d'entrée détourne son attention.

– VITE...

– Ils sont où... ?

– On n'a pas le temps...

– Qu'est-ce que tu...

– KENT, FILE...

Et on suit tous Adam qui fonce dans la chambre de James. À l'intérieur, il arrache un rideau à l'un des murs pour dévoiler une porte dissimulée, au moment même où trois bips résonnent dans le salon.

D'un coup de feu, Adam fait sauter le verrou de la porte de sortie.

Un truc explose à moins de cinq mètres derrière nous. Le vacarme me fracasse le tympan et fait vibrer tout mon corps. J'ai failli m'effondrer sous le choc. Les coups de feu éclatent de tous côtés. Le bruit des bottes envahit la maison, mais on a déjà franchi la porte en courant. Adam prend James dans ses bras et on déboule tout à coup dans la lumière aveuglante de la rue. La pluie a cessé. Les routes sont glissantes et boueuses. Il y a des enfants partout, des petites silhouettes multicolores qui se mettent à hurler à notre approche. Inutile de vouloir passer inaperçus.

Ils nous ont déjà retrouvés.

Kenji est à la traîne et titube sous les dernières poussées d'adrénaline qui lui restent. On bifurque dans une ruelle étroite et il s'écroule, pantelant, contre le mur.

– Désolé... J'en peux plus... Vous pouvez me laisser...

– Pas question ! hurle Adam dont les yeux explorent les environs.

– C'est sympa, mon pote, mais t'inquiète...

– Il faut que tu nous montres où on va !

– Oh... *merde...*

– T'as dit que tu nous aiderais...

– Et toi que t'avais un *tank...*

– Au cas où ça t'aurait échappé, on a dû brusquement changer de plan…

– Je peux pas tenir, Kent. J'arrive à peine à marcher…

– Faut que tu essaies…

On nous a signalé des rebelles en fuite. Ils sont armés et prêts à tirer. Le couvre-feu est déclaré. Chacun doit immédiatement rentrer chez soi. On nous a signalé des rebelles en fuite. Ils sont armés et prêts à ti…

Les haut-parleurs diffusent le message dans toute la ville et attirent l'attention des gens sur nos silhouettes regroupées dans la ruelle. Quelques personnes nous aperçoivent et se mettent à crier. Le bruit des bottes s'amplifie. Les coups de feu résonnent de toutes parts.

Je prends le temps de scruter les immeubles alentour et constate qu'on n'est pas dans un complexe d'habitation normalisé. La rue de James appartient à une zone non réglementée : une accumulation de bureaux abandonnés, vestiges de notre ancienne vie. Je ne comprends pas pourquoi il ne vit pas dans un complexe comme le reste de la population. Je n'ai pas le temps de savoir pour quelle raison je ne vois que deux tranches d'âge représentées dans les rues, pourquoi les personnes âgées et les orphelins sont les seuls riverains, pourquoi on les a relégués dans un secteur illégal, avec des soldats qui ne sont pas censés se trouver là. J'ai peur de trouver les réponses à mes propres questions et je me mets soudain à paniquer en craignant pour la vie de James. Pendant qu'on est en train de courir, je me retourne et j'aperçois son petit corps blotti dans les bras d'Adam.

James plisse si fort les paupières que je suis certaine que ça lui fait mal.

Adam lâche un juron. Il donne un coup de pied dans la première porte d'un bâtiment à l'abandon qui se présente à nous et nous crie de le suivre.

– Faut que tu restes là, dit-il à Kenji. Et je perds peut-être la boule, mais je dois te confier James. J'ai besoin que tu veilles sur lui. C'est Juliette et *moi* qu'ils recherchent. Ils ne s'attendent même pas à vous trouver tous les deux.

– Qu'est-ce que t'as l'intention de faire ? demande Kenji.

– Faut que je pique une voiture. Ensuite, je reviens vous chercher.

James ne proteste même pas quand Adam le dépose par terre. Ses petites lèvres sont blêmes. Ses yeux, écarquillés. Ses mains tremblent.

– Je reviendrai te chercher, James, répète Adam. Promis.

James hoche la tête encore et encore et encore. Adam lui dépose un seul baiser sur le front. Laisse nos sacs par terre. Se tourne vers Kenji.

– S'il lui arrive quoi que ce soit, je te tue.

Kenji ne rigole pas. Il ne grimace pas. Il inspire un grand coup.

– Je veillerai sur lui.

– Juliette ?

Adam me prend la main et on disparaît.

38

Les rues grouillent de piétons qui tentent de fuir. Adam et moi cachons chacun nos pistolets dans la ceinture de nos pantalons, mais nos yeux aux aguets et nos mouvements saccadés nous trahissent. Tout le monde nous évite et file dans la direction opposée. Certains poussent des cris, vocifèrent, pleurent, lâchent ce qu'ils ont dans les mains. Malgré tous ces gens, je ne vois pas une seule voiture. Elles doivent se faire rares, surtout dans le coin.

Adam me pousse à plat ventre au moment où une balle siffle au-dessus de ma tête. Il fait encore sauter une serrure et on traverse un bâtiment en ruine pour tenter de gagner une autre sortie, mais on se perd dans ce labyrinthe qui devait abriter autrefois un magasin de vêtements. Derrière nous, les coups de feu et le bruit des bottes. Il y a au moins une centaine de soldats qui nous suivent, répartis en plusieurs groupes et dans différents secteurs, prêts à nous capturer et à nous tuer.

Mais je sais qu'ils ne me tueront pas.

C'est le sort d'Adam qui m'inquiète.

J'essaie de rester le plus près de lui possible, parce que je suis sûre que Warner a donné l'ordre de me ramener vivante. Mes efforts ne servent pas à grand-chose. Adam est assez grand et musclé pour m'éclipser. N'importe quel tireur aguerri pourrait le viser et lui tirer une balle dans la tête.

Juste sous mon nez.

Il se tourne et tire à deux reprises. Il rate une première fois. Le second coup provoque un cri étranglé. On continue de courir.

Adam ne dit pas un mot. Il ne me demande pas d'être courageuse. Ne me demande pas si ça va, si j'ai la trouille. Il ne m'encourage pas et ne m'assure pas non plus qu'on va s'en tirer. Il ne me demande pas de l'abandonner et de sauver ma peau. Pas plus qu'il ne me demande de veiller sur son frère au cas où lui mourrait.

C'est inutile.

On est tous les deux conscients de la réalité. Adam pourrait se faire abattre là maintenant. Et moi me faire capturer à tout moment. Ce bâtiment pourrait exploser d'un coup. Quelqu'un a pu découvrir Kenji et James.

On pourrait tous mourir aujourd'hui. Bref, autant d'évidences. Mais on sait qu'on doit quand même courir ce risque.

Aller de l'avant, c'est notre seule chance de survie.

Le pistolet commence à glisser dans mes mains moites, mais je m'y cramponne. Mes jambes hurlent de douleur, mais je les force à courir plus vite. Mes poumons me cisaillent la cage thoracique en deux, mais je les oblige à pomper de l'oxygène. Faut que j'avance. Ce n'est pas le moment de faiblir.

L'issue de secours de cette bâtisse est quasi impossible à dénicher. Nos pas martèlent le sol carrelé, nos mains tâtonnent dans la pénombre en quête d'un passage quelconque, d'une sortie débouchant sur la rue. L'immeuble se révèle plus grand qu'on ne l'aurait cru, plus massif, avec des centaines de directions possibles. Je réalise que ce devait être un entrepôt, par le passé, et pas seulement un magasin. Adam disparaît derrière un bureau abandonné et m'oblige à me baisser avec lui.

– Fais pas le con, Kent... Tu vas pas courir comme ça pendant des heures ! beugle quelqu'un.

La voix se situe à trois mètres au plus.

Adam reprend son souffle. Serre la mâchoire. Les gars qui tentent de le tuer sont ceux avec lesquels il prenait ses repas. Avec lesquels il s'entraînait. Vivait. Il *connaît* ces gars. Je me demande si ce n'est pas pire de les connaître, justement.

– Laisse-nous juste la fille ! ajoute une nouvelle voix. Laisse-nous la fille et on ne t'abattra pas. On fera comme si on avait perdu ta trace. On te laissera partir. Warner ne veut que la fille.

Adam est pantelant. Il se cramponne à son arme. Redresse la tête une demi-seconde et tire. Quelqu'un s'écroule à terre dans un cri.

– KENT, ESPÈCE DE FILS DE P...

Adam en profite pour se remettre à courir. On surgit de derrière le bureau pour foncer vers un escalier. Les balles nous ratent de quelques millimètres. Je me demande si ces deux hommes sont les seuls à nous avoir suivis dans le bâtiment.

L'escalier en spirale mène à un niveau inférieur, une espèce de sous-sol. Quelqu'un tente de viser Adam, mais nos mouvements imprévisibles l'en empêchent. Le risque de m'atteindre *moi* se révèle trop grand. Le tireur lâche une bordée de jurons dans notre sillage.

Adam renverse des tas de trucs sur notre passage, histoire de faire diversion et de ralentir le soldat qui nous pourchasse. Je repère deux portes d'abris souterrains et réalise que la région a dû être dévastée par les tornades. Le climat est turbulent, et les catastrophes naturelles monnaie courante. Les cyclones ont dû ravager cette ville.

– Adam… dis-je en l'attrapant par le bras.

On se cache derrière un muret. Je lui montre notre éventuelle porte de sortie.

Il me presse affectueusement la main.

– Bien vu, souffle-t-il.

Mais on ne bouge pas jusqu'à ce qu'on sente un déplacement d'air. Un faux pas. Un cri étouffé. On ne voit pratiquement rien dans ce sous-sol ; nul doute que le courant est coupé depuis longtemps. Le soldat a trébuché sur l'un des obstacles qu'Adam a laissés derrière lui.

Adam tient le pistolet contre sa poitrine. Il inspire un grand coup. Se tourne et tire aussitôt.

Il fait mouche.

Une explosion de jurons le confirme.

– Je tire uniquement pour immobiliser, précise-t-il, le souffle court. Pas pour tuer.

– Je sais, lui dis-je.

Même si je n'en suis pas certaine.

On court vers les portes et Adam bataille avec le loquet. Celui-ci est rouillé. On commence à paniquer. J'ignore combien de temps va s'écouler avant qu'un autre groupe de soldats ne nous retrouve. Je suis à deux doigts de lui suggérer de faire sauter le loquet en tirant dessus, quand il parvient enfin à le décoincer.

Il shoote dans les portes et on déboule dans la rue. Trois voitures s'offrent à nous.

Je suis si heureuse que j'en pleurerais.

– Il était temps…

Mais ce n'est pas Adam qui vient de parler.

39

Il y a du sang partout.

Adam gît à terre, recroquevillé sur lui-même, mais j'ignore où il a été touché. Autour de lui, ça grouille de soldats, dont certains me retiennent, et je me débats comme une folle en hurlant et en lançant des coups de pied dans le vide. Quelqu'un m'éloigne de force. Impossible de voir ce qu'ils ont fait à Adam. La douleur m'envahit, contracte mes articulations et fracasse tous les os de mon corps. Je voudrais que mes cris transpercent le ciel, je voudrais tomber à genoux et verser mes larmes dans la terre. Je ne comprends pas pourquoi la souffrance ne parvient pas à s'échapper dans mes hurlements. Pourquoi une main inconnue est plaquée sur ma bouche.

– Si je te lâche, tu dois promettre de ne pas crier, me dit-il.

Il touche mon visage de ses mains nues et j'ignore où j'ai laissé tomber mon pistolet.

Warner m'entraîne dans un bâtiment toujours en usage et ouvre une porte d'un coup de pied. Il appuie sur un interrupteur. Des néons s'allument dans un bourdonnement sourd. Il y a des peintures scotchées sur les murs, des arcs-en-ciel avec les lettres de l'alphabet agrafés sur des panneaux de liège. Des petites tables disséminées dans la pièce. On se trouve dans une salle de classe.

Je me demande si c'est ici que James va en cours.

Warner baisse sa main. Ses yeux verts vitreux affichent un tel ravissement que j'en suis pétrifiée.

– Bon sang, ce que tu m'as manqué ! me dit-il. Tu ne pensais quand même pas que je te laisserais filer aussi facilement ?

– Tu as abattu Adam… sont les seuls mots qui me viennent à l'esprit.

Tout s'embrouille dans ma tête. Je n'arrête pas de voir le corps magnifique d'Adam gisant en boule à terre dans une flaque rouge, rouge, rouge. Il faut que je sache s'il est en vie. Il *doit* être en vie.

Une lueur traverse les yeux de Warner.

– Il est mort.

– *Non…*

Warner m'oblige à reculer dans un coin et je réalise que je ne me suis jamais sentie aussi vulnérable de toute ma vie. J'ai passé dix-sept ans à souhaiter voir disparaître ma malédiction, mais à cet instant précis j'aimerais voir mon don décupler. Le regard de Warner devient étrangement chaleureux. Ses multiples changements d'humeur se révèlent totalement imprévisibles. Difficiles à contrecarrer.

– Juliette, dit-il en effleurant ma main avec une telle douceur que je sursaute. Tu as remarqué ? Il semble que je sois immunisé contre ton toucher mortel. (Ses yeux m'étudient.) Incroyable, non ? Tu as remarqué ? répète-t-il. Quand tu as essayé de fuir ? Tu t'en es rendu compte… ?

Warner à qui absolument rien n'échappe. Warner qui capte le moindre détail.

Bien sûr.

Mais c'est la tendresse de sa voix qui me choque. La sincérité de ses interrogations. Il me fait penser à un chien sauvage, cinglé, assoiffé de chaos, qui crève d'envie d'être reconnu et accepté.

Aimé.

– On peut vraiment être ensemble, me dit-il, sans se laisser démonter par mon silence.

Il m'attire à lui, trop près. Je suis un bloc de glace et de trouille. Abasourdie de chagrin, d'incrédulité.

Ses mains se tendent vers mon visage, ses lèvres vers les miennes. J'ai le cerveau en feu, prêt à exploser, tellement cet instant me paraît impossible. J'ai l'impression de vivre la scène de l'extérieur, comme si je me dédoublais, sans pouvoir intervenir. Et surtout, surtout, je suis éberluée par la douceur de ses mains, la gravité de ses yeux.

– Je veux que tu me choisisses, dit-il. Je veux que tu choisisses d'être à mon côté. Que tu aies *envie* de…

– T'es un malade mental, dis-je en m'étranglant.

– Tu as seulement peur de tes capacités. (Sa voix est douce. Agréable. Mesurée. Faussement persuasive. Je n'ai jamais réalisé auparavant à quel point elle pouvait séduire.) Admets-le. On est parfaits l'un pour l'autre. Tu veux le pouvoir. Tu adores la sensation d'une arme à feu dans tes mains. Tu es… attirée par moi.

J'essaie de lui balancer un coup de poing, mais il m'attrape les bras. Les bloque le long de mon corps. Me plaque contre le mur. Il se révèle tellement plus fort qu'il n'en a l'air…

– Ne te voile pas la face, Juliette. Tu vas revenir vers moi, que tu le veuilles ou non. Mais tu peux choisir de le vouloir. Tu peux choisir d'en profiter…

– *Jamais*… dis-je dans un souffle, brisée. T'es malade… tordu… un monstre malsain.

– Ce n'est pas la bonne réponse, réplique-t-il d'un ton sincèrement déçu.

– C'est la seule que tu obtiendras de moi.

Ses lèvres s'approchent trop.

– Je t'aime.

– Bien sûr que non.

Ses yeux se ferment. Il penche son front contre le mien.

– T'as pas idée de l'effet que tu as sur moi.

– Je te déteste.

Il secoue la tête très lentement. La plonge au creux de mon cou. Son nez frôle ma nuque et je réprime un frisson horrifié qu'il interprète de travers. Ses lèvres effleurent ma peau et je gémis.

– Bon sang, j'aimerais juste goûter un petit morceau de toi !

J'entrevois un miroitement argenté dans la poche intérieure de sa veste.

Je frissonne d'espoir, cette fois. D'épouvante aussi. Je m'arme de courage. Je sais ce qui me reste à faire. M'apitoie un bref instant sur la perte de ma dignité.

Et je me décontracte.

Il sent la tension se relâcher dans mes membres et réagit en conséquence. Il sourit, lâche mes épaules pour glisser les bras autour de ma taille. Je ravale la bile qui menace de me trahir.

Sa veste militaire compte un millier de boutons et je me demande combien je vais devoir en défaire, avant de pouvoir attraper le pistolet. Ses mains explorent mon corps, glissent le long de mon dos pour palper ma silhouette, et je dois me faire violence pour éviter la moindre imprudence.

Je ne suis pas assez douée pour le maîtriser physiquement et j'ignore pourquoi il peut me toucher. J'ignore aussi comment j'ai pu pulvériser le béton, l'autre jour. J'ignore d'où provient cette énergie.

Aujourd'hui, il détient tous les atouts dans son jeu. Alors ce n'est pas le moment de me trahir.

Pas encore.

Je pose les mains sur sa poitrine. Il me plaque contre lui. Remonte mon menton du doigt pour m'obliger à le regarder en face.

– Je vais être gentil avec toi, murmure-t-il. Tellement gentil, Juliette. Je te le promets.

J'espère qu'il ne sent pas mes tremblements.

Et il m'embrasse. Avec voracité. Frénésie. Il est impatient de dévorer mes lèvres et de me goûter. Je suis ahurie. Terrorisée. Je baigne dans une telle démence que je m'oublie. Je reste là immobile, écœurée. Mes mains glissent de sa poitrine. Je ne peux penser qu'à Adam, au sang, à Adam, à la fusillade, à Adam qui gît dans une mare de sang, et je parviens presque à repousser Warner. Mais il ne s'avoue pas vaincu pour autant.

Il interrompt son baiser. Murmure quelque chose qui ne rime à rien dans mon oreille. Prend mon visage dans ses mains et, cette fois, je me rappelle que je dois jouer le jeu. Je l'attire à moi, empoigne sa veste à pleines mains et l'embrasse aussi violemment que possible, tandis que mes doigts tentent déjà de défaire le premier bouton. Warner m'agrippe les hanches et autorise ses mains à conquérir mon corps. Sa langue sent la menthe poivrée, sa peau le gardénia. Ses bras sont vigoureux, ses lèvres douces, presque agréables sur ma peau. Nos deux corps se chargent d'une électricité que je n'avais pas soupçonnée.

La tête me tourne.

Ses lèvres se délectent de mon cou, me dégustent, me dévorent, et je me force à garder les idées claires. À comprendre toute la perversion de la situation. J'ignore comment réconcilier la confusion qui règne dans mon esprit, ma répulsion hésitante et l'alchimie inexplicable qui unit nos lèvres. Il faut que j'en finisse. Tout de suite.

D'autant qu'il n'a pas besoin d'être stimulé.

Warner me soulève par la taille et me cale contre le mur, puis ses mains empoignent mes fesses, forcent mes jambes à s'enrouler autour de lui. Il ne se rend pas compte qu'il m'offre un angle d'attaque idéal pour glisser la main dans sa veste.

Ses lèvres retrouvent les miennes, ses mains s'insinuent sous mon tee-shirt, et il respire fort, resserre son emprise sur mon corps, et je lui arrache presque sa veste en la déboutonnant avec rage. Je ne peux pas le laisser continuer. J'ignore jusqu'où il veut aller, mais je ne peux pas l'encourager davantage dans sa démence.

Je dois simplement me pencher encore de deux ou trois centimètres…

Ma main saisit le pistolet.

Je sens Warner se figer. Il s'écarte. Je vois son visage passer successivement par la confusion, la crainte, l'angoisse, l'horreur, la colère. Il me lâche au moment même où mes doigts pressent la détente pour la toute première fois.

La puissance de l'arme me stupéfie, la détonation se révèle bien plus forte que prévu. Elle se répercute dans mes oreilles et chaque pulsation de mon corps.

C'est une douce mélodie.

Une sorte de petite victoire.

Parce que cette fois, le sang qui coule n'est pas celui d'Adam.

40

Warner est à terre.

Je m'enfuis avec son arme.

Je dois retrouver Adam. Voler une voiture. Retrouver James et Kenji. Apprendre à conduire. Et nous amener en lieu sûr. Tout ça dans cet ordre.

Adam ne peut pas être mort.

Adam n'est pas mort.

Adam ne va pas mourir.

Mes semelles battent le pavé à un rythme soutenu. J'ai le tee-shirt et le visage éclaboussés de sang, les mains qui tremblent encore sous la lumière déclinante. Un vent violent me cingle de toutes parts et m'arrache à la réalité défigurée dans laquelle j'ai l'impression de m'embourber. J'inspire un grand coup, scrute le ciel et comprends que je n'ai plus beaucoup de temps avant qu'il ne fasse nuit noire. Les rues, au moins, sont évacuées depuis belle lurette. Mais j'ignore totalement où les hommes de Warner peuvent se tapir.

Je me demande si lui aussi a du sérum de repérage en lui. S'ils sauront s'il est mort.

Je plonge dans des coins sombres, tente de fouiller les rues en quête d'indices, de me rappeler à quel endroit

Adam s'est fait tirer dessus, mais ma mémoire est trop faible, trop distraite, mon cerveau trop en vrac pour gérer ce genre de détails. L'espace d'un instant, j'ai la sensation atroce d'avoir l'esprit gagné par la démence. Je ne comprends plus rien à rien et Adam pourrait se trouver n'importe où à présent. Ils ont pu lui faire subir les pires horreurs.

Je ne sais même plus ce que je cherche.

Je perds peut-être mon temps.

J'entends soudain du bruit et me faufile dans une petite rue transversale, tandis que mes doigts se resserrent sur le pistolet qui glisse dans ma paume. Maintenant que j'ai effectivement tiré avec une arme à feu, je me sens sûre de moi avec cet engin dans les mains ; je sais davantage à quoi m'attendre, comment il fonctionne. Mais j'ignore si je dois me réjouir ou être horrifiée à l'idée d'avoir pris une telle assurance en si peu de temps, avec une arme aussi fatale.

J'entends des pas.

Je me glisse contre le mur, bras et jambes collés à la surface rêche. J'espère me fondre dans l'ombre. Je me demande si quelqu'un a déjà retrouvé Warner.

Je regarde un soldat passer juste devant moi. Il a des fusils en bandoulière sur la poitrine, une sorte d'arme automatique plus petite dans les mains. Je baisse les yeux sur la mienne et réalise que j'ignore tout des diverses sortes d'armes à feu existantes. Tout ce que je sais, c'est que certaines sont plus grosses que d'autres. Certaines doivent se recharger constamment. Pour d'autres, comme celle que je tiens, ce n'est pas nécessaire. Peut-être qu'Adam pourra m'apprendre les différences.

Adam.

Je reprends mon souffle et me déplace aussi furtivement que possible dans les rues. Je repère une ombre sur un bout de trottoir, un peu plus loin, et fais l'effort de l'éviter. Mais plus je m'en approche, plus je me rends compte que ce n'est pas une ombre. C'est une flaque.

Le sang d'Adam.

Je serre la mâchoire jusqu'à ce que se dissipe l'envie de hurler. Je respire trop rapidement, par à-coups. Il faut que je me concentre. Que j'exploite cette info. Que je prête attention aux détails...

Je dois suivre les traces de sang.

Celui qui a emmené Adam n'est pas revenu nettoyer. Des éclaboussures se répètent à intervalles réguliers et m'entraînent loin de l'artère principale, jusque dans des rues transversales à peine éclairées. La lumière y est si faible que je dois me pencher pour repérer les traces de sang par terre. Puis je ne sais plus trop si elles mènent quelque part. Elles se font plus rares par ici. Je crois qu'elles ont totalement disparu. J'ignore si les taches sombres que je piste sont du sang ou du vieux chewing-gum écrasé sur les pavés, ou encore des gouttes vitales tombées de la chair d'une personne. La piste censée me conduire à Adam s'est volatilisée.

Je reviens un peu sur mes pas et me remets à suivre les traces.

Je dois recommencer à trois reprises avant de comprendre qu'ils ont dû le faire entrer quelque part. Je me trouve devant un vieux bâtiment en ferraille, dont la porte rouillée, encore plus ancienne, semble n'avoir jamais été ouverte. On dirait qu'on ne l'a pas utilisée depuis des années. Je ne vois pas d'autres possibilités.

Je tripote la poignée. C'est verrouillé.

Je me jette dessus de tout mon poids pour la défoncer, mais ne réussis qu'à me couvrir de bleus. Je pourrais tirer dessus comme j'ai vu Adam le faire, mais je ne suis pas certaine de bien viser, et encore moins sûre de mon habilité à manier cette arme, sans compter que je ne peux pas me permettre de faire du vacarme. Personne ne doit savoir que je suis là.

Il doit y avoir une autre entrée dans cette bâtisse.

Il n'y a pas d'autre entrée dans cette bâtisse.

Ma contrariété s'amplifie. Mon désespoir m'immobilise. Mon hystérie menace de me faire craquer et j'ai envie de hurler de rage à m'en faire exploser les poumons. Adam se trouve dans ce bâtiment. Forcément.

Et moi, je suis juste à l'extérieur, incapable d'y pénétrer.

J'hallucine.

Je serre les poings, tente de réprimer le découragement qui m'envahit et me rend folle. L'adrénaline se défile, ma concentration se défile, le soleil se défile à l'horizon. Et je me souviens de James et de Kenji, et d'Adam, Adam, Adam, ~~et des mains de Warner sur mon corps, et de ses lèvres sur les miennes, et de sa langue savourant mon cou,~~ et du sang

partout

partout

partout

et je fais un truc aberrant.

Je donne un coup de poing dans la porte.

En un instant, mon esprit rattrape mes muscles, et je me prépare au choc de l'acier sur ma peau, prête à sentir la douleur des os de mon bras droit volant en éclats. Mais mon poing traverse trente centimètres d'acier comme du beurre. Je suis médusée. J'exploite la même énergie explosive avec mon pied, qui traverse la porte. À mains nues, je réduis l'acier en lambeaux et tords le métal pour me frayer un chemin.

C'est incroyable. Euphorisant. Je suis une bête fauve.

C'est comme ça que j'ai dû pulvériser le béton dans la salle de torture de Warner. Même si je ne sais toujours pas comment j'ai pulvérisé le béton dans la chambre de torture de Warner.

Je me faufile dans la brèche que j'ai ouverte et me glisse dans la pénombre. Facile. L'intérieur baigne dans l'obscurité. Pas de lumière, aucun bruit de machines ou de courant électrique. Encore un entrepôt abandonné.

Je jette un coup d'œil sur le sol, mais ne vois aucune trace de sang. Mon cœur s'emballe et défaille en même temps. Il faut qu'Adam soit en vie. Adam n'est pas mort. Impossible.

Adam a promis à James qu'il reviendrait le chercher.

Il ne trahirait jamais cette promesse.

Je me déplace, lentement au début, méfiante, soucieuse de l'éventuelle présence de soldats dans les parages, mais ne mets pas longtemps à comprendre qu'il n'y a aucune vie dans ce bâtiment. Je décide de courir.

Je fourre la prudence dans mes poches en espérant pouvoir y avoir recours en cas de besoin. Je franchis les portes à toute vitesse, négocie les tours et les détours de couloirs en captant le moindre détail. Cette bâtisse n'était pas qu'un entrepôt. C'était une usine.

De vieilles machines s'entassent contre les murs, des tapis roulants sont figés sur place, des milliers de cartons s'empilent sur des hauteurs vertigineuses. Je perçois une faible respiration, une toux étranglée.

Je fonce à travers des portes battantes en quête de cet embryon de son, luttant pour me focaliser sur le plus infime détail. L'oreille aux aguets, je l'entends encore.

Une respiration lourde, laborieuse.

Plus je m'approche, plus je l'entends distinctement. C'est lui. C'est forcément lui. J'ai redressé mon arme et je suis prête à tirer, l'œil sur le qui-vive, anticipant d'éventuels agresseurs. Mes jambes se déplacent vite, facilement, en silence. Je manque tirer sur l'ombre projetée par des cartons. Je reprends ma respiration et mon calme. Contourne un nouvel angle.

Et manque défaillir.

Adam est suspendu par ses poignets ligotés, torse nu, couvert de sang et d'ecchymoses. Sa tête est penchée, son cou flasque, sa jambe gauche sanguinolente en dépit du garrot entourant sa cuisse. J'ignore depuis combien de temps il est dans cette posture. Je m'étonne que ses épaules ne soient pas disloquées. Il doit encore lutter de toutes ses forces.

La corde qui entoure ses poignets est attachée à une sorte de tige métallique qui court le long du plafond. Je regarde de plus près et comprends qu'elle fait partie d'une courroie transporteuse. Qu'Adam lui-même se trouve sur un tapis roulant.

Ce n'est pas seulement une usine.

C'est un abattoir.

Et je n'ai pas les moyens de m'offrir le luxe d'une crise d'hystérie là, maintenant.

Il faut que je le décroche d'une manière ou d'une autre, mais j'ai peur d'approcher. Mes yeux fouillent l'espace ambiant, certains qu'il y a des gardes quelque part, des soldats en embuscade. Mais soudain, l'idée me traverse qu'on ne m'a jamais vraiment considérée comme une menace. Dans la mesure où Warner s'est débrouillé pour m'éloigner.

Personne ne s'attendrait à me trouver ici.

Je grimpe sur le tapis roulant et Adam tente de redresser la tête. Je dois faire gaffe à ne pas regarder ses blessures de trop près, à ne pas laisser mon imagination délirante me paralyser. Pas ici. Pas maintenant.

– Adam... ?

Sa tête se redresse comme sous un afflux soudain d'énergie. Ses yeux me trouvent. Son visage est quasi indemne, hormis des blessures très légères. Me concentrer sur ce qui m'est familier m'aide à recouvrer un semblant de calme.

– Juliette... ?

– Faut que je coupe tes liens pour te faire descendre...

– Bon sang, Juliette... comment tu m'as retrouvé ?

Il tousse. Respire avec peine.

– Plus tard. (Je tends la main pour toucher son visage.) Je te raconterai tout ça plus tard. D'abord, faut que je déniche un couteau.

– Mon pantalon...

– Quoi ?

– Dans... (Il reprend son souffle.)... mon pantalon...

Je m'apprête à glisser la main dans sa poche, mais il secoue la tête. Je l'interroge du regard.

– Où ça... ?

– Il y a une poche secrète *dans* mon pantalon...

Je le lui déchire presque. Il existe en effet une petite poche cousue dans la doublure. J'y glisse la main et j'en ressors un canif compact. Un couteau papillon. J'en ai déjà vu de ce type.

Ils sont interdits.

Je commence à empiler les cartons sur le tapis roulant. Je grimpe dessus en espérant savoir où tout ça va me mener. Le couteau est très pointu et permet de défaire facilement les liens. Je réalise après coup que la corde qui ligote ses poignets est la même que celle qui nous a servi à nous échapper.

J'ai tranché ses liens. Adam est détaché. Je descends, replie le couteau et le glisse dans ma poche. J'ignore comment je vais pouvoir sortir Adam de ce bâtiment. La chair de ses poignets est à vif, en sang. Son corps souffre le martyre. Sa jambe a pris une balle et saigne toujours.

Il manque s'écrouler.

J'essaie d'être la plus tendre possible, de le tenir au plus près sans le blesser. Il ne dit pas un mot sur sa douleur, lutte tellement pour masquer ses difficultés à respirer ! Toute cette torture le fait grimacer, mais il ne se plaint pas une seule fois.

– J'en reviens pas que tu m'aies retrouvé !

Voilà tout ce qu'il dit.

Et je sais que je ne devrais pas. Que ce n'est pas le moment. Que ce n'est pas raisonnable. Mais je l'embrasse quand même.

– Tu ne vas pas mourir, lui dis-je. On va te tirer de là. On va voler une voiture. On va retrouver James et Kenji. Et ensuite on va se mettre à l'abri.

Il me dévisage.

– Embrasse-moi encore.

Inutile de me le dire deux fois.

On met une éternité à regagner la porte d'entrée. Adam était enterré au fin fond de ce bâtiment et retrouver notre chemin se révèle encore plus compliqué que je ne le pensais. Adam fait de son mieux ; il se déplace aussi vite que possible, mais avance lentement.

– Ils ont dit que Warner voulait me tuer en personne, explique-t-il. Qu'il m'a tiré exprès dans la jambe, juste pour m'immobiliser. Ça lui laissait le temps de t'éloigner et de revenir s'occuper de moi plus tard. Apparemment, il avait l'intention de me torturer jusqu'à ce que mort s'ensuive. (Adam grimace.) Il a dit qu'il voulait en profiter à fond, qu'il ne souhaitait pas précipiter l'exécution.

Un ricanement. Une toux sèche.

~~Ses mains sur mon corps, ses mains sur mon corps, ses mains sur mon corps.~~

– Alors ils t'ont juste ligoté et abandonné ici ?

– D'après eux, personne n'allait me retrouver. Le bâtiment est entièrement en béton armé et en acier renforcé, si bien que personne ne peut s'y introduire. Warner était censé revenir s'occuper de moi quand il serait prêt. (Adam s'interrompt. Me dévisage.) Bon sang, je suis tellement content que tu ailles bien !

Je le gratifie d'un sourire. J'essaie de ne pas m'écrouler. J'espère que les trous dans ma tête ne se voient pas trop.

Il s'arrête quand on parvient à la porte. Le métal est carrément lacéré. À croire qu'une bête sauvage l'a attaqué.

– Comment t'as pu… ?

– J'en sais rien. (Je hausse les épaules, affectant un air indifférent.) J'ai juste donné un coup de poing.

– T'as juste donné un coup de poing…

– Et un coup de pied aussi.

Il sourit et j'ai envie de sangloter dans ses bras. Je dois me concentrer sur son visage. Je ne peux laisser mes yeux s'attarder sur ses membres en vrac qui ne forment plus un corps.

– Viens, lui dis-je. Allons braver la loi.

Je laisse Adam dans l'ombre et file au bord de la route principale, en quête de véhicules abandonnés. Finalement, on doit écumer trois rues transversales avant de trouver une voiture.

– Comment tu te sens ? je lui demande, redoutant la réponse.

Il serre les lèvres. Exécute un mouvement qui ressemble à un hochement de tête.

– Ça va.

C'est mauvais signe.

– Attends-moi là.

Il fait nuit noire. Pas un seul réverbère en vue. C'est bien. Et pas bien aussi. Ça me rend encore plus tendue, plus vulnérable à l'attaque. Je dois redoubler de prudence. Je m'approche de la voiture sur la pointe des pieds.

Je suis tout à fait prête à fracasser la vitre, mais vérifie d'abord la poignée. Juste au cas où.

La portière n'est pas verrouillée.

Les clés sont sur le contact.

Il y a un sac de courses sur la banquette arrière.

L'automobiliste a dû paniquer en entendant l'alerte et le couvre-feu. Il a dû tout lâcher pour aller se mettre à l'abri. Incroyable. Ce serait absolument parfait si je savais conduire.

Je rejoins Adam au pas de course et l'aide à claudiquer jusqu'à la voiture, puis à s'installer sur le siège passager. Sitôt qu'il est assis, je comprends la gravité de son état. Le corps tordu. La cage thoracique comprimée. Les muscles froissés.

– Ça va, me ment-il. Mais je peux pas tenir longtemps sur mes jambes.

Je farfouille dans le sac de victuailles à l'arrière. Il contient de vrais aliments. Pas simplement les étranges bouillons cubes destinés à être cuits dans un Automat, mais des fruits et des légumes. Même Warner ne nous donnait jamais de banane.

J'en tends une à Adam.

– Mange ça.

– Je ne crois pas que je puisse manger... (Un temps d'arrêt. Il contemple la forme dans ses mains.) C'est ce que je pense ?

– Je crois bien.

Pas le temps de comprendre le pourquoi du comment. Je lui épluche la banane. L'encourage à en prendre un petit morceau. J'espère ne pas commettre d'erreur. J'ai entendu dire que les bananes contenaient du potassium. J'espère qu'il pourra la garder dans l'estomac.

J'essaie de me concentrer sur l'engin sous mes pieds.

– D'après toi, il nous reste combien de temps avant que Warner ne nous retrouve ? demande Adam.

Je prends plusieurs bouffées d'oxygène avant de répondre.

– Aucune idée.

Un silence.

– Comment t'as pu lui échapper... ?

Quand je lui réponds, je regarde droit devant moi à travers le pare-brise.

– Je lui ai tiré dessus.

– Non…

Surprise. Effroi. Émerveillement.

Je lui montre le pistolet de Warner. Avec une gravure spéciale sur la crosse.

Adam n'en revient pas.

– Alors il est… mort ?

– J'en sais rien. (Je l'admets enfin, honteuse. Je baisse les yeux, examine les sillons sur le volant.) J'en suis pas sûre.

J'ai mis trop longtemps pour presser la détente. Elle était plus rigide que prévu. C'était plus difficile de tenir l'arme que je ne l'avais imaginé. Warner m'avait déjà lâchée quand la balle est entrée dans son corps. Je visais le cœur.

Pourvu que je ne l'aie pas raté.

On est tous les deux trop silencieux.

– Adam ?

– Ouais ?

– Je ne sais pas conduire.

41

– T'as de la chance, c'est une boîte automatique.

Il essaie de rire.

– Une boîte automatique ?

– Oui. C'est pas une boîte à transmission manuelle.

– C'est-à-dire ?

– Quand tu changes de vitesse à la main, c'est plus compliqué.

Je me mords la lèvre.

– Tu te souviens de l'endroit où on a laissé James et Kenji ?

Je n'envisage même pas la possibilité qu'ils se soient déplacés. Qu'on les ait découverts. Ou quoi que soit d'autre. L'idée me paraît impossible.

– Oui.

Je sais qu'il pense exactement ce que je pense.

– Comment je vais aller là-bas ?

Adam m'explique que la pédale de droite sert à accélérer. Celle de gauche à freiner. Je dois placer le levier sur la position D pour *Drive* (« marche avant »). J'utilise le volant pour tourner. Je ne peux pas allumer les phares et vais devoir compter sur la lune pour me diriger.

J'allume le moteur, appuie sur le frein, et je mets le levier en position « marche avant ». La voix d'Adam est le seul système de navigation dont j'aie besoin. Je relâche la pédale de frein. Appuie sur l'accélérateur. Et manque m'écraser dans un mur.

Bref, c'est comme ça qu'on va finir par arriver au bâtiment abandonné.

Accélération. Freinage. Accélération. Freinage. J'accélère trop. Je freine trop. Adam ne se plaint pas et c'est presque pire. J'ose à peine imaginer l'effet produit par ma conduite saccadée sur ses blessures. Au moins, on arrive sains et saufs. Pour l'instant.

J'ignore pourquoi personne ne nous a repérés. Warner est peut-être vraiment mort. Peut-être que c'est la pagaille. Peut-être que c'est la raison pour laquelle il n'y a plus de soldats dans cette ville. Ils ont tous disparu.

À mon humble avis.

J'oublie presque de mettre le levier en position « parking » quand on parvient à cette bâtisse délabrée, vaguement familière. Adam tend la main et actionne le levier à ma place. Je l'aide à passer sur la banquette arrière et il me demande pourquoi.

– Parce que Kenji va me relayer au volant et je ne veux pas que ton frère te voie dans cet état. Il fait assez sombre pour qu'il ne distingue pas ton corps en détail. Inutile qu'il comprenne que tu es blessé.

Il acquiesce au bout d'un interminable moment.

– Merci.

Je cours ensuite vers le bâtiment en ruine. J'ouvre la porte. J'aperçois à peine deux silhouettes dans la pénombre. Je bats des paupières et les deux corps finissent par se matérialiser sous mes yeux. James dort, la tête sur les genoux de Kenji. Les sacs sont ouverts, des boîtes de conserve éparpillées par terre. Ils vont bien.

Dieu merci, ils vont bien.

J'en mourrais presque de soulagement.

Kenji se redresse et prend James dans ses bras, en vacillant un peu sous son poids. Il a le visage lisse, grave, ne grimace pas. Ne sourit pas. Ne dit pas une seule bêtise. Il me contemple comme s'il savait déjà. Il a compris que si on a mis autant de temps pour revenir et si je me trouve dans cet état lamentable, c'est pour une seule et unique raison. Il sait pourquoi j'ai du sang sur mon tee-shirt. Sans doute sur la figure. Partout sur les mains.

– Comment il va ?

Et c'est là que je suis à deux doigts de craquer.

– Il faut que tu prennes le volant.

Il reprend son souffle. Hoche plusieurs fois la tête.

– Ma jambe droite fonctionne encore, me dit-il.

Mais dans le cas contraire, je crois bien que ça me serait égal. On doit à tout prix rejoindre cette planque et je suis incapable de les conduire où que ce soit.

Kenji installe James toujours endormi sur le siège passager et je suis ravie qu'il ne soit toujours pas réveillé.

J'attrape les sacs et m'assieds à l'arrière. Kenji se glisse au volant. Jette un coup d'œil dans le rétroviseur.

– Je suis content que tu sois en vie, Kent.

Adam sourit presque. Secoue la tête.

– Merci de t'être occupé de James.

– Tu me fais confiance, maintenant ?

Un léger soupir.

– Peut-être.

– Je me conterai du « peut-être », réplique Kenji en démarrant. Foutons le camp d'ici.

Adam se met à trembler.

Son corps quasi nu finit par craquer à cause du froid, après toutes ces heures de torture, après s'être retenu aussi longtemps. Je farfouille dans les sacs, en quête d'une veste, d'un blouson, mais ne trouve que des tee-shirts et des pulls. J'ignore comme les lui enfiler sans le faire souffrir.

Je décide alors de les découper. Je m'empare du couteau papillon et j'entaille plusieurs de ces pulls pour les poser sur lui comme une couverture.

Je relève la tête :

– Kenji… Cette voiture a du chauffage ?

– Il est allumé, mais plutôt merdique. Il marche pas bien.

– On en a encore pour longtemps ?

– Pas trop, non.

– On est suivis ?

– Non. (Il s'interrompt.) Bizarre. Je ne comprends pas pourquoi personne ne remarque une voiture qui roule après le couvre-feu. Y a un truc qui colle pas.

– Je sais.

– Et je ne sais pas pourquoi, mais c'est clair que mon sérum de repérage ne marche pas. Soit ils n'en ont carrément rien à foutre de moi, soit ce truc ne fonctionne pas du tout, et je me demande bien pourquoi.

Un infime détail me revient en mémoire.

– Tu n'as pas dit que t'avais dormi dans un hangar ? La nuit où tu t'es enfui ?

– Ouais, pourquoi ?

– C'était où… ?

Il hausse les épaules.

– J'en sais rien. Dans une espèce de terrain vague énorme. C'était bizarre. Y avait des trucs dingues qui poussaient là-bas. J'ai même failli manger quelque chose que j'ai pris pour un fruit, avant de me rendre compte que ça sentait la merde.

Je m'étrangle.

– Un terrain vague, tu dis ? Aride ? Abandonné ?

– Ouais.

– Le champ irradié, intervient Adam, qui vient de comprendre.

– Quel champ irradié ? demande Kenji.

Je prends le temps de lui expliquer.

– 'tain, j'en reviens pas ! s'exclame Kenji en agrippant le volant. Alors j'aurais pu mourir ? Et pourtant, je suis pas mort !

J'ignore sa remarque.

– Mais ensuite, comment il nous a retrouvés ? Comment ils ont pu deviner où tu habitais... ?

– Aucune idée, soupire Adam. (Il ferme les yeux.) Peut-être que Kenji nous ment.

– 'tain, mec, quel intérêt j'aurais à...

– Ou bien, l'interrompt Adam, Benny travaille pour eux.

– Non... dis-je, interloquée.

– C'est possible.

Plus personne ne dit un mot.

J'essaie de regarder par la vitre, mais à quoi bon ? Le ciel nocturne a déversé une cuve de goudron sur le monde.

Je me tourne vers Adam et constate qu'il a rejeté la tête en arrière, les poings serrés, les lèvres blêmes dans le noir. Je resserre les couches de pulls autour de son corps. Il réprime un frisson.

– Adam…

J'écarte une mèche de son front. Ses cheveux ont un peu poussé et je m'en rends seulement compte. Il les portait très courts depuis le jour où il est entré dans ma cellule. Je n'aurais jamais cru que ses cheveux bruns étaient aussi doux. Comme du chocolat fondu. Je me demande à quel moment il a cessé de les couper.

Sa mâchoire se détend. Il écarte les lèvres. Me ment encore et toujours.

– Ça va.

– Kenji…

– Dans cinq minutes, je te le promets… J'essaie de rouler à pleins gaz avec cet engin…

J'effleure les poignets d'Adam, caresse sa peau douce du bout des doigts. Les écorchures en sang. J'embrasse la paume de sa main. Il reprend à peine son souffle.

– Tu vas t'en sortir, dis-je.

Ses paupières sont toujours closes. Il esquisse un hochement de tête.

– Pourquoi ne pas m'avoir dit que vous étiez ensemble, tous les deux ? questionne soudain Kenji.

Sa voix est posée, neutre.

– Quoi ?

Ce n'est pas le moment de rougir.

Kenji soupire. J'entrevois ses yeux dans le rétroviseur. Ils ont presque désenflé. Son visage est presque entièrement guéri.

– Je devais être *aveugle* pour avoir raté un truc pareil, reprend-il. Suffit de voir comme il te regarde, quoi ! On dirait que ce gars n'a jamais vu une fille de sa vie. Comme si tu mettais un gâteau sous le nez d'un mec qui crève de faim, en lui interdisant de le manger.

Adam ouvre les yeux d'un coup. Je tente de déchiffrer son visage, mais il ne me regarde pas.

– Pourquoi tu ne me l'as pas dit tout simplement ? insiste Kenji.

– Je n'ai jamais eu l'occasion de poser la question, répond Adam.

Sa voix n'est plus qu'un murmure. Son énergie dégringole trop vite. Je ne veux pas qu'il se sente obligé de parler. Il doit préserver ses forces.

– Attends... tu me parles à moi ou à elle ? demande Kenji en nous lançant un regard.

J'interviens :

– On peut en discuter plus tard...

Mais Adam secoue la tête.

– Je l'ai dit à James sans te poser la question. J'ai fait... une supposition. (Il s'interrompt.) Je n'aurais pas dû. Tu devrais avoir le choix. Tu devrais toujours avoir le choix. Et c'est à toi de choisir de vouloir ou non être avec moi.

– Hé, vous deux, on va dire que je vous entends pas, OK ? rétorque Kenji en faisant un geste vague de la main. Allez-y. Faites comme si j'étais pas là.

Mais je suis trop occupée à contempler les yeux d'Adam, ses lèvres douces, si douces. Son front plissé.

Je me penche vers son oreille, baisse la voix. Chuchote des paroles que lui seul peut entendre.

– Tu vas aller mieux, je te le promets. Et quand tu seras rétabli, je te montrerai exactement le choix que j'ai fait. Je mémoriserai chaque centimètre de ton corps avec mes lèvres.

Il soupire soudain, le souffle court, saccadé. Reprend péniblement sa respiration.

Ses yeux me dévorent. Il a l'air presque fiévreux et je me demande si je n'aggrave pas la situation.

Je m'écarte et il me retient. Pose la main sur ma cuisse.

– Ne t'en va pas, dit-il. Seul le contact de ta peau peut m'empêcher de délirer.

42

– On y est et il fait nuit. Donc, d'après mes calculs, on a tout bon.

Kenji met le levier en position « parking ». On est de nouveau sous terre, dans une espèce de garage amélioré. L'instant d'avant, on était encore en surface, puis on a disparu dans un fossé. C'est quasi impossible à localiser, encore moins à repérer dans le noir. Kenji disait vrai au sujet de cette planque.

Ça fait plusieurs minutes que j'essaie de tenir Adam éveillé. Son corps lutte contre l'épuisement, la perte de sang, la faim, tous ses points de douleur. Je me sens tellement inutile.

– Adam doit filer direct dans l'aile médicale, annonce Kenji.

– Ils ont une aide médicale ? dis-je.

Mon cœur s'envole dans une brise printanière.

Kenji sourit jusqu'aux oreilles.

– Ils ont tout ici. Tu ne vas pas en revenir !

Il presse un interrupteur au plafond. Une veilleuse éclaire l'habitacle de la vieille berline. Puis il ouvre sa portière et descend.

– Attendez ici… je vais chercher quelqu'un avec une civière.

– Et James ?

– Oh… grimace Kenji. Il… il est pas près de se réveiller avant un petit moment.

– Comment ça… ?

Il se racle la gorge. Une fois. Deux fois. Lisse les plis de son tee-shirt.

– Il se peut que… je lui aie donné un truc pour… lui faciliter le voyage, disons.

– T'as donné un *somnifère* à un gamin de dix ans ?

Je crois bien que je vais lui casser la figure.

– Tu préférerais qu'il soit réveillé, avec tout ce qui s'est passé ?

– Adam va te tuer.

Kenji lorgne les paupières closes de son copain.

– Ouais, eh ben je crois que j'ai de la chance, parce qu'il pourra pas me tuer ce soir.

Il hésite. Se penche dans la voiture et passe une main dans les cheveux du petit. Sourit un peu.

– Ce gosse est un ange. Il sera en pleine forme demain matin.

– Je ne te *crois* pas.

– Hé ! Hé ! réplique-t-il en levant les mains. Fais-moi confiance. Il va être super bien ! Je ne voulais pas qu'il soit encore plus traumatisé. (Il hausse les épaules.) Si ça se trouve, Adam me donnera raison.

– Je vais te faire la peau, marmonne Adam.

Kenji éclate de rire.

– Tiens le coup, mon pote, sinon je vais croire que tu ne le penses pas vraiment.

À ces mots, il disparaît.

Je regarde Adam, l'encourage à rester éveillé. Lui dis qu'il est quasi tiré d'affaire. Effleure son front de mes lèvres. Examine la plus petite ombre, chaque contour, la moindre coupure ou ecchymose de son visage. Ses muscles se relâchent, ses traits se détendent. Il respire un peu plus facilement. J'embrasse sa lèvre supérieure. Sa lèvre inférieure. Ses joues. Son nez. Son menton.

Ensuite, tout se précipite.

Quatre personnes surgissent et foncent sur la voiture. Toutes plus vieilles que moi. Deux hommes. Deux femmes.

– Où est-il ? questionne la plus âgée d'entre elles.

Leurs yeux sont aux aguets, anxieux. Je me demande s'ils me voient les dévisager.

Kenji ouvre la portière d'Adam. Kenji ne sourit plus. En fait, il a l'air… différent. Plus fort. Plus efficace. Plus grand, même. Il contrôle la situation. Impose une certaine autorité. Ces gens-là le connaissent.

Ils installent Adam sur une civière et évaluent aussitôt son état. Tout le monde parle en même temps. Côtes fracturées. Perte importante de sang. Voies respiratoires. Capacité pulmonaire et… *qu'est-il arrivé à ses poignets ?* On vérifie son pouls et… *depuis combien temps saigne-t-il ?* L'homme et la femme plus jeunes se tournent vers moi. Ils portent tous un étrange uniforme.

Blanc avec des bandes grises sur le côté. Je me demande s'il s'agit d'une tenue médicale.

Ils emmènent Adam.

– Attendez… (Je descends du véhicule en trébuchant.) Attendez ! Je veux l'accompagner…

– Pas maintenant, dit Kenji en m'interceptant. (Puis il s'adoucit.) Tu ne peux pas être avec lui pour ce qu'ils ont besoin de lui faire. Pas maintenant.

– Comment ça ? Qu'est-ce qu'ils vont lui faire ?

Tout se brouille sous mes yeux, dans ma tête. Silhouettes grises. Mouvements saccadés. Plus rien n'a de sens. Tout se mélange. Ma cervelle n'est plus qu'un bout de trottoir qu'on piétine à mort.

J'ignore où on se trouve. J'ignore qui est Kenji. C'était l'ami d'Adam. Et Adam le connaît. Adam. Mon Adam. Adam qu'on éloigne de moi et moi qui ne peux pas l'accompagner…

– Ils vont l'aider… Juliette… Il faut que tu te concentres. Tu ne vas pas craquer maintenant. Je sais que t'as vécu une journée de folie… Mais j'ai besoin que tu gardes ton calme.

Sa voix. Si posée. Si mesurée, tout à coup.

– *Qui* es-tu, au juste… ?

Je commence à paniquer. Je veux attraper James dans mes bras et partir en courant, mais c'est impossible. Kenji a fait un truc à James, et même si je savais comment réveiller le petit, je ne peux pas le toucher. J'ai envie de m'arracher les ongles.

– *Qui* es-tu… ?

Kenji soupire.

– Tu meurs de faim. T'es épuisée. T'es en état de choc et sous le coup d'un millier d'autres émotions, là, maintenant. Sois logique. Je ne vais pas te faire de mal. T'es en sécurité à présent. Adam aussi. James aussi.

– Je veux être auprès de lui… Je veux voir ce qu'ils vont lui faire…

– Je ne peux pas te laisser y aller.

– Qu'est-ce que tu vas me faire ? Pourquoi tu m'as amenée ici… ?

J'ai les yeux exorbités qui partent dans toutes les directions. Je virevolte, perdue au milieu de l'océan de ma propre imagination. Je ne sais pas nager.

– Qu'est-ce que tu veux de moi ?

Kenji baisse la tête. Se masse le front. Glisse la main dans sa poche.

– Je ne voulais vraiment pas être obligé de faire ça.

Je crois que je me suis mise à hurler.

43

À mon réveil, je suis comme un vieil escalier qui grince de partout.

Quelqu'un m'a récurée à fond. J'ai la peau lisse comme du satin. Mes cils sont soyeux, mes cheveux idem, sans le moindre nœud ; ils brillent sous la lumière artificielle, une rivière de chocolat dont les vaguelettes lapent le rivage pâle de ma peau et tombent en cascade sur mes épaules.

J'ai mal aux articulations, mes yeux me brûlent d'épuisement. Mon corps est nu sous un drap lourd. Je ne me suis jamais sentie aussi pure.

Je suis trop fatiguée pour m'en inquiéter.

Mes yeux somnolents dressent l'inventaire de la pièce où je me trouve, mais il n'y a pas grand-chose. Je suis allongée sur un lit. Il y a quatre murs. Une porte. Une petite table de chevet. Un verre d'eau dessus. Des lumières fluo qui bourdonnent au-dessus de moi. Tout est blanc.

Tout ce que j'ai toujours connu est en train de changer.

Je tends la main vers le verre d'eau, quand la porte s'ouvre. Je remonte le drap le plus haut possible.

– Comment vous sentez-vous ?

Un homme grand avec des lunettes en plastique. Une monture noire. Un pull tout simple. Un pantalon bien repassé. Ses cheveux blond-roux qui lui retombent sur les yeux.

Il tient un bloc-notes.

– Qui êtes-vous ?

Il attrape une chaise que je n'avais pas remarquée dans le coin. L'avance vers moi. S'assoit près de mon lit.

– Vous avez des vertiges ? Vous vous sentez désorientée ?

– Où est Adam ?

Stylo en main, il griffonne un truc sur une feuille de papier.

– Votre nom de famille prend deux « R » ou un seul ?

– Qu'est-ce que vous avez fait à James ? Où est Kenji ?

Il s'arrête. Lève le nez. Il ne doit pas avoir plus de trente ans. Le nez de travers. Une barbe d'un jour.

– Puis-je au moins m'assurer que vous allez bien ? Ensuite, je répondrai à vos questions. C'est promis. Laissez-moi juste terminer les procédures d'usage.

Je bats des paupières.

Comment je me sens. Je n'en sais rien.

Si j'ai rêvé. Je ne crois pas.

Si je sais où je suis. Non.

Si je pense être en sécurité. Je n'en sais rien.

Si je me rappelle ce qui s'est passé. Oui.

Mon âge. Dix-sept ans.

La couleur de mes yeux. Aucune idée.

– Vous ne savez pas ? (Il pose son stylo. Retire ses lunettes.) Vous vous souvenez de ce qui s'est passé hier, mais ignorez la couleur de vos propres yeux ?

– Je pense qu'ils sont verts. Ou bleus. J'en suis pas sûre. En quoi c'est important ?

– Je veux m'assurer que vous êtes capable de vous reconnaître. Que vous n'avez pas perdu de vue votre propre personne.

– Je n'ai jamais vraiment su la couleur de mes yeux, en fait. Ces trois dernières années, je ne me suis regardée dans un miroir qu'une seule fois.

L'étranger me dévisage, plisse les paupières d'un air inquiet. Finalement, je dois détourner le regard.

– Comment vous m'avez touchée ?

– Pardon ?

– Mon corps. Ma peau. Je suis si… propre.

– Oh… (Il se mordille le pouce. Note un truc sur sa feuille.) OK. Eh bien, vous étiez recouverte de sang et de crasse à votre arrivée, de même que vous aviez quelques petites blessures légères. Nous ne souhaitions pas courir le risque d'une infection. Navré pour l'intrusion dans votre intimité… mais nous ne pouvons permettre à quiconque d'apporter ce genre de bactéries ici. Nous avons dû procéder à une décontamination superficielle.

– Pas de problème… Je comprends, dis-je.

Et je m'empresse d'ajouter :

– Mais *comment* ?

– Pardon ?

– Comment m'avez-vous touchée ?

Il est forcément au courant. Comment pourrait-il ne pas l'être ?

Bon sang, j'espère qu'il l'est !

– Oh… (Il acquiesce, distrait par les notes qu'il prend sur son bloc. Il louche sur sa page.) Du latex.

– Quoi ?

– Du latex. (Il lève le nez une seconde. Constate que je suis perdue.) Des gants.

– OK.

Bien sûr. Des gants. Même Warner utilisait des gants jusqu'à ce qu'il fasse sa découverte.

~~Jusqu'à ce qu'il fasse sa découverte. Jusqu'à ce qu'il fasse sa découverte. Jusqu'à ce qu'il fasse sa découverte.~~

Je me repasse la scène encore et encore et encore dans ma tête. Le dixième de seconde de trop quand j'ai franchi la fenêtre. Le moment d'hésitation qui a tout changé. L'instant où j'ai perdu tout contrôle. Tout pouvoir. Toute supériorité.

Il ne cessera jamais de me chercher jusqu'à ce qu'il me retrouve. Et c'est totalement ma faute.

Faut que je sache s'il est mort.

Faut que je me force à rester calme. À ne pas trembler, frémir ou vomir. Faut que je change de sujet.

– Où sont mes vêtements ?

Je tripote le drap immaculé qui me dissimule.

– Nous les avons détruits pour les mêmes raisons que nous devions vous décontaminer. (Il reprend ses lunettes. Les chausse.) Nous avons une tenue spéciale pour vous. Je pense qu'elle va grandement vous faciliter la vie.

– Une tenue spéciale ? dis-je en relevant la tête, bouche bée.

– Oui. Nous y viendrons un peu plus tard. (Il s'interrompt. Sourit. Il a une fossette sur le menton.) Vous n'allez pas nous agresser comme vous l'avez fait avec Kenji, n'est-ce pas ?

– J'ai agressé Kenji ?

Je tressaille.

–Juste un peu. (Il hausse les épaules.) Au moins, nous savons désormais qu'il n'est pas immunisé contre votre toucher.

–Je l'ai *touché* ?

Je me redresse si brusquement que j'en oublie presque de relever le drap avec moi. Je brûle de la tête aux pieds, même mon esprit est écarlate, et je me cramponne au drap comme à une bouée de sauvetage.

–Je suis vraiment désolée…

–Je suis certain qu'il appréciera vos excuses. (Blondie étudie ses notes avec ferveur, subitement fasciné par sa propre écriture.) Mais tout va bien. Nous nous attendions à ce que certaines tendances destructrices se manifestent. Vous avez passé une semaine particulièrement éprouvante.

– Vous êtes psychologue ?

– En quelque sorte, répond-il en écartant les mèches de son front.

– En quelque sorte ?

Il rigole. Marque une pause. Fait rouler le stylo entre ses doigts.

– Oui. Je suis psychologue, pour ainsi dire. Parfois.

– Qu'est-ce que c'est censé vouloir dire… ?

Il ouvre la bouche. La referme. Envisage apparemment de me répondre, mais préfère m'observer. Il me dévisage si longtemps que je sens le rouge me revenir aux joues. Il se met à griffonner avec frénésie.

– Qu'est-ce que je fais là ? je lui demande.

– Vous vous rétablissez.

–Je suis là depuis combien de temps ?

– Vous avez dormi pendant près de quatorze heures. On vous a administré un puissant sédatif. (Un coup d'œil à sa montre.) Vous semblez bien vous rétablir. (Il hésite.) Même très bien, à vrai dire. C'est stupéfiant, en réalité.

Une poignée de mots s'entremêlent dans ma bouche. Je repique un fard.

– Où est Adam ?

Il prend une profonde inspiration. Souligne un truc sur sa feuille. Ses lèvres grimacent un sourire.

– Où est-il ?

– En train de récupérer, répond-il en levant enfin le nez.

– Il va bien ?

Hochement de tête.

– Il va bien.

Je fixe mon interlocuteur.

– Ça veut dire quoi ?

Deux coups frappés à la porte.

L'inconnu à lunettes ne bronche pas. Il relit ses notes.

– Entrez, dit-il.

Kenji pénètre dans la pièce, un peu hésitant au début. Il jette un coup d'œil prudent sur moi. Je n'aurais jamais cru être aussi heureuse de le voir. Mais si c'est un soulagement de retrouver un visage connu, ma culpabilité prend le dessus et me noue d'emblée l'estomac. Je me demande à quel point j'ai dû lui faire mal. Il s'avance.

Ma culpabilité se volatilise.

Je le regarde plus attentivement et constate qu'il est parfaitement indemne. Sa jambe fonctionne à merveille. Son visage est redevenu normal : ses yeux ne sont plus tuméfiés ; son front est réparé, lisse, intact.

Il avait raison. Il est effectivement beau gosse.

Mâchoire volontaire. Sourcils parfaits. Des yeux d'un noir aussi intense que ses cheveux. Silhouette harmonieuse, robuste. Un soupçon dangereuse.

– Salut, beauté !

– Désolée d'avoir failli te tuer.

– Oh... (Il sursaute. Fourre les mains dans ses poches.) Pas de problème. Je suis ravi qu'on ait réglé ça.

Je remarque qu'il porte un tee-shirt destroy. Un jean noir. Ça fait si longtemps que je n'ai pas vu quelqu'un en jean. Tenues militaires, tee-shirts neutres et robes de luxe, c'est tout ce que j'ai connu ces derniers temps.

J'ai du mal à le regarder en face.

– J'ai paniqué, dis-je en tentant de m'expliquer.

Je serre et desserre les poings.

– J'imagine, dit-il en arquant un sourcil.

– Je suis désolée.

– Je sais.

Je hoche la tête.

– T'as l'air en forme.

Il sourit à belles dents. S'étire. S'adosse au mur, croise les bras et les jambes.

– Ça doit être difficile pour toi.

– Pardon ?

– De découvrir mon visage. De réaliser que je disais vrai. Que t'as pris la mauvaise décision. (Il hausse les épaules.) Mais je comprends. Je ne suis pas rancunier, tu sais. Je suis prêt à te pardonner.

Je le contemple, éberluée, sans trop savoir si je dois éclater de rire ou lui balancer quelque chose.

– Ne m'oblige pas à te toucher.

Il secoue la tête.

– C’est incroyable comme on peut avoir l’air si bien et se sentir si mal. Kent est un sacré veinard.

– Désolé… intervient le psychologue en se levant. Vous avez terminé, tous les deux ? (Il se tourne vers Kenji.) J’ai cru que tu venais dans un but bien précis.

Kenji s’éloigne du mur. Se redresse.

– Ouais. Exact. Castle souhaite la rencontrer.

44

– Maintenant ? réplique Blondie, encore plus confus que moi. Mais je n'ai pas fini de l'examiner.

Kenji hausse les épaules.

– Il veut la rencontrer.

– Qui est Castle ?

Blondie et Kenji se tournent vers moi. Kenji se détourne. Blondie non.

Il penche la tête.

– Kenji ne vous a rien dit au sujet de cet endroit ?

– Non… (J'hésite, je lorgne Kenji, qui ne veut pas me regarder.) Il n'a jamais rien expliqué. Il a dit qu'il connaissait quelqu'un qui avait une planque et qui pourrait éventuellement nous aider…

Blondie est médusé. Il rigole si fort qu'il grogne comme un cochon. Il essuie ses lunettes avec le bas de son pull.

– T'es vraiment un abruti, dit-il à Kenji. Pourquoi ne pas lui avoir simplement dit la vérité ?

– Elle ne serait jamais venue, sinon.

– Qu'est-ce que tu en sais ?

– Elle a failli me *tuer*…

Mes yeux passent de l'un à l'autre. Du blondinet au brun et du brun au blondinet.

– C'est quoi le problème ? dis-je. Je veux voir Adam. Je veux voir James. Et je veux des *vêtements*...

– T'es toute nue ? réplique Kenji, tandis qu'il promène son regard sans vergogne sur le drap.

Je rougis malgré moi. Je suis nerveuse, contrariée.

– Blondie m'a dit qu'on avait détruit mes fringues.

– *Blondie ?* s'exclame le blondinet, outré.

– Vous ne m'avez pas donné votre nom.

– Winston. Je m'appelle Winston.

Il ne rit plus, du coup.

– Vous n'aviez pas une tenue spéciale pour moi ?

Il fronce les sourcils. Jette un œil sur sa montre.

– Nous n'allons pas avoir le temps de nous en occuper maintenant. (Soupir.) Trouve-lui quelque chose en attendant, tu veux bien ? (Il s'adresse à Kenji, lequel continue de me mater.)

– Je veux voir Adam.

– Adam n'est pas encore prêt à vous voir, répond ~~Blondie~~ Winston en glissant son stylo dans sa poche. On vous préviendra quand il le sera.

– Comment je suis censée vous faire confiance à l'un ou à l'autre, si vous ne me laissez même pas le voir ? Si vous ne me laissez pas voir James ? Je veux sortir de ce lit et j'ai besoin d'avoir un truc sur le dos.

– Va lui chercher de quoi s'habiller, Moto, reprend Winston en rajustant sa montre.

– Je suis pas ta boniche, *Blondie*, riposte Kenji. Et je t'ai déjà demandé de ne pas m'appeler Moto.

Winston se pince l'arête du nez.

– Pas de problème. Je dirai aussi à Castle que c'est ta faute si elle ne le retrouve pas maintenant.

Kenji marmonne des insanités dans sa barbe. Quitte la pièce à grandes enjambées. Claque presque la porte en sortant.

Quelques secondes s'écoulent dans un silence tendu.

Je reprends mon souffle.

– Alors ça veut dire quoi, *Moto* ?

Winston roule des yeux.

– Rien. Juste un surnom… Son nom de famille est Yamamoto. Il devient fou quand on le coupe en deux. Ça le hérisse.

– Dans ce cas, pourquoi le couper en deux ?

Il ricane.

– Parce que c'est hyper dur à prononcer.

– Vous trouvez que c'est une excuse ?

Il fronce les sourcils.

– Quoi ?

– Ça vous offusque que je vous appelle Blondie au lieu de Winston. Pourquoi est-ce qu'il n'a pas le droit de se hérisser quand vous l'appelez Moto au lieu de Kenji ?

Il baragouine un truc qui ressemble à :

– C'est pas pareil.

Je me glisse sous le drap. Pose la tête sur l'oreiller.

– Ne soyez pas hypocrite.

45

J'ai l'air d'un clown dans ces vêtements trop grands. Je porte le tee-shirt, le pantalon de pyjama et les mules de quelqu'un d'autre. Kenji affirme qu'ils ont dû aussi détruire les vêtements que contenait mon sac, alors j'ignore à qui appartiennent ceux dans lesquels je flotte littéralement.

J'essaie de nouer le surplus de tissu, mais Kenji m'arrête.

– Hé ! Tu vas bousiller mon tee-shirt !

Je baisse les mains.

– Tu m'as donné tes fringues ?

– Ben… tu t'attendais à quoi ? C'est pas comme si on avait un stock de robes à dispo !

Il me décoche un regard signifiant : *Estime-toi heureuse que j'accepte de partager.*

Ma foi, j'imagine que c'est mieux que d'être toute nue.

– Alors qui est Castle, déjà ?

– C'est le responsable de tout, répond Kenji. Il dirige tout le mouvement.

Je dresse l'oreille.

– Le *mouvement* ?

Winston soupire. Il a l'air si coincé. Je me demande pourquoi.

– Si Kenji ne vous a rien expliqué, vous feriez sans doute mieux d'attendre que Castle prenne le relais. Un peu de patience. Je vous promets que nous allons répondre à vos questions.

– Mais au sujet d'Adam ? Et James, où est-il ?

– Waouh ! s'exclame Winston en se passant la main dans ses mèches folles. Vous n'allez pas lâcher le morceau, hein ?

– Adam va bien, Juliette, intervient Kenji. Il a juste besoin d'un peu plus de temps pour récupérer. Va falloir que tu commences à nous faire confiance. Personne ici ne va faire de mal à Adam, à James ou à toi. Tous les deux vont bien. Tout va bien.

Mais j'ignore si *bien*, c'est suffisant.

On traverse une véritable ville souterraine : couloirs et coursives, dallage lisse par terre, murs laissés à l'état brut. Tous les deux ou trois pas, des disques percés dans le sol diffusent une lumière artificielle. Je remarque au passage des ordinateurs et toutes sortes de gadgets que je ne reconnais pas, des portes entrouvertes sur des salles emplies de matériel high-tech.

– Comment vous trouvez l'électricité nécessaire pour faire fonctionner cet endroit ?

Je regarde plus attentivement ces machines inconnues, les écrans qui clignotent, reconnais les bourdonnements caractéristiques de centaines d'ordinateurs intégrés à la structure de ce monde souterrain.

Kenji tire sur une mèche rebelle dans mes cheveux. Je fais volte-face.

– On la vole, me dit-il, toutes dents dehors. (Puis il m'indique un petit passage d'un hochement de tête.) Par ici.

Des gens jeunes et âgés, de tous gabarits et de toutes ethnies entrent et sortent des salles, le long des couloirs. La plupart d'entre eux nous dévisagent, la plupart d'entre eux sont trop occupés pour nous remarquer. Certains portent la même tenue que les hommes et les femmes de la veille au soir. C'est un uniforme bizarre.

– Euh… tout le monde s'habille comme ça ? dis-je dans un murmure, en pointant le plus discrètement possible les étrangers qu'on croise.

Kenji se gratte la tête. Prend son temps avant de répondre.

– Pas tout le monde. Pas tout le temps.

– Et toi alors ?

– Pas aujourd'hui.

Je décide de ne pas flatter son penchant pour l'énigmatique et j'opte pour une question directe :

– Vas-tu enfin m'expliquer comment tu as pu guérir aussi vite ?

– Oui, répond-il sans se démonter. On va t'expliquer des tas de trucs, en fait. (On bifurque brusquement dans un couloir inattendu.) Mais d'abord… (Kenji s'arrête devant une énorme porte en bois.) Castle souhaite te rencontrer. C'est lui qui en a fait la demande.

– La *demande*… ?

– Ouais, confirme Kenji, un soupçon mal à l'aise en l'espace d'une fraction de seconde.

– Attends… qu'est-ce que tu veux dire par là ?

– Je veux dire que c'est pas un hasard si j'ai atterri dans l'armée, Juliette. (Il soupire.) C'est pas un hasard si je me suis pointé chez Adam. Et j'étais pas censé être abattu ou passé à tabac, mais pourtant si. Sauf que c'est pas un gars qui m'a déposé devant chez Adam. (Il sourit presque.) J'ai toujours su où il vivait. C'était mon boulot de le savoir. (Un temps d'arrêt.) On te cherchait tous.

J'ai la mâchoire au niveau des genoux. Les sourcils qui pendent au plafond.

– Vas-y, entre, dit Kenji en me poussant dans la pièce. Il arrivera quand il sera prêt.

– Bonne chance, se contente de me dire Winston.

Une éternité se passe avant qu'il entre dans la pièce.

Il se déplace méthodiquement. Son visage n'est qu'un masque flegmatique. Il ramène ses dreadlocks rebelles en queue-de-cheval et s'assoit à l'entrée de la salle. Il est mince, en forme, impeccablement vêtu d'un costume tout simple. Bleu nuit. Chemise blanche. Pas de cravate. Aucune ride sur son visage, mais une mèche argentée dans ses cheveux, et des yeux qui avouent qu'il a vécu au moins cent ans. Il doit avoir la quarantaine.

Je regarde autour de moi.

C'est un espace vide, impressionnant de minimalisme. Le sol et le plafond sont en briques soigneusement assemblées. Tout respire le vieux et l'ancien, mais en un sens, la technologie moderne garde cet endroit en vie. Une lumière artificielle éclaire cette salle gigantesque et des petits moniteurs sont encastrés dans les murs de pierre.

J'ignore ce que je fais là. À quoi je dois m'attendre. Quel genre de personnage est Castle. Après avoir passé tellement de temps avec Warner, j'essaie de ne pas nourrir de faux espoirs. Je ne réalise même pas que j'ai cessé de respirer quand il prend la parole.

– J'espère que vous avez apprécié votre séjour jusque-là.

Mon cou se redresse comme je m'attarde sur ses yeux sombres, sa voix douce, suave et vibrante. Une curiosité sincère, un soupçon d'étonnement brillent dans son regard. J'ai avalé ma langue.

– Kenji m'a dit que vous souhaitiez me rencontrer…

Voilà tout ce que je peux lui offrir.

– Kenji a dit vrai.

Il prend le temps de respirer. De se trémousser sur son siège. De scruter mes yeux, de choisir ses mots, de porter deux doigts à ses lèvres. Il semble maîtriser le concept de temporalité. *Impatience* ne fait manifestement pas partie de son vocabulaire.

– J'ai entendu… des histoires. À votre sujet. (Sourire.) Je souhaitais simplement savoir si elles étaient vraies.

– Qu'avez-vous entendu dire ?

Il me gratifie d'un sourire si éclatant de blancheur que j'ai l'impression de voir la neige tomber sur les reliefs de son visage. Il ouvre les mains. Les examine un instant. Relève la tête.

– Vous pouvez tuer un homme par le simple contact de votre peau nue. Vous pouvez pulvériser un mètre cinquante de béton avec la paume de votre main.

J'escalade une montagne de vide et mes pieds ne cessent de glisser. Je dois à tout prix m'accrocher à quelque chose.

– C'est vrai ? me demande-t-il.

– Vous risquez davantage d'être tué par les rumeurs que par moi-même.

Il m'observe bien trop longuement.

– J'aimerais vous montrer quelque chose, suggère-t-il enfin.

– Je veux des réponses à mes questions.

Ça commence à bien faire. Je n'ai pas envie d'être bercée par un faux sentiment de sécurité. Je ne veux pas simplement supposer qu'Adam et James vont bien. Je ne veux pas croire n'importe qui sans avoir de preuves. Je ne peux pas faire comme si tout ça était normal. Pas encore.

– Je veux savoir si je suis en sécurité, lui dis-je. Et si mes amis le sont aussi. Il y avait un enfant de dix ans avec nous, quand on est arrivés, et je veux le voir. J'ai besoin de m'assurer qu'il est en bonne santé et bien traité. Sinon, ne comptez pas sur moi pour coopérer.

Ses yeux me scrutent encore quelques instants.

– Votre loyauté est une véritable bouffée d'air frais, affirme-t-il (et il le pense). Vous allez vous plaire ici.

– Mes amis…

– Oui. Bien sûr. (Il est déjà debout.) Suivez-moi.

Cet endroit se révèle bien plus complexe, bien plus organisé que je ne l'aurais imaginé. Il abrite des centaines de directions pour se perdre, presque autant de salles, certaines plus grandes que les autres, chacune destinée à une activité différente.

– La salle à manger, m'indique Castle. Les dortoirs. Dans l'aile d'en face, les salles d'entraînement. Au bout de ce couloir, les salles communes. En passant par ici, les salles de bains. De chaque côté du palier, les salles de réunion. Juste après cette porte.

Chaque espace bourdonne comme une ruche, chaque personne s'adonnant à sa routine. Les gens lèvent la tête en nous voyant. Certains font signe, sourient, l'air enchanté. Je me rends compte qu'ils regardent tous Castle. Il hoche la tête. Ses yeux sont empreints de douceur, d'humilité. Son sourire conquérant, rassurant.

Il est le chef de ce *mouvement*, a déclaré Kenji. Ces personnes ne comptent pas seulement sur lui pour leur survie. Cet endroit n'est pas qu'un simple abri antiatomique. Ou une cachette à grande échelle. Son but, son objectif sont bien plus importants.

– Bienvenue au Point Oméga, me dit Castle dans un geste ample de la main.

46

– Le Point Oméga ?

– La dernière lettre de l'alphabet grec. L'ultime évolution, la dernière étape d'une série d'événements. (Il s'arrête devant moi et je remarque pour la première fois le symbole oméga cousu au dos de sa veste.) Nous représentons le seul espoir laissé par notre civilisation.

– Mais comment, en étant si peu nombreux, comptez-vous rivaliser avec…

– Nous bâtissons ce projet depuis longtemps, Juliette. (C'est la première fois qu'il prononce mon nom, toujours de sa voix vibrante, douce, mesurée.) Voilà des années que nous planifions, organisons notre stratégie. L'effondrement de notre société humaine ne devrait surprendre personne. Nous en sommes les seuls responsables. La question n'était pas de savoir *si* tout allait s'écrouler, poursuit-il, mais seulement à *quel moment*. Nous étions dans l'expectative. Il s'agissait de savoir qui tenterait de s'emparer du pouvoir et comment il l'utiliserait. La peur est un excellent motivateur, ajoute-t-il en se retournant un bref instant, tandis qu'il marche en silence sur le sol en pierre.

– C'est pitoyable.

– Je suis d'accord. C'est pourquoi une partie de mon travail consiste à ranimer les âmes transies qui ont perdu tout espoir. (Il bifurque dans un autre couloir.) Et de vous dire que presque tout ce qu'on vous raconte sur l'état de notre monde est un mensonge.

Je m'arrête net. Manque tomber à la renverse.

– Comment ça ?

– La situation n'est pas aussi catastrophique que le Rétablissement veut nous le faire croire.

– Mais il n'y a pas de nourriture...

– À laquelle il *vous* donne accès.

– Les animaux...

– Sont tenus à l'écart. Génétiquement modifiés. Élevés dans des pâturages secrets.

– Mais l'atmosphère... les saisons... le *climat*...

– Ce n'est pas aussi terrible qu'ils nous le laissent penser. C'est sans doute notre seul véritable problème... Mais il est aussi le fruit de manipulations perverses de notre terre nourricière. Des manipulations *d'origine humaine* que nous pouvons encore corriger.

Il se tourne vers moi. Capte mon esprit d'un seul regard.

– Il reste encore une possibilité de changer tout ça. Nous pouvons fournir de l'eau potable à tout le monde. Veiller à ce que les récoltes ne soient pas régulées en vue de dégager davantage de bénéfices, nous assurer que les fruits et les légumes ne soient pas génétiquement modifiés au profit des industriels. Notre peuple meurt parce que nous lui donnons des poisons à manger. Les animaux meurent parce que nous les forçons à consommer des déchets, à vivre dans leur propre saleté, en les mettant en cage et en les maltraitant. Les plantes s'étiolent parce que nous déversons des produits chimiques dans la terre qui les rendent ainsi dangereuses pour notre santé. Mais nous pouvons rectifier tout ça. On nous abreuve de mensonges parce que le fait d'y croire nous rend faibles, vulnérables, malléables. Nous dépendons des autres pour nos aliments, notre santé, notre subsistance. Ce qui nous immobilise. Fait de nous des lâches, et de nos enfants des esclaves. Il est temps pour nous de riposter.

Ses yeux étincellent de bonté, tandis qu'il serre les poings avec ferveur. Ses paroles sont puissantes, chargées de conviction, pétries de bon sens. Nul doute qu'il ait pu influencer beaucoup de gens avec des idées aussi formidables. L'espoir en un avenir qui semble perdu. L'inspiration puisée dans un monde lugubre qui n'a rien à offrir. C'est un chef naturel. Un orateur talentueux.

J'ai beaucoup de mal à le croire.

– Comment pouvez-vous êtes certain que vos théories soient fondées ? Vous avez des preuves ?

Il desserre les poings. Ses yeux s'apaisent. Ses lèvres esquissent un léger sourire.

– Bien sûr.

Pour un peu, il éclaterait de rire.

– Qu'y a-t-il de si drôle ?

Il secoue la tête. À peine.

– Votre scepticisme m'amuse. Je l'admire, en réalité. Il vaut mieux ne pas croire à tout ce qu'on entend.

Je saisis toute l'ambiguïté de ses propos et lui en fais part :

– *Touchée*[1], monsieur Castle.

---

1. En français dans le texte. Terme d'escrime passé dans la langue anglaise. *(N.d.T.)*

Il marque un temps d'arrêt.

– Vous êtes française, mademoiselle Ferrars ?

Du côté de ma mère, peut-être.

Je détourne le regard.

– Alors, où sont vos preuves ?

– Tout ce mouvement constitue une preuve suffisante. Nous avons survécu grâce à ces faits bien réels. Nous allons chercher les victuailles et les marchandises dans les complexes de stockage construits par le Rétablissement. Nous avons découvert leurs champs, leurs fermes, leurs animaux. Ils ont des centaines d'hectares consacrés aux cultures. Les paysans sont des esclaves qui travaillent sous la menace d'être tués, eux-mêmes ou les membres de leurs familles. Le reste de la société a été soit abattu, soit parqué dans leurs secteurs subdivisés en sections qu'ils surveillent de près.

Je conserve un visage neutre, impassible. Je n'ai toujours pas décidé si je devais le croire ou non.

– Pourquoi avez-vous besoin de moi ? Pourquoi tenez-vous à ma présence ici ?

Il s'arrête devant un mur de verre. Désigne la pièce de l'autre côté. Ne répond pas à ma question.

– Votre Adam est en train de guérir grâce à notre peuple.

Je manque trébucher dans ma hâte à le voir. Je colle mes mains sur le verre et scrute l'espace qui baigne dans la lumière. Adam est endormi, le visage parfait, paisible. Il doit s'agir de l'aile médicale.

– Regardez attentivement, me suggère Castle. Il n'y a aucune aiguille fixée à son corps. Aucune machine pour le maintenir en vie. Il est arrivé avec trois côtes fracturées.

Au bord du collapsus pulmonaire. Avec une balle dans la cuisse. Des reins contusionnés comme le reste du corps. La peau déchirée, les poignets ensanglantés. Une cheville foulée. Il a perdu plus de sang que la plupart des hôpitaux ne pourraient en fournir.

Mon cœur est à deux doigts d'éclater. J'ai envie de briser cette paroi de verre et d'aller prendre Adam dans mes bras.

– Nous sommes près de deux cents personnes au Point Oméga, précise Castle. Plusieurs d'entre elles possèdent une sorte de don.

Je virevolte, désarçonnée.

– Je vous ai fait venir ici, me dit-il paisiblement, parce que vous y êtes à votre place. Parce que vous devez savoir que vous n'êtes pas toute seule.

47

J'ai la mâchoire suspendue à mes lacets.

– Vous seriez d'une aide précieuse pour notre mouvement de résistance, ajoute-t-il.

– Il existe d'autres personnes… comme moi ? dis-je en peinant à respirer.

Le regard de Castle soulage mes bleus à l'âme.

– J'ai été le premier à comprendre que je ne pouvais pas être seul à souffrir de cette affection. Je me suis mis à chercher les autres, à suivre les rumeurs, à écouter les histoires qui circulaient, à lire les journaux en quête d'articles qui traitaient des anomalies du comportement humain. Au début, c'était juste pour avoir de la compagnie. (Il s'interrompt.) Je ne supportais plus cette sensation d'être un malade mental. De me croire inhumain, un monstre. Mais j'ai alors réalisé que ce qui me semblait une faiblesse était en réalité une force. Qu'ensemble nous pourrions faire quelque chose d'extraordinaire. Agir pour le *bien* commun.

Je n'ai plus de souffle. Je ne sens plus mes pieds. Impossible de cracher la boule qui me serre à la gorge.

Castle attend ma réaction.

Je me sens si nerveuse…

– Quel est votre… don ? je lui demande.

Son sourire me désarme et me rassure. Il tend la main. Penche la tête. J'entends une porte s'ouvrir en grinçant un peu plus loin. Un déplacement d'air, un cliquetis de métal. Je me tourne vers le bruit pour découvrir un objet qui fend l'atmosphère en filant dans ma direction. Je me baisse. Castle éclate de rire. Attrape l'objet au vol.

Je reste bouche bée.

Il me montre la clé entre ses doigts.

– Vous pouvez déplacer des choses uniquement par la pensée ?

Je me demande où j'ai pu dénicher les mots pour m'exprimer.

– Je suis à un stade incroyablement avancé de psychokinésie, dit-il en souriant. Alors oui, en effet.

– Il existe même un *nom* pour ça ?

Ma voix monte dans les aigus. J'essaie de me ressaisir.

– Pour mon état ? Oui. Pour le vôtre ? (Un temps d'arrêt.) Je ne sais pas trop.

– Et les autres… qu'est-ce qu'ils…

– Vous pouvez les rencontrer, si vous le souhaitez.

– Oui… oui, ça… ça me plairait, dis-je en balbutiant, excitée comme une gamine de quatre ans qui croit aux contes de fées.

Un bruit soudain m'immobilise.

Des pas martèlent le sol. J'entends une respiration haletante.

– *Monsieur !* crie quelqu'un.

Castle fait volte-face. S'approche de la personne qui arrive en courant au détour du couloir.

– Brendan ?

– Monsieur ! lâche encore l'inconnu, avant de reprendre son souffle à pleins poumons.

– Tu as des nouvelles ? Qu'est-ce que tu as vu ?

– On capte des trucs à la radio, répond son interlocuteur avec un fort accent britannique. Nos caméras ont détecté plus de tanks que d'habitude sur le secteur. On pense qu'ils peuvent se rapprocher…

J'entends un crépitement. Un grésillement d'électricité statique. Des voix confuses sur une faible fréquence radio.

Brendan étouffe un juron.

– Désolé, monsieur… D'ordinaire, ce n'est pas aussi déformé… Je n'ai pas encore appris à canaliser les charges électriques…

– Ne t'inquiète pas. Tu as juste besoin de pratique. Ton entraînement se déroule bien ?

– Très bien, monsieur. J'ai pratiquement tout sous contrôle. Enfin, presque.

– Excellent. Dans l'intervalle, tiens-moi au courant, si les tanks s'approchent davantage. Je ne serais pas surpris d'apprendre qu'ils redoublent de vigilance. Tâche d'écouter pour savoir s'ils préparent une attaque. Ça fait des années que le Rétablissement tente de nous localiser, mais à présent que nous avons avec nous une jeune fille qui leur serait très précieuse, je suis certain qu'ils veulent la récupérer. J'ai le sentiment que tout va s'accélérer désormais.

Son interlocuteur a l'air confus.

– Monsieur ?

– J'aimerais te présenter quelqu'un.

Silence.

Brendan et Castle surgissent à l'angle du couloir et s'avancent vers moi. Je dois me faire violence pour ne pas avoir l'air ahuri. Mais je ne peux pas m'empêcher de fixer le nouveau venu.

Le compagnon de Castle est blanc de la tête aux pieds.

Pas seulement à cause de son étrange tenue, d'un blanc irisé aveuglant, mais de sa peau qui se révèle plus pâle que la mienne. Même ses cheveux sont si blonds que seule la couleur blanche peut les décrire. Ses yeux sont hypnotiques. La nuance de bleu la plus claire que j'aie jamais vue. Un regard perçant. Quasi transparent. Il a l'air d'avoir mon âge.

Mais ne semble pas *réel*.

– Brendan, voici Juliette, reprend Castle en faisant les présentations. Elle est arrivée hier seulement. J'étais en train de lui donner une vue d'ensemble du Point Oméga.

Le sourire de Brendan est si lumineux que je manque tressaillir. Il tend sa main et je panique presque, avant qu'il ne fronce les sourcils et la retire en disant :

– Euh… attends… Excuse-moi…

Il fléchit les doigts, fait craquer ses phalanges. Des étincelles en jaillissent. Je suis médusée.

Il recule. Esquisse un sourire un peu gêné.

– Parfois, j'électrocute les gens par mégarde.

Quelque chose se fendille dans ma lourde carapace. Avant de se volatiliser. Je me sens soudain comprise. Je n'ai plus peur d'être moi-même. Je ne peux m'empêcher de sourire à belles dents.

– Ne t'inquiète pas, je lui rétorque. Si je te serre la main, je risque de te tuer.

– Mince alors ! lâche-t-il dans un battement de paupières. (Il me dévisage. Attend que je corrige mes propos.) T'es sérieuse ?

– Tout à fait.

Il éclate de rire.

– OK, alors ! On ne se touche pas. (Il se penche quand même en baissant la voix.) J'ai moi-même un petit problème avec ça, tu sais. Les filles parlent sans arrêt du courant qui passe entre deux êtres qui vivent une histoire d'amour, et tout ça. Mais personne ne voit le bonheur dans l'électrocution, apparemment. Bref, j'y comprends rien ! conclut-il dans un haussement d'épaules.

J'arbore un sourire aussi vaste que l'océan Pacifique. Je me sens soulagée, réconfortée, acceptée.

Adam avait raison. Peut-être que la situation peut s'arranger. Peut-être que je ne suis pas forcée d'être un monstre. Peut-être que j'ai le choix.

Je crois que je vais me plaire ici.

Brendan me décoche un clin d'œil.

– C'était sympa de faire ta connaissance, Juliette. Je te revois bientôt ?

Je hoche la tête.

– Je pense que oui.

– Génial ! s'exclame-t-il en me gratifiant d'un nouveau sourire. (Il se tourne vers Castle.) Je vous tiens au courant dès que j'ai du nouveau, monsieur.

– Parfait.

Et Brendan disparaît.

Je pivote vers la paroi de verre qui me sépare de l'autre moitié de mon cœur. Je colle ma tête contre la surface froide. Je souhaiterais qu'il se réveille.

– Tu aimerais aller lui dire bonjour ?

Je lève les yeux sur Castle, qui m'étudie encore. M'analyse toujours. Bizarrement, l'attention qu'il me porte ne me met pas mal à l'aise.

– Oui. J'ai envie de lui dire bonjour.

48

Castle se sert de la clé qu'il a en main pour ouvrir la porte.

– Pourquoi verrouiller l'aile médicale ? je lui demande.

Il se tourne vers moi et je me rends compte pour la première fois qu'il n'est pas très grand.

– Si tu avais su où le trouver… aurais-tu attendu sagement derrière cette porte ?

Je baisse les yeux. Ne réponds pas. J'espère que je ne rougis pas.

Il tente de se montrer encourageant.

– Le processus de guérison est délicat. On ne peut l'interrompre ni l'influencer par des émotions imprévisibles. Nous avons la chance de compter deux guérisseuses parmi nous, deux jumelles, en fait. Mais le plus fascinant, c'est que chacune d'elles se concentre sur un élément différent : l'une sur les handicaps physiques, l'autre sur le mental. On doit tenir compte de ces deux aspects, sinon la guérison se révélera incomplète, fragile, insuffisante. (Il tourne la poignée de la porte.) Mais je pense qu'Adam ne risque rien en te voyant à présent.

J'entre dans la salle et l'odeur de jasmin m'assaille aussitôt. Je scrute l'espace en quête de fleurs, mais n'en vois aucune. Je me demande s'il s'agit d'un parfum d'ambiance. En tout cas, il est enivrant.

– Je reste dans le couloir, me dit Castle.

La salle est remplie d'une longue rangée d'une vingtaine de lits sans fioritures. Tous inoccupés à l'exception de celui d'Adam. Je vois une porte à l'autre bout de la pièce, qui mène sans doute à un autre espace. Mais je suis trop nerveuse pour céder à la curiosité, là, maintenant.

J'approche une chaise en évitant de faire trop de bruit. Je ne veux pas le réveiller. Je veux juste m'assurer qu'il va bien. Je serre et desserre les poings. Je suis trop consciente de mon cœur qui bat la chamade. Et je sais que je ne devrais sans doute pas le toucher, mais c'est plus fort que moi. Je pose ma main sur la sienne. Ses doigts sont tièdes.

Ses paupières frémissent un court instant. Elles ne se soulèvent pas. Il reprend brusquement sa respiration et je me fige.

Je fonds presque en larmes.

– Qu'est-ce que tu *fais* ?

Mon cou se redresse au son de la voix paniquée de Castle.

Je lâche la main d'Adam, m'écarte du lit, les yeux écarquillés, inquiets.

– Comment ça ?

– Pourquoi tu… tu viens juste de… tu peux le *toucher…* ?

Je ne pensais pas voir Castle aussi confus, aussi perplexe. Il a perdu son flegme, garde le bras à moitié tendu vers moi.

– Bien sûr que je peux le toucher… (Je m'interromps. Essaie de garder mon calme.) Kenji ne vous a rien dit ?

– Ce jeune homme est immunisé ? murmure Castle, étonné.

– Oui, ~~comme Warner,~~ dis-je, tandis que mes yeux passent de lui à Adam, toujours endormi.

– C'est... *stupéfiant.*

– Vraiment ?

– Tout à fait, insiste Castle dont le regard étincelle de curiosité. Ce n'est certainement pas une coïncidence. Il n'y a pas de coïncidence dans ce genre de situation. (Il marque une pause. Se met à marcher de long en large.) C'est fascinant. Ça offre tellement de possibilités... tellement d'hypothèses.

Il ne s'adresse plus à moi. Son esprit en ébullition avance trop vite pour que je puisse garder l'allure. Il prend une grande inspiration. Semble se souvenir de ma présence.

– Toutes mes excuses. Continue, je t'en prie. Les filles sortiront bientôt... Elles s'occupent de James pour l'instant. Je dois faire part de cette nouvelle information le plus tôt possible.

– Attendez...

Il redresse la tête.

– Oui ?

– Vous avez une hypothèse ? je lui demande. Vous... vous savez pourquoi ce genre de phénomène m'arrive... à moi ?

– Tu veux dire à *nous* ? rectifie Castle dans un sourire affable.

Je lutte pour ne pas piquer un fard. Je me débrouille pour acquiescer.

– Nous menons des recherches très poussées depuis des années, répond-il. Nous pensons avoir notre petite idée sur la question.

– Et alors ?

Je retiens mon souffle.

– Si tu décidais de rester au Point Oméga, nous aurions alors très bientôt cette conversation. C'est promis. Mais je suis certain que le moment est mal choisi, ajoute-t-il en désignant Adam d'un hochement de tête.

– Oh… (Je sens mes joues qui s'enflamment, cette fois.) Bien sûr.

Castle tourne les talons pour s'en aller.

– Mais vous pensez qu'Adam… (Les paroles s'échappent un peu trop vite d'entre mes lèvres. J'essaie de me contrôler.) Vous pensez qu'il est… comme *nous*, aussi ?

Castle pivote vers moi. Plante son regard dans le mien.

– Je pense, dit-il d'une voix prudente, que c'est tout à fait possible.

Je suis interloquée.

– Encore toutes mes excuses, reprend-il, mais je dois vraiment filer. Et je ne veux pas interrompre ce moment d'intimité.

J'ai envie de lui dire *oui, bien sûr, absolument.* J'ai envie de lui sourire, de lui faire au revoir de la main, d'ajouter que ça ne pose pas de problème. Mais j'ai tellement de questions qui se bousculent dans ma tête que j'ai l'impression qu'elle va exploser. J'ai envie qu'il me dise tout ce qu'il sait.

– Je me doute que ça fait beaucoup d'informations à digérer d'un coup, déclare-t-il en s'arrêtant à la porte. Mais nous aurons plusieurs occasions de parler. Tu dois être épuisée et je suis sûr que tu aimerais dormir un peu. Les filles s'occuperont de toi… elles t'attendent. En fait, ce seront tes nouvelles camarades de chambre au Point Oméga. C'est un honneur de te compter parmi nous,

Juliette Ferrars. J'espère que tu vas sérieusement envisager de nous rejoindre définitivement.

Je hoche la tête, abasourdie.

Et il n'est plus là.

Nous menons des recherches très poussées depuis des années. Nous pensons avoir notre petite idée sur la question, a-t-il dit. *Nous aurions alors très bientôt cette conversation. C'est promis.*

Pour la première fois de ma vie, je risque de pouvoir enfin comprendre qui je suis et ça me paraît incroyable. Et Adam. *Adam.* Je me ressaisis et rapproche ma chaise de lui. Je presse affectueusement ses doigts. Peut-être que Castle se trompe. Peut-être que tout ça n'est que le fruit du *hasard.*

Il faut que je garde les idées claires.

Je me demande si quelqu'un a eu des nouvelles de Warner.

– Juliette ?

Il a les yeux mi-clos. Il me dévisage comme s'il n'était pas sûr que je sois bien réelle.

– Adam !

Je dois m'obliger à rester tranquille.

Il me sourit, et ce simple effort semble l'épuiser.

– Bon sang, c'est si bon de te voir.

– Tu vas *bien.* (J'agrippe sa main, je résiste à l'envie de l'attirer dans mes bras.) Tu vas vraiment bien.

Son sourire s'élargit.

– Je suis tellement crevé. Je crois que je pourrais dormir plusieurs années.

– T'inquiète pas. Le sédatif ne fera bientôt plus d'effet.

Je me retourne. Deux filles aux mêmes yeux verts nous contemplent. Elles sourient en même temps. Leurs longs cheveux bruns, raides comme des baguettes, sont ramenés en queue-de-cheval au-dessus de leurs têtes. Elles portent des combinaisons argentées assorties et des ballerines dorées.

– Moi, c'est Sonya, annonce celle de gauche.

– Moi, c'est Sara, ajoute sa sœur.

Impossible de les différencier.

– C'est sympa de te rencontrer, déclarent-elles à l'unisson.

– Je m'appelle Juliette. Ravie de faire votre connaissance.

– Adam est quasi prêt à sortir, dit l'une.

– Sonya est une excellente guérisseuse, intervient l'autre.

– Sara est plus douée que moi, renchérit la première.

– Il devrait pouvoir s'en aller dès que le sédatif cessera d'agir sur son organisme, disent-elles ensemble, sourire aux lèvres.

– Oh… super ! Merci beaucoup…

Je ne sais pas qui regarder. À qui répondre. J'observe Adam du coin de l'œil. Ça semble beaucoup l'amuser.

– Où est James ? demande-t-il.

– Il joue avec les autres enfants.

Je crois que c'est Sara qui vient de répondre.

– On vient de l'amener faire une pause-toilette, dit l'autre.

– Tu aimerais le voir ? propose Sara.

– Il y a d'autres enfants ? dis-je avec des yeux plus gros que ma tête.

Les filles acquiescent en même temps.

– On va le chercher, annoncent-elles en chœur.

Puis elles disparaissent.

– Elles ont l'air cool, dit Adam au bout d'un petit moment.

– Ouais. En effet.

Tout a l'air cool ici.

Sonya et Sara reviennent en compagnie de James, que je n'ai jamais vu aussi heureux, presque plus heureux que le soir où il revoyait Adam pour la première fois. Il est ravi d'être ici. Ravi d'être avec d'autres enfants et avec les « jolies filles qui s'occupent de moi parce qu'elles sont trop sympas et qu'il y a plein de trucs à manger, et elles m'ont donné du *chocolat*, Adam… T'as déjà goûté au chocolat, Adam ? » Et puis il a un grand lit, et demain il ira en cours avec les autres gosses, et ça l'enthousiasme déjà.

– Je suis trop content que tu sois réveillé, dit-il à Adam en sautant pratiquement sur son lit. Ils m'ont dit que t'étais malade et que tu te reposais, mais maintenant que t'es réveillé, ça veut dire que tu vas mieux, c'est ça ? Et puis on est en sécurité, hein ? Je me rappelle plus vraiment ce qui s'est passé quand on est venus ici, admet-il un peu gêné. Je crois que je me suis endormi.

– Ouais, on n'a plus rien à craindre, répond Adam à son petit frère en lui ébouriffant ses cheveux blonds en bataille. Tout va bien.

James repart ensuite jouer avec les autres gamins. Sonya et Sara s'inventent alors une excuse pour nous laisser seuls. Je les apprécie de plus en plus, ces deux-là.

– Quelqu'un t'a déjà raconté comment fonctionnait cet endroit ? me demande Adam.

Il se débrouille pour s'asseoir dans le lit. Son drap glisse et dévoile son torse nu. Sa peau est parfaitement guérie. À tel point que j'ai du mal à réconcilier le souvenir que j'en gardais avec l'image que j'ai sous les yeux. J'oublie de répondre à sa question.

– Tu n'as aucune cicatrice, dis-je en effleurant sa peau comme si j'avais besoin de vérifier par moi-même.

Il esquisse un sourire.

– Ils ne sont pas très conventionnels dans leurs pratiques médicales, par ici.

Je redresse la tête, l'air surpris.

– Tu... es au courant ?

– T'as déjà rencontré Castle ?

Je hoche la tête, ébahie.

Il se trémousse un peu. Soupire.

– Ça faisait longtemps que j'entendais des rumeurs sur cet endroit. Je suis devenu drôlement doué pour écouter les gens chuchoter, notamment parce que faisais gaffe pour moi-même. Mais à l'armée, on entend toujours des bruits de couloir. Sur toutes sortes de menaces ennemies. D'éventuelles embuscades. À l'époque où je me suis enrôlé, on parlait d'un mouvement clandestin inhabituel. La plupart des gens disaient que c'étaient des conneries, le genre de rumeurs bidon concoctées pour faire peur, et que tout ça ne pouvait pas exister. Mais je me suis toujours dit que ces histoires s'appuyaient peut-être sur des faits réels, du moins je l'espérais... Surtout après avoir découvert ton existence. J'espérais qu'on pourrait découvrir d'autres personnes avec des capacités semblables. Mais j'ignorais à qui m'adresser. Je n'avais aucun contact, aucun moyen de savoir comment les trouver. (Il secoue la tête, un peu dépité.) Et pendant tout ce temps, Kenji bossait sous couverture.

– Il a dit qu'il me cherchait.

Adam acquiesce. Rigole.

– Tout comme moi. Tout comme Warner.

– Je… je ne comprends pas, dis-je en bafouillant. Surtout maintenant que je sais qu'il existe d'autres gens comme moi… plus forts, même… Pourquoi est-ce que Warner me voulait *moi* en particulier ?

– Il t'a découverte avant Castle, répond Adam. À ses yeux, il te méritait depuis longtemps. (Adam s'adosse à l'oreiller.) Warner a des tas de défauts, mais il n'est pas idiot. Je suis sûr qu'il savait que ces rumeurs avaient un fond de vérité… et ça le fascinait. Parce que si Castle souhaitait utiliser tes capacités pour faire le bien, Warner voulait les manipuler pour les besoins de sa propre cause. Histoire de devenir une espèce de superpuissance. (Adam marque une pause.) Il a investi beaucoup de temps et d'énergie uniquement pour étudier ton cas. Je ne pense pas qu'il avait envie de laisser tous ses efforts s'envoler en fumée.

– Adam, dis-je dans un souffle.

Il me prend la main.

– Ouais ?

– Je ne crois pas qu'il soit mort.

49

– Il ne l'est pas.

Adam se tourne. Fronce les sourcils.

– Qu'est-ce que tu fous là ?

– Waouh ! Quel accueil, Kent ! Fais gaffe de pas te froisser un muscle en me remerciant d'avoir sauvé ta peau.

– Tu nous as menti à tous.

– De rien, avec plaisir.

– T'as filé un somnifère à mon petit frère de dix ans !

– De rien, avec plaisir.

– Salut, Kenji, dis-je en lui faisant signe.

– Mes fringues ont de l'allure, sur toi !

Il s'avance un peu et sourit.

Je lève les yeux au ciel. Adam scrute ma tenue pour la première fois.

– Je n'ai rien d'autre à me mettre sur le dos.

Adam hoche lentement la tête. Regarde Kenji.

– T'as un truc à me dire ?

– Ouais. Je suis censé te montrer où tu vas dormir.

– Comment ça ?

Kenji sourit à belles dents.

– James et toi, vous allez devenir mes nouveaux camarades de chambrée.

Adam étouffe un juron.

– Désolé, mon pote, mais on n'a pas assez de chambres pour toi et Mains-de-Feu ici présente pour vous octroyer un petit espace privé. (Il me décoche un clin d'œil.) Ne le prends pas mal.

– Je dois y aller tout de suite ?

– Ouais, mec. Je vais pas tarder à aller me pieuter. Je vais pas passer la nuit à attendre que tu bouges ton cul de feignasse.

– Moi, *feign...* ?

Je m'empresse d'intervenir avant qu'Adam n'ait le temps de riposter.

– Comment ça, tu veux aller te coucher ? Il est quelle heure ?

– Presque 10 heures du soir, me répond Kenji. C'est difficile de se repérer sous terre, mais on essaie tous de faire gaffe. On a des moniteurs dans les couloirs, et la plupart d'entre nous tâchent de porter une montre. Si tu perds les repères du jour et de la nuit, ça t'embrouille. Et c'est le moment de se laisser aller.

– Comment sais-tu que Warner n'est pas mort ? dis-je, nerveuse.

– On vient de le voir en vidéo, affirme Kenji. Lui et ses hommes sont en train de patrouiller activement dans ce secteur. J'ai réussi à capter une partie de leur conversation. Il en ressortait que Warner s'était fait tirer dessus.

Je manque m'étouffer, tente de ralentir les battements de mon cœur.

– C'est pourquoi on a eu de la chance, hier soir. Apparemment, les soldats ont été rappelés à la base parce qu'ils *pensaient* que Warner était mort. Le pouvoir a changé de main l'espace d'une minute. Personne ne savait plus quoi faire. Quels ordres suivre. Mais il s'est révélé que Warner n'était *pas* mort. Juste salement blessé. On lui a entièrement rafistolé le bras, qu'il porte maintenant en écharpe, précise Kenji.

Adam retrouve la parole avant moi.

– Est-ce que cet endroit est bien sécurisé contre toute attaque éventuelle ?

Kenji éclate de rire.

– Ultra-sécurisé ! Je ne sais même pas comment ils ont pu se débrouiller pour venir aussi près. Mais ils ne pourront jamais trouver notre emplacement exact. Et même s'ils le trouvent, ils ne pourront jamais en forcer l'entrée. Notre sécurité est pour ainsi dire inviolable. De plus, on a des caméras partout. On peut voir ce qu'ils font avant même qu'ils ne prévoient de le faire. Mais c'est pas vraiment important, remarque. Parce qu'ils cherchent à se battre et nous aussi. On n'a pas peur d'une attaque. Et puis ils n'ont aucune idée de ce dont on est capables. Ça fait des lustres qu'on s'entraîne.

– Est-ce que… (Je m'interromps. Pique un fard.) Tu peux… enfin, je veux dire… T'as un don, toi aussi ?

Kenji a disparu.

Il s'est vraiment volatilisé !

Je me lève. Essaie de toucher l'espace qu'il occupait à l'instant.

Il réapparaît, juste à temps pour éviter que je ne l'effleure.

– HÉ ! Fais gaffe ! C'est pas parce que je suis invisible que je ne sens rien…

– Oh ! dis-je en reculant. Désolée…

– Tu peux te rendre *invisible* ? questionne Adam, plus agacé qu'intéressé.

– Ça t'en bouche un coin, pas vrai ?

– Depuis combien de temps tu m'as espionné ? rétorque Adam en plissant les yeux.

– Aussi longtemps que j'en ai eu besoin, répond Kenji avec espièglerie.

– Alors t'es… *immatériel* ? dis-je.

– J'hallucine ! Tout de suite, les grands mots ! lâche Kenji qui croise les bras et s'adosse au mur.

– Enfin, je veux dire… tu ne peux pas… jouer les passe-muraille, si ?

Il ricane.

– Naaan… Je suis pas un fantôme. Je peux juste… me fondre dans le décor – j'imagine que c'est le terme qui convient. Je change d'aspect pour disparaître dans mon environnement. Ça m'a pris du temps, avant que je comprenne.

– Waouh !

– J'avais l'habitude de suivre Adam jusque chez lui. C'est comme ça que j'ai su où il habitait. Et que j'ai pu m'enfuir… parce qu'ils ne pouvaient pas vraiment me voir. Ils ont quand même essayé de me tirer dessus, ajoute-t-il, amer, mais au moins je me suis débrouillé pour ne pas mourir.

– Attends. Pourquoi tu suivais Adam jusque chez lui ? Je croyais que c'était *moi* que tu recherchais ?

– Ouais… Ben je me suis enrôlé peu de temps avant qu'on entende parler du grand projet de Warner. (Il hoche la tête dans ma direction.) On essayait de te retrouver, mais Warner avait plus d'autorisations, et donc accès à davantage d'infos que nous ; on a eu un mal fou à retrouver ta trace. Castle a pensé que ce serait plus facile d'avoir quelqu'un au sein de l'armée, pour faire gaffe à tous les trucs débiles que Warner prévoyait de faire. Alors, quand j'ai appris qu'Adam était le principal gars impliqué dans ce fameux projet et qu'il avait un passé commun avec toi, j'ai transmis l'info à Castle. Il m'a demandé de surveiller Adam aussi. Au cas où il se révélerait aussi cinglé que Warner. On voulait s'assurer qu'il ne représenterait pas une menace pour toi et nos plans. Mais j'ignorais que vous alliez tenter de vous enfuir ensemble. Du coup, ça m'a tout chamboulé.

On se tait pendant quelques instants.

– Combien de temps tu m'as espionné, alors ? reprend Adam.

– Tiens, tiens ! réplique Kenji en dressant la tête. M. Adam Kent se sent soudain un poil intimidé ?

– Arrête de faire l'abruti deux secondes.

– Tu caches quelque chose ?

– Ouais. Mon pistolet...

– Hé ! s'exclame Kenji dans un claquement de mains. On est prêts à sortir d'ici, ou quoi ?

– J'ai besoin d'un pantalon.

Kenji a l'air agacé, tout à coup.

– Franchement, Kent ? J'ai pas envie d'entendre ce genre de conneries.

– Dans ce cas, à moins que t'aies envie de me voir à poil, je te suggère de trouver une solution.

Kenji lui décoche un regard assassin et sort en grommelant qu'il en a marre de prêter ses fringues à tout le monde. La porte se referme derrière lui.

– Je ne suis pas vraiment nu, me confie Adam.

– Oh…

Je relève la tête. Mes yeux me trahissent.

Il n'a pas le temps de se mordre la lèvre pour cacher son sourire. Ses doigts frôlent ma joue.

– Je voulais juste qu'il nous laisse seuls une minute.

Je rougis jusqu'à la moelle. Cherche un truc à dire.

– Je suis si contente que tu ailles bien.

Il me répond quelque chose que je n'entends pas.

Prend ma main. M'attire à son côté.

Il se penche vers moi, et moi vers lui, jusqu'à ce que je me retrouve pratiquement au-dessus de lui, et il me fait glisser dans ses bras et m'embrasse avec un regain de désespoir, un regain de passion, un désir fougueux. Ses mains s'entremêlent avec mes cheveux, ses lèvres si douces, si ardentes sur les miennes, comme le feu et le miel qui explosent dans ma bouche. Tout mon corps palpite, se charge d'une électricité qui transmet de délicieux frissons le long de mon dos. Je veux me fondre dans sa bouche.

Je tends la main vers son corps.

Adam recule à peine. Embrasse ma lèvre inférieure. La mordille une seconde. Sa peau est cent fois plus brûlante que tout à l'heure. Ses lèvres se collent à mon cou et mes mains commencent leur descente le long de son torse, et je me demande pourquoi toutes ces locomotives s'époumonent dans mon cœur et me laissent pantelante comme un harmonica fêlé. Je suis du doigt l'oiseau à jamais immortalisé en vol sur sa peau et je comprends pour la première fois qu'Adam m'a offert mes propres ailes. Il m'a aidée à prendre mon envol, et me voilà prisonnière d'un mouvement qui m'entraîne au centre de tout. Je rapproche ses lèvres des miennes.

– Juliette… (1 souffle. 1 baiser. 10 doigts qui taquinent ma peau.) Il faut que je te voie ce soir.

Oui.

Je t'en prie.

2 coups frappés à la porte nous séparent illico.

Kenji l'ouvre à toute volée.

– Vous avez conscience que ce mur est en *verre,* ou pas ? (On dirait qu'il a avalé un asticot.) Personne n'a envie de voir ça.

Il lance un pantalon à Adam.

Me fait un signe de tête.

– Viens, je vais t'emmener chez Sonya et Sara. Elles vont t'installer pour la nuit. (Il se tourne vers Adam.) Et ne me rends *jamais* ce pantalon !

– Et si j'ai pas envie de dormir ? riposte Adam sans se démonter. J'ai pas le droit de quitter ma chambre ?

Kenji serre la mâchoire. Plisse les yeux.

– Je ne vais pas te le demander souvent, Kent, mais *s'il te plaît,* ne t'avise pas de filer pour la retrouver en douce. C'est pas pour rien qu'on doit réglementer tant soit peu les choses ici. C'est le seul moyen de survivre. Alors rends service à tout le monde et garde ton pantalon. Tu la verras demain matin.

Sauf que demain matin, ça me paraît à des années-lumière.

50

Les jumelles dorment encore, quand on frappe à la porte. La veille au soir, Sonya et Sara m'ont montré où se trouvaient les salles de bains des filles, si bien que j'ai pu me doucher, mais je porte toujours les vêtements trop grands de Kenji. Je me sens un peu ridicule en marchant vers la porte.

Je l'ouvre.

Bats des cils.

– Salut, Winston.

Il me regarde de haut en bas.

– Castle a pensé que tu aurais envie de changer de tenue.

– Tu as quelque chose pour moi ?

– Ouais… tu te souviens ? On t'a préparé un truc sur mesure.

– Oh, waouh ! Ça m'a l'air super.

Je me faufile en silence à l'extérieur et suis Winston dans les couloirs sombres. Le monde souterrain est tranquille, ses habitants encore endormis.

Je demande à Winston pourquoi on se lève d'aussi bonne heure.

– Je me suis dit que tu aimerais rencontrer tout le monde au petit déjeuner. Comme ça, tu pourras te mettre tout de suite dans le bain des activités quotidiennes… et même commencer ton entraînement. (Il jette un regard par-dessus son épaule.) On doit tous apprendre à maîtriser nos facultés de la manière la plus efficace. Ce n'est pas bon de n'avoir aucun contrôle sur son corps.

– Attends… toi aussi, tu as un *don* particulier ?

– On est exactement 56 à en avoir un. Les autres sont des membres de notre famille, des enfants ou des amis proches qui nous donnent un coup de main pour tout le reste. Alors oui, je fais partie de ces 56 personnes. Comme toi.

J'ai failli lui marcher sur les pieds, à force de vouloir garder le rythme de ses longues foulées.

– Alors de quoi tu es capable ?

Il ne répond pas.

Et je ne le jurerais pas, mais je pense qu'il rougit.

– Désolée… (Je me rétracte.) Je ne voulais pas être indiscrète. Je n'aurais pas dû te poser la…

– Pas de problème, m'interrompt-il. Je trouve seulement que mon don est stupide, ajoute-t-il dans un petit rire sec. Avec tout ce que je devrais être capable de faire, soupire-t-il. Toi, au moins, tu peux faire quelque chose d'*intéressant.*

Je m'arrête de marcher, abasourdie. Horrifiée.

– Tu crois que c'est un concours ? À savoir celui qui présente le tour de magie le plus malsain ? Celui qui peut infliger la douleur la plus intense ?

– C'est pas ce que je voulais dire…

– Je ne crois pas que ce soit *intéressant* de pouvoir tuer quelqu'un par mégarde. Je ne crois pas que ce soit *intéressant* d'avoir peur de toucher un être vivant.

Sa mâchoire se crispe.

– C'est pas du tout ce que je voulais dire. C'est juste que… j'aimerais me rendre plus utile. Voilà.

Je croise les bras.

– T'es pas obligé de me le dire, si tu ne veux pas.

Il lève les yeux au ciel. Se passe une main dans les cheveux.

– Je suis simplement… Je suis très… souple, dit-il.

Je mets un petit moment avant de comprendre.

– Genre… tu peux exécuter des tas de contorsions ?

– Bien sûr. Ou m'étirer au besoin.

Je suis tellement ahurie que j'en deviens grotesque.

– Je peux voir ?

Il se mordille la lèvre. Rajuste ses lunettes. Lance un regard de part et d'autre du hall désert. Et enroule un bras autour de sa taille. Deux fois.

Je reste bouche bée comme un poisson mort.

– Waouh !

– C'est idiot, marmonne-t-il. Et inutile.

– T'es malade ou quoi ? (Je me penche vers lui.) C'est *fabuleux*.

Mais son bras est redevenu normal et Winston s'est remis à marcher. Je dois courir pour le rattraper.

– Ne sois pas aussi dur avec toi-même, lui dis-je. Il n'y a pas de quoi avoir honte.

Mais il ne m'écoute pas et je me demande quand viendra le jour où je ferai des conférences pour motiver les foules. Quand je passerai de la haine à l'acceptation de moi-même. Quand ce sera possible pour moi de choisir ma propre vie.

Winston me conduit dans la salle où je l'ai rencontré. Les mêmes murs blancs. Le même petit lit. Sauf que cette fois, Adam et Kenji attendent à l'intérieur. Mon cœur passe la vitesse supérieure et je deviens nerveuse.

Adam se tient debout dans un coin. Parfait. Sublime. Indemne. Pas une seule goutte de sang sur le corps. Il s'avance vers moi avec une légère gêne, me sourit sans difficulté. Sa peau se révèle un peu plus pâle que d'habitude, mais radieuse comparée à son teint terreux, la nuit de notre arrivée. Son bronzage naturel contrebalance ses yeux couleur bleu nuit.

– Juliette...

Impossible de ne pas le contempler. Avec émerveillement. C'est incroyable de savoir qu'il va bien.

– Salut... dis-je en souriant.

– Bonjour à vous deux aussi, intervient Kenji.

Je sursaute. Mes joues sont plus rouges qu'un coucher de soleil estival. Et je recule tout aussi vite.

– Oh, salut ! dis-je en agitant une main molle dans sa direction.

Il ricane.

– Bien. Tâchons de ne pas traîner, OK ? lance Winston qui s'avance vers l'un des murs, lequel se révèle être un placard.

Il y a une tache de couleur à l'intérieur. Il la décroche du cintre.

– Puis-je... euh... avoir un petit moment en privé avec elle ?

Winston retire ses lunettes. Se frotte les yeux.

– Je dois suivre la procédure. J'ai des tas de choses à expliquer...

– Je sais. Pas de problème. Tu peux le faire après. J'ai juste besoin d'une minute. Promis. Je n'ai pas vraiment eu l'occasion de lui parler depuis qu'on est là.

Winston fronce les sourcils. Me regarde. Regarde Adam. Soupire.

– Entendu. Mais ensuite on revient. J'ai besoin de m'assurer que tout va bien et je vais devoir vérifier si…

– Parfait. Ça m'a l'air super. Merci, mec…

Et Adam les pousse tous les deux dans le couloir.

– Attends ! s'écrie Winston en rouvrant d'un seul coup la porte. Qu'elle en profite au moins pour enfiler sa tenue, pendant qu'on attend dehors.

Adam contemple le tissu dans la main tendue de Winston, qui se masse le front avec l'autre en marmonnant que les gens lui font toujours perdre son temps, et Adam réprime un sourire. Il me lance un regard. Je hausse les épaules.

– OK, dit-il en s'emparant de la tenue. Mais maintenant, vous devez sortir…

Et il les pousse de nouveau tous les deux dans le couloir.

– On est juste *là-dehors* ! braille Kenji. Genre on revient dans cinq secondes…

Adam ferme la porte derrière eux. Se retourne. Ses yeux me dévorent.

J'ignore comment calmer mon cœur. J'essaie de parler et j'échoue.

Il prend la parole le premier.

– Je n'ai jamais eu l'occasion de te remercier.

Je baisse la tête. Fais comme si le rouge ne me montait pas aux joues. Me pince sans raison apparente.

Il avance. Se penche. Me prend les mains.

– Juliette…

Je le regarde du coin de l'œil.

– *Tu m'as sauvé la vie.*

Je me mordille l'intérieur de la joue. Ça semble tellement idiot de dire « À ton service » dans ce genre de circonstance. Je ne sais pas quoi faire.

– Je suis très heureuse que tu ailles bien maintenant.

Voilà tout ce qui m'est venu à l'esprit.

Il ne quitte pas mes lèvres des yeux et je souffre le martyre. S'il m'embrasse maintenant, je ne pense pas que je le laisserai s'arrêter. Il reprend son souffle. Semble se souvenir qu'il a quelque chose dans les mains.

– Oh… Peut-être que tu devrais enfiler ça ?

Il me tend un truc moulant, dans les violets. Ça a l'air minuscule. Comme une combinaison pour enfant. Ça pèse moins que rien.

Je lui décoche un regard ébahi.

Il sourit.

– Vas-y. Essaie-le.

Je le fixe différemment.

– Oh ! (Il recule d'un bond, un peu gêné.) OK… je vais juste… je vais me retourner.

J'attends de voir son dos avant de soupirer. Je regarde alentour. Il n'y a manifestement pas de miroir dans cette pièce. Je me débarrasse des vêtements trop grands. Les laisse tomber par terre. Il ne dit pas un mot. J'examine le tissu violet brillant. J'imagine qu'il est élastique.

En effet.

À vrai dire, il s'enfile avec une facilité inattendue… comme s'il était tout spécialement conçu pour mon corps. Il comporte une doublure spéciale à l'emplacement du sous-vêtement, un soutien renforcé pour la poitrine, un col qui remonte jusqu'au cou, des manches qui m'arrivent aux poignets, des jambes qui descendent jusqu'aux chevilles, et une fermeture à glissière qui boucle l'ensemble. J'observe le tissu ultrafin. J'ai l'impression de ne rien porter. Ça me moule sans aucunement me serrer. Je respire sans problème. C'est incroyablement confortable.

– Qu'est-ce que ça donne… ? demande Adam.

Il a l'air nerveux.

– Tu peux m'aider à remonter la fermeture ?

Il fait volte-face. Ses lèvres s'ouvrent, tremblent, puis dessinent un formidable sourire. Ses sourcils touchent le plafond. Je rougis tellement que je ne sais plus où poser les yeux. Il s'avance et je me tourne, trop heureuse de cacher mon visage, les papillons qui virevoltent dans ma poitrine. Adam effleure mes cheveux et je me rends compte qu'ils descendent presque jusqu'au bas de mon dos. Peut-être qu'il est temps de les couper.

Ses doigts redoublent de précaution. Il écarte mes longues mèches pour qu'elles ne se prennent pas dans la fermeture. Suit une ligne de la base de ma nuque jusqu'au début de la couture, puis jusqu'au creux de mes reins. J'arrive à peine à me tenir droite. Ma colonne vertébrale conduit suffisamment d'électricité pour alimenter une ville entière. Il prend son temps pour remonter la fermeture. Passe les mains tout le long de ma silhouette.

– Bon sang, tu es sublime… me dit-il enfin.

Je me retourne. Il garde le poing sur sa bouche comme pour cacher son sourire, empêcher les mots de déferler d'entre ses lèvres.

Je touche la matière qui m'enveloppe. Je décide que je devrais sans doute faire un commentaire.

– C'est très… confortable.

– Sexy.

Je relève les yeux.

Il secoue la tête.

– C'est sexy à mort !

Il s'avance. Me glisse entre ses bras.

– J'ai l'air d'une gymnaste, dis-je en marmonnant.

– Non, murmure-t-il d'une voix si chaude, chaude, chaude contre mes lèvres. Tu as l'air d'un super-héros.

Épilogue

Je suis encore parcourue de frissons, quand Kenji et Winston font irruption dans la pièce.

– Alors, en quoi cette tenue est censée me faciliter la vie ? je demande à la cantonade.

Mais Kenji est pétrifié sur place et me mate sans vergogne. Il ouvre la bouche. La referme. Fourre les mains dans ses poches.

Winston s'approche.

– C'est censé t'aider avec le problème du toucher, me dit-il. Tu n'as pas besoin de t'emmitoufler, par ce climat imprévisible. Le matériau est conçu pour te tenir au frais ou au chaud selon la température ambiante. Il est léger, laisse ta peau respirer. Il t'évitera de blesser quelqu'un par mégarde, mais t'offre aussi la possibilité de toucher quelqu'un… volontairement. Si tu en as besoin.

– C'est fabuleux.

Il sourit. Jusqu'aux oreilles.

– À ton service !

J'étudie la combinaison de plus près. Me rends compte d'un détail manquant.

– Mais mes mains et mes pieds sont découverts. Comment c'est censé me…

– Oh… mince ! m'interrompt Winston. J'ai failli oublier.

Il court vers le placard et en sort une paire de bottines noires à talons plats et des gants noirs qui s'arrêtent juste avant le coude. Il me les tend. J'examine le cuir tout doux de ces accessoires et m'émerveille de la souplesse et de l'élasticité des bottines. Je pourrais faire de la danse classique ou courir le 1 500 mètres dans ces chaussures.

– Ça devrait t'aller. Ça complète l'ensemble.

J'enfile le tout, fléchis les poignets, me mets sur la pointe des pieds, savoure ma nouvelle tenue. Je me sens invincible. Pour une fois, j'aimerais me voir dans une glace. Je regarde Kenji, Adam et Winston à tour de rôle.

– Qu'est-ce que vous en pensez ? Ça… me va ?

Kenji émet un bruit étrange.

Winston a l'air de s'ennuyer.

Adam ne peut s'empêcher de sourire.

Lui et moi suivons Kenji et Winston dans le couloir, mais Adam s'arrête, le temps de me retirer le gant gauche. Il me prend la main. Entrelace ses doigts avec les miens. Me décoche un sourire qui se débrouille pour aller embrasser mon cœur.

Et je regarde autour de moi.

Fléchis mon poignet.

Touche la matière qui me tient lieu de seconde peau.

Je me sens fantastique. Mes os ont pris un bain de Jouvence, ma peau est pleine de vie, éclatante de santé. Je prends de grandes bouffées d'air et m'en délecte.

Ma vie change, mais cette fois, je n'ai plus peur. Cette fois, je sais qui je suis. Cette fois, j'ai fait le bon choix et je me bats dans la bonne équipe. Je me sens en sécurité. Confiante.

Enthousiaste, même.

Parce que, cette fois… ?

Je suis prête.

À paraître

Tome 2 : *Ne m'échappe pas*

1

En surface, il se pourrait que le soleil brille sur le monde aujourd'hui.

La grosse boule dorée explose peut-être parmi les nuages. Elle dégouline comme du jaune d'œuf sur un ciel bleu fabuleux, resplendissant d'un frêle espoir et de fausses promesses de doux souvenirs, de vraies familles, de copieux petits déjeuners, de piles de pancakes nappés de sirop d'érable, dans un monde qui n'existe plus.

Mais peut-être pas.

Peut-être qu'il fait sombre et humide aujourd'hui, que les hommes ont la peau des phalanges à vif sous la morsure du vent. Peut-être qu'il neige, peut-être qu'il pleut, je n'en sais rien. Peut-être qu'il gèle, qu'il grêle, que c'est un orage, un ouragan qui se mue en tornade, et que la terre tremble et se crevasse pour céder la place à nos erreurs.

Je n'en ai aucune idée.

Je n'ai plus de fenêtre. Je n'ai plus de vue sur le monde. La température de mon sang est de mille degrés au-dessous de zéro et je suis enterrée à 150 mètres sous terre, dans une salle d'entraînement devenue ma deuxième maison depuis quelque temps. Chaque jour, je contemple ces quatre murs et me rappelle : *je ne suis pas prisonnière je ne suis pas prisonnière je ne suis pas prisonnière.* Mais les vieilles craintes ressurgissent parfois et parcourent ma peau comme un frisson, et impossible de me libérer de la claustrophobie qui me serre la gorge.

J'ai fait tant de promesses en arrivant ici.

À présent, je ne suis plus sûre de rien. À présent, l'inquiétude m'envahit. À présent, mon esprit me trahit, car mes pensées rampent hors du lit chaque matin. J'ai l'œil aux aguets, les mains moites et un rire nerveux dans la poitrine, et la pression augmente et augmente et *augmente encore.*

La vie ici ne ressemble pas à celle que j'imaginais.

Mon nouvel univers est gravé dans le bronze, scellé dans l'argent ; il se noie dans les effluves de pierre et d'acier. L'air est glacial, les tapis orange ; les lumières et les interrupteurs bipent et clignotent, électroniques et électriques, aveuglants comme des néons. C'est animé ici, avec des corps qui s'agitent, des couloirs remplis de murmures et de cris, de bruits de pas sonores ou discrets. Si j'écoute, j'entends les cerveaux en effervescence, les fronts qui se rident, les doigts qui tapotent le menton et les lèvres, et les sourcils qui se froncent. Les idées se trimballent dans les poches, les pensées au bout de chaque langue ; les yeux se plissent sous la concentration, une préparation méticuleuse qui devrait m'intéresser.

Mais rien ne fonctionne et je suis fracassée de toutes parts.

Je dois canaliser mon Énergie, a dit Castle. Nos dons sont des formes différentes d'Énergie. La matière n'est jamais créée ni détruite, m'a-t-il expliqué, et comme notre monde a changé, il en va de même pour l'Énergie qu'il englobe. Nos aptitudes proviennent de l'univers, d'une autre matière, d'autres Énergies. Nous ne sommes pas des anomalies. Nous sommes le produit inéluctable des manipulations perverses de notre Terre. Notre Énergie émane de quelque part, a-t-il dit. Et ce « quelque part » représente le chaos qui nous entoure.

C'est logique. Je me rappelle à quoi ressemblait le monde quand je l'ai quitté.

Je me souviens des ciels enragés et des couchers de soleil en série qui s'effondraient sous la lune. Je me souviens du sol crevassé, des buissons qui piquaient et des légumes-censés-être-verts mais qui sont marron maintenant. Je songe à l'eau qu'on ne peut pas boire et aux oiseaux qui ne volent pas, et à la civilisation humaine désormais réduite à des complexes d'habitation qui s'étalent à l'horizon sur les vestiges de notre territoire ravagé.

Cette planète est un os fracturé qui ne s'est pas ressoudé, une centaine de fragments de cristal rafistolés avec de la colle. On nous a fracassés, puis reconstruits, on nous a demandé de faire un effort chaque jour de l'année, de faire comme si on fonctionnait toujours comme prévu. Mais c'est un mensonge, tout ça est un mensonge ; chaque personne, chaque endroit, chaque chose, chaque idée est un mensonge.

Je ne fonctionne pas correctement.

Je ne suis rien d'autre que le produit d'une catastrophe.

2 semaines se sont écroulées au bord de la route, abandonnées, déjà oubliées. 2 semaines que je suis ici, et en 2 semaines j'ai élu domicile sur un lit de coquilles d'œufs, et je me demande à quel moment un truc va se briser, à quel moment je serai la première à le briser, à quel moment tout ça va tomber en morceaux. Depuis 2 semaines, je devrais être plus heureuse, en meilleure santé, dormir à poings fermés, dans cet espace où je suis en sécurité. Au lieu de ça, je m'inquiète de ce qui va se passer ~~quand j'échouerai~~ si j'échoue, si je ne trouve pas le moyen de m'entraîner comme il faut, si je blesse quelqu'un ~~exprès~~ par mégarde.

On se prépare à une guerre sanglante.

C'est pourquoi je m'entraîne. On tente tous de se préparer à vaincre Warner et ses hommes. À gagner une bataille à la fois. À montrer aux citoyens de notre monde qu'il reste encore de l'espoir… qu'ils n'ont pas à dire amen aux exigences du Rétablissement et à devenir les esclaves d'un régime qui ne cherche qu'à les exploiter pour conserver le pouvoir. Et j'ai accepté de me battre. De devenir une guerrière. D'utiliser malgré moi mes capacités. Mais la seule pensée de poser la main sur quelqu'un ravive une multitude de souvenirs, de sentiments, un souffle d'énergie que je connais uniquement quand je suis au contact d'une peau non immunisée contre la mienne. Je me sens tout à coup invincible, la proie d'une euphorie fébrile, tandis qu'une vague intense envahit chaque parcelle de mon corps. J'ignore ce que je vais éprouver. J'ignore si je peux réellement prendre du plaisir dans la douleur d'autrui.

Et je sais que les dernières paroles de Warner sont prisonnières de ma poitrine, et il m'est impossible de cracher cette toux sèche ou cette vérité qui m'écorche le gosier.

Adam ignore totalement que Warner peut me toucher.

Personne ne le sait.

Warner était censé être mort. Parce que moi, j'étais censée lui avoir tiré dessus, mais personne ne se doute que je devrais d'abord savoir me servir d'un pistolet. Alors, maintenant, je suppose qu'il est là pour me retrouver.

Il est venu se battre.

Pour moi.

Remerciements

Mes remerciements éternels à :

Mon mari, mon meilleur ami, mon plus grand fan, et le seul homme au monde qui comprenne ce qui se passe dans ma tête. Tu es l'étoile la plus scintillante de mon univers.

Mes parents, qui m'ont soutenue chaque minute de ma vie, sans douter une seule fois de moi, sans me décourager une seule fois. Vous êtes mon inspiration de chaque jour.

Mes frères, parce que personne ne connaît nos histoires mieux que nous. Parce qu'on se sert les coudes. Parce que vous avez toujours cru en moi et que je croirai toujours en vous.

Tana et Randa, pour tout. Pour chaque instant, chaque parole d'encouragement, chaque rire, chaque souvenir cher à mon cœur. Vous avez été là depuis le début.

Sarah, toi qui m'as donné la force de ne pas lâcher prise. Tu m'as tenu la main dans les moments où j'en avais le plus besoin, et je ne l'oublierai jamais.

Jodi Reamer, l'être surhumain le plus formidable que j'aie jamais connu. Tu as constellé mes journées d'étoiles filantes, et un jour je décrocherai la lune pour la glisser dans ta boîte aux lettres.

Alec Shane, qui m'a offert la chance unique de changer mon univers.

Tara Weikum, la meilleure directrice éditoriale dont une fille puisse rêver. Tu es incroyable, et je t'adore. Je n'en reviens toujours pas d'avoir eu autant de chance.

Un grand merci à tous ceux qui, chez HarperCollins et Writer's House, travaillent inlassablement en coulisse pour réaliser mes rêves : dont Melissa Miller et Cecilia de la Campa, mes talentueuses relectrices-correctrices... Merci, merci !

À mes premières lectrices, Sumayyah, Bahareh et Saba, ainsi qu'à tous les merveilleux amis de mon blog et de mon compte Twitter, qui rendent mes journées tellement plus belles et plus éclatantes ! Merci d'avoir partagé mon voyage et de m'honorer de votre amitié... J'espère que vous savez que je ne rate jamais une occasion de vous acclamer !

Et à tous les lecteurs qui choisiront ce livre... Eh bien... où serions-nous, sans vous ?

Merci, merci, merci !

IMPRIM'VERT®

Imprimé en France
par Corlet Imprimeur
14110 Condé-sur-Noireau
Dépôt légal : octobre 2012
N° d'impression : 148475
ISBN : 978-2-7499-1651-4
LAF 1507A